蛇、もっとも禍《まが》し　上

ピーター・トレメイン

JN283171

“三つの泉の鮭”女子修道院で恐ろしい事件がおこった。頭部のない若い女性の死体が見つかったのだ。身許を示すものはなかったが，腕に結びつけられた細い木片には，アイルランドの古代文字，オガムが刻まれ，手には十字架が握りしめられていた。修道院長の要請でフィデルマは事件を調査すべく，海路，女子修道院に向かう。だが途中，乗組員全員が突然消え失せたかのように無人で漂う大型船に遭遇。船内を調べたフィデルマは，思いもよらぬ物を発見する。七世紀のアイルランドを舞台に王の妹にして弁護士フィデルマが活躍する，シリーズ第三弾。

登場人物

〝ギルデアのフィデルマ〟……修道女。七世紀アイルランドのドーリィー〔法廷弁護士〕でもある
エイダルフ修道士……ローマ教会派の修道士。サクソン南部のサックスムンド・ハム出身
ロス……モアン沿岸航行のバルク〔小型帆船〕の船長
オダー……ロスの操舵手

〝三つの泉の鮭〟女子修道院の人々
ドレイガン修道院長……〝三つの泉の鮭〟女子修道院の院長
ショーワ修道女……修道院の執事
ブローナッハ修道女……修道院の御門詰め尼僧
レールベン修道女……若い尼僧
コムナット修道女……修道院の司書
アルムー修道女……コムナットの助手
ベラッハ修道女……身体に障害を持つ尼僧

ドゥーン・ボイーの砦の人々

アドナール……………小族長で、ボー・アーラ〔地方代官〕

フェバル修道士…………アドナールの〈魂の友《ソール・フレンド》〉

オルカーン……………ベアラの族長〝鷹の眼《まなこ》のガルバン〟の子息。アドナールの客人

トルカーン……………オー・フィジェンティ小王国のオーガナーン小王の子息。アドナールの客人

その他の人々

バール…………………地元の農夫

西コーク、ベアラ地方のベール・ナ・カラガに住む友人、
ペニーとデイヴィッドのデュレル夫妻へ
二人の温かく寛大なもてなしと
ペニーの助言に、感謝しつつ

蛇、もっとも禍《まが》し　上

ピーター・トレメイン

甲斐萬里江訳

創元推理文庫

THE SUBTLE SERPENT

by

Peter Tremayne

Copyright © 1996 by Peter Tremayne
This book is published in Japan
by TOKYO SOGENSHA Co., Ltd.
Japanese translation rights
arranged with Peter Berresford Ellis c/o A M Heath & Co., Ltd., London
through Tuttle-Mori Agency Inc., Tokyo

日本版翻訳権所有
東京創元社

ヱホバ神の造り給ひし野の生物《いきもの》の中に
蛇　もつとも狡猾《まが》し

『創世記』　第三章一節

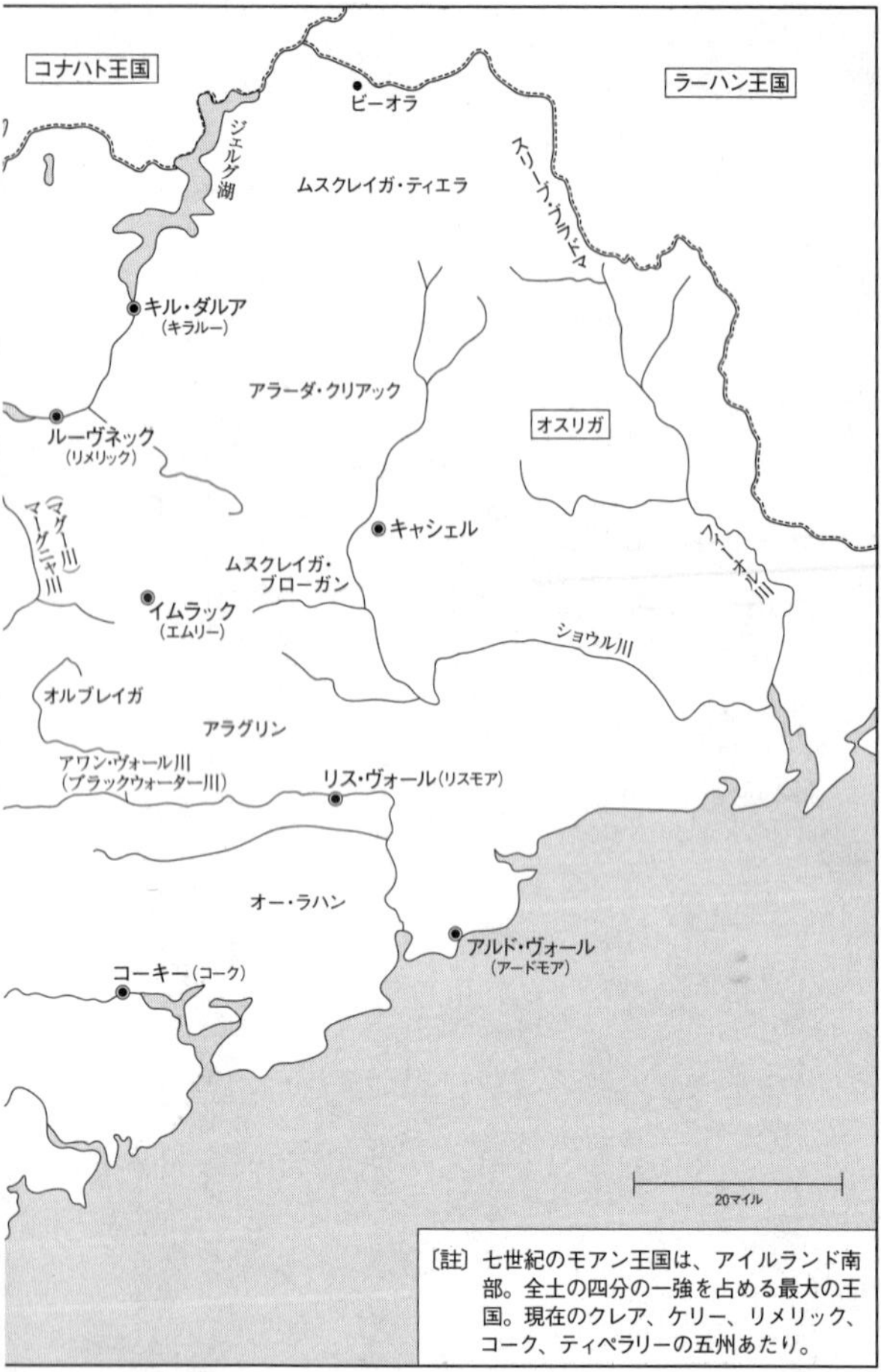

〔註〕七世紀のモアン王国は、アイルランド南部。全土の四分の一強を占める最大の王国。現在のクレア、ケリー、リメリック、コーク、ティペラリーの五州あたり。

〈フィデルマ・ワールド〉
――七世紀のモアン王国――
N
アラン三島
コルコ・ムラド
マグ・ネイダー
コルコ・バスキン
キエルガ・ルアクラ
クノック・アイニャ
オー・フィジェンティ
キエルガ・ルアクラ
スリーブ・ルアクラ
ムスクレイガ・ルアクラ
コルコ・ドゥイヴニャ
コルコ・ドゥイヴニャ
レイン湖
ムスクレイガ・ミィティーニャ
ルイ川（リー川）
ゲラーン
ガルバンズ・フォート
スケリッグ・ヴィハル
バーラ
ブラノーン川
レイ・ナ・シュクリーニャ
マルアの住居
コルコ・ロイーグダ
ドールサ
“三つの泉の鮭”修道院
クーン・ドーア
ロス・アラハー

歴史的背景

『アノーラ・ウラー〔アルスター年代記〕(1)』は、アイルランドの重要な年代記の一つで、古い資料を基に、クロハーの大助祭長カハル・マク・マグヌスによって、一四九八年に編纂されたものである。その後、代々の筆録者によって十七世紀まで書き続けられており、一六三二年から一六三六年の間に、ミハール・オー・クレアリーを長とする多くの歴史学者たちの努力によって編纂された『アノーラ・レアクター・エーラン〔アイルランド王国年代記〕(2)』のもっとも重要な資料とされた。現在は、むしろ『四人の学者による年代記』という書名で、知られている。

この中の六六六年一月の項に、次のように始まる記載がある――〝アイルランドにおける大量の死者。アラダとオー・フィジェンティ両軍の間の、アーンニャの戦役において……〟云々と。

本書『蛇、もっとも禍《まが》し』の物語は、リメリック州ホスピタルの西二マイルに位置するクノック・アーンニャ（アイニャ）、現在のノッカニーにおいて戦われた戦役へと関わってゆき、フィデルマの活躍も、それに関連しながら描かれてゆく。

既刊の《修道女フィデルマ・シリーズ》の中で、七世紀アイルランドにおける、今日では一般にケルト教会派と呼ばれているアイルランド教会派と、それと解釈を異にするローマ教会派との間に生じた齟齬《そご》が語られてきた。両者の間に、儀式や教義に関して、さまざまな相違が生じていたのである。ただ、すでによく知られている事実であるが、この当時、聖職者の独身制に関しては、ケルト教会派、ローマ教会派のいずれにおいても、決して広く支持されてはいなかった。フィデルマの時代、多くの修道院は、しばしば修道士も修道女も同様に受け入れていた。彼らが結婚し、神への献身の中で自分たちの子供を育てることは、決して珍しいことではなかったのである。この時代、修道院長や司祭も、結婚することができたし、現に結婚していた。この事実を把握しておいていただくことは、〈フィデルマ・ワールド〉の理解にとって、不可欠である。

ほとんどの読者にとって、紀元七世紀のアイルランドはごくなじみの薄い世界であろうと考えて、このシリーズの主な舞台となるモアン王国の簡単な地図を添えておいた。私は、時代錯誤のマンスターという地名を使わず、モアンという古名を使い続けている。マンスターは、モアンという古来の国名に北欧系の言葉で〝場所〟を意味する〝スタドル〟をつけた、九世紀になってから生まれた新しい造語だからである。また七世紀のアイルランドの人名も、やはり耳慣れないかもしれない。そこで、読者に便利であろうかと、主要登場人物名の一覧表もつけておいた。

最後に、主人公フィデルマは、古代アイルランドの社会機構の中で、法律をもって活躍する人物であることに、ご留意願いたい。ここでいう法律とは、〈フェナハス法〉、今日、一般には〈ブレホン法〉〔ブレハヴ（裁判官）という単語に由来。第三章の訳註（7）を参照〕として知られている法律のことで、彼女は正式な資格を持つ法廷弁護士なのである。当時のアイルランドでは、女性がこのような地位に就くことは、決して珍しいことではなかった。

蛇、もっとも禍《まが》し　上

ゴシック文字はアイルランド（ゲール）語を、行間の（　）内の数字は巻末訳註番号を示す。

聖書の引用は、原則として『舊新約聖書・文語譯』（日本聖書協会）に拠る。

第一章

銅鑼《どら》が、十二回鳴った。余韻を引くその響きに、ブローナッハ修道女は黙想からはっと現実に立ち返った。さらに一回、銅鑼の音《ね》が響いた。よく透《とお》る鋭い音色が、一度だけ。〝受難のキリスト〟像の前にひざまずいていたブローナッハ修道女は、遅くなってしまったと気づいて、さっさして考えもせず意識もしないまま、機械的な仕草で胸に十字を切り軽く拝礼をすると、さっと立ち上がり、身を翻《ひるがえ》してドゥルハック〔修道院の木造の礼拝堂〕へと向かった。

ブローナッハは、礼拝堂の外の石畳の回廊で、革底のサンダルが敷石《タロー》をこする奇妙な音を耳ざとくとらえて足を止めた。回廊には、壁に取りつけられた鉄の燭台で獣脂蠟燭がくすぶるように灯っているだけである。その薄暗い通路の向こう端に、黒っぽい法衣をまとった女たちが角を曲がって姿を現した。彼女たちは、二列になってこちらへやって来る。頭巾《カウル》〔法衣などについた頭巾〕

を目深にかぶった修道女たちだ——背の高い堂々とした女子修道院長に率いられた修道女たちは、なにやらこの仄暗《ほのぐら》い回廊につきまとう亡霊たちの行列を思わせる。ここは、〝三つの泉の鮭(1)〟女子修道院。この〝三つの泉の鮭〟という名称は、キリストを美しく称《たた》える別称の一つなのである。今その回廊を、修道女たちが深くうつむきながらすり足で進んでくる。ブローナッハが礼拝堂の扉を開いて脇に立っているというのに、その前を通り過ぎる時に、誰一人視線を上げようともしない。ドレイガン院長さえ、彼女に気づいたであろうに、頷いてくれはしなかった。

修道女たちは皆、正午の祈りのために、無言のまま礼拝堂に入っていく。ただ一番後ろに従っていた修道女だけが足を止めたが、それも行列が入り終えたあとの扉を閉めるために振り向いたにすぎなかった。

ブローナッハ修道女は両手を胸に組み、頭《こうべ》をうやうやしく垂れたまま、一同の通過を待った。彼女が頭を上げたのは、礼拝堂の重々しい扉が静かに閉ざされてからであった。なぜ彼女に〝ブローナッハ〔哀しみにくれる〕〟という名が与えられたのかは、一目その顔を見さえすれば、すぐにわかろう。見るからに、哀しげな顔立ちなのである。この中年の尼僧の笑顔を見た者は、誰もいない。それどころか、どのような感情であれ、その面《おもて》に浮かぶことはなかった。その顔には、哀しげな物思いのみが永遠に刻みこまれているかに見える。修道女仲間の間では、「〝哀しみのブローナッハ〟が一度でも笑ったら、それは救世主ご再臨の前兆でしょうよ」などと、失敬なことが言われているほどである。

ブローナッハは、三世代も前に、福者《ブレッシド》(2)〝清純なるネクト〟によって建立されたこの修道院のディアソール(3)、すなわち御門詰め尼僧を、五年間勤めてきた。アイルランド五王国(4)の最大王国モアン(5)は、国土の南西部を占めるが、〝三つの泉の鮭〟修道院は、さらにその南部の寂寥《せきりよう》感漂う半島の、山裾の森に縁取られた入り江近くに、鳥が巣をかけたような姿で建っていた。ブローナッハは、積極的な意欲などとは無縁な、おどおどとしたごく若い娘として、ここへやって来た。三十年も昔のことである。彼女は、ほかの世界から遠く離れたうら淋しい村で生まれ育ち、ただ単にその荒々しく苛酷な日々の暮らしから逃れるための避難所として、修道院における尼僧の人生を選んだのであったが、すでに中年となっている今も、その頃のままの、おどおどとした尼僧である。女子修道院の中に建つ小塔では、常に時刻係の修道女が水時計を見守り、刻《とき》の鐘として銅鑼を鳴らすのだが、その音に支配される自分の人生に、ブローナッハは満足していた。この女子修道院の時間に関する規律の厳格さは、モアン王国内でもよく知られていた。ブローナッハも、銅鑼の音に従って、女子修道院御門詰めとしてのいくつもの任務を果たしているのである。もっとも、ディアソールというとご大層に聞こえるが、実際には、修道院のあらゆる雑用をこなす召使いにほかならなかった。しかしブローナッハ修道女は、自分に与えられた運命に満足しているようだ。

　銅鑼は、ちょうど正午を告げていた。ブローナッハにとっては、泉から水を汲んでドレイガン女子修道院長の居室へ運んでゆくという任務と義務を果たす時刻である。院長は、正午の祈りと食事のあと、温かい湯で沐浴をすることを好んだ。そこでブローナッハは、ほかの修道女たちと共に礼拝に加わる代わりに、泉に水を汲みに行かねばならないのだ。

木造の古い礼拝堂は、よく〝樫《オーク》の木の家〟、アイルランド語（ゲール語）[6]で言えばドゥルハックと呼ばれる。この女子修道院のドゥルハックから修道女たちの宿舎がまわりに建っている一番大きな中庭へ向かう小径は、花崗岩の石畳となっていた。朝早い時刻には、風に舞う雪が少しは降り積もっていたのだが、今はそれも解けて、石畳の長方形の中庭や敷石道はすっかり濡れて滑りやすくなっていた。革のサンダルでは、ひどく歩きにくい。だが両手を肩衣《スカピュラー》の陰で慎ましく組んだブローナッハの足取りは、確かであった。彼女は中庭中央の台座の上に設けられている青銅の日時計の前を足早に通り過ぎて、さらに奥へと向かった。

冷えこみの厳しい日だった。今は、頭上に透明な青空が広がり、はぐれ雲の間《あわい》からは蒼ざめた冬の太陽が顔をのぞかせているものの、まだ雪をはらんだ鉛色の雲が地平線近くのそこかしこに点々と姿を見せており、寒気はひどく厳しい。耳の先端が、ちりちりと凍える。ブローナッハは少しでも暖かいようにと、頭巾をいっそうぴったりと顔のまわりに引き寄せた。

中庭の端には、ここを清らなる場所として聖別する高十字架《ハイ・クロス》[7]が建っている。ブローナッハはその傍らを抜けて、狭い岩棚へと出た。修道院がそのほとりに建っている波静かな入り江は、この岩棚からも見下ろせる。荒磯の上わずか十フィートの高さのところに位置するこの空き地は、いわば自然が造った高壇といった形になっているが、その昔、福者ネクトはここに勢いよく湧き出る泉を見つけられ、神に捧げるにふさわしい聖泉として、それを聖別されたのであった。しかし、泉はネクトによるさらなる祝福を必要とした。なぜなら、伝説によると、ここはドゥルイド(8)たちの聖地だったそうで、彼らもこの泉の水を汲んでいたからだ。

ブローナッハ修道女は、泉を縁取る小さな石垣へと、ゆっくりと近寄った。泉は、今では深い井戸のようになっているため、水を汲み上げるには、はるか下の暗い水面にロープで水桶を吊り下ろさなければならない。そこで修道女たちは、泉を囲む低い石囲いの上に、捲き揚げ機を取りつけていた。これなら、把っ手を回しさえすれば、自在に水桶を上下させることができる。ブローナッハは、二、三人がかりで水を汲み上げねばならなかった頃のことを、よく覚えている。だが、仕掛けが設けられた今では、中年の修道女でさえ、一人で苦もなくこの作業をやってのけられるのだ。

ブローナッハ修道女は、ちょっと井筒の傍らに佇み、あたりの景色に見入った。一日の中で、もっとも強く不思議な静けさを感じさせる時刻だ。小鳥の囀《さえず》り一つ聞こえず動きまわるもの一ついない。ただ神秘的な静謐《せいひつ》のみが、あたりを包んでいる。あらゆる生の営みが停止してしまったような静寂だ。ひっそりと何かを期待しているかのように、何かが起こるのをじっと待ち受けているかのように、全てが静まりかえっていた。まるで、あたりの自然が全て、突然息をひそめてしまったかのようだった。冷たい風も、はたとやんでいた。修道院の後方に聳《そび》える花崗岩の丘陵の高みで先ほどまで聞こえていたざわめきも、今は消えている。ごつごつとした岩に覆われた斜面を音もなくさまよう羊の群れは、まるで灰色の丸い岩が動きだしたかのようだ。短い芝草を喰《は》んでいる黒っぽい痩せた牛も、二、三頭見える。ブローナッハは、斜面のあちこちに見られる窪みが、丘の頂《いただき》近くにかかる薄雲のせいだろうか、仄かに青みを帯びた神秘的な影を湛えていることに気がついた。

自分を取りまくあたりの気配や何事かを待ち受けているかのような神秘的な静けさに対してブローナッハが畏怖の念を覚えるのは、なにもこれが初めてではなかった。今も彼女は、世界が何かをひそやかに待ち受けていると感じるのだった。ゲールの遙かなる昔日の神々に向かって、雪を頂く周囲の山々から姿を現して厳めしい足取りで下りてくるようにと求める太古の角笛が、今にも響きわたるのではないか、世界がその刻を今か今かと待っているのではないか、と感じるのである。丘陵の斜面に点在する細長く丸みを帯びた花崗岩は、透明な光の中に臥せっている男たちを連想させる。彼らは、角笛の音に目覚め、突如古《いにしえ》の雄々しい戦士へと変身するのでは？　そして起き上がり、槍と剣と楯を手に、神々のあとに従って、進軍を始めるのでは？　なぜ〈エールの子ら〉(9)は太古の信仰や習俗を捨て去ってしまったのかと、詰問するために。遙かなる昔、この国土は、至高にして豊穣の女神でもある女神エール（エリュー）(10)の御《み》名《な》を授かってエールと呼ばれていたというのに。

ブローナッハ修道女ははっと息を呑み、キリストへの帰依を共にする女子修道院の仲間たちに今の不敬なる思いを聞かれはしなかったかと、後ろめたい視線をまわりにはしらせた。続いて、このように昔日の異教《ペイガン》の神々のことを考えてしまった罪の許しを求めるかのように、すばやく膝を折り胸に十字を切った。だが一方で、このような思いを完全に否定し去ることはできなかった。彼女の母親は――その魂の安らかならんことを――キリストの御言葉に耳を傾けることを拒み、古くからの信仰を固く守り続けていた。おお、母スーナッハよ！　久しく亡き母のことを思い出していなかった。思い出さなければよかった。母が亡くなってすでに二十年もたつというのに。母への思いは、ブローナッハの記憶を、今なお鋭い刃《やいば》のように切りつける。なぜ、母のことを思い出したのだろう？　ああ、そうだ、古の神々のことを考えていたからだ。それというのも、今は、太古の神々や女神がたがその気配を顕現なさるにふさわしい刻だからだ。異教の哀しみが、人々の意識の奥深くに眠る悲哀が、木霊《こだま》となってたち現れる時刻だからだ。それは、往時への追慕であった。茫々《ぼうぼう》たる過ぎ去りし過去への、エールの民の嘆きであった。

修道院の銅鑼が一つ鳴るのが、遠くから聞こえてきた。水時計の当番尼僧が鳴らす、二度目の銅鑼だ。

ブローナッハは、ぎくりとした。

たっぷり一ポンガク、すなわち十五分に相当するアイルランドの時間単位が、正午の祈りの時刻から、すでに経過してしまったのだ。銅鑼は、一ポンガク経過するごとに、一度鳴らされる。ポンガクの銅鑼に続いて、一時間ごとにも、その時間の数だけ、銅鑼が鳴らされる。さらには、六時間ごとに、すなわち一日の四分の一はアイルランド語でカダーと呼ばれるが、各カダーごとに、やはりその数の銅鑼が鳴らされるのだ。またカダーごとに、水時計の担当者は交代する。〝刻の番人〟というこの緊張を強いられる任務を一カダー以上務めることは無理、とされているからだ。

ブローナッハは、このようにぼんやり時間をついやしてしまって、さぞドレイガン院長のご機嫌が悪かろうと気づき、口許をちょっと引き締めると、水桶はどこかとあたりを見まわした。いつもの置き場に、見当たらないのだ。その時初めて、ロープがすでに伸びきっており、その先は井戸の中へと消えていることに気がついた。ブローナッハは、うんざりして、眉をひそめた。誰かが水桶をロープの先端の鉤に掛けて井戸の中へ吊り下ろしたものの、何らかの理由でそれを捲き戻しもせず、井戸の底に残したままで立ち去ったのだ。許しがたい不注意ではないか。

苛立たしい溜め息を呑みこんで、彼女は捲き揚げ機の把っ手に身を屈めた。把っ手は氷のように冷たかった。寒気が、改めて身にしみる。しかし、驚いたことに、把っ手は回らなかった。何か重い錘《おもり》でもついているかのように。もう一度、全身の力をこめて動かそうとしてみた。途中で何かにつかえ、把っ手の回転が妨《さまた》げられているようだ。だが、どうにか捲き揚げ機が動き始めた。わずかずつ、ほんのわずかずつ、ロープが捲き取られかけた。

少しやってみたあと、ブローナッハは手を休め、修道女たちの誰かが近くにいないだろうか、水桶を捲き揚げる手助けを頼みたいのにと、あたりを見まわした。このように水桶が重いことなど、いまだかつてなかった。体がどうかしてしまったのだろうか？　何らかの理由で、体が弱っているのかもしれない。いや、そんなはずはない。いつもどおり健康だし、体力もある。彼女は遙か彼方の陰鬱な丘陵をちらっと見やり、身震いをした。寒さゆえの身震いではなかった。彼女の思いをとらえている迷信的な恐怖からの、背筋の凍るような怯《おび》えであった。古の信仰についての異教的な物思いに沈んでいたことに対する、主の下された罰なのであろうか？

ふたたび作業に取り組もうと屈みこむ前に、ブローナッハはちらっと上を見上げ、悔悟の祈りを小声で呟いた。

「シスター・ブローナッハ！」

魅力的な若々しい修道女が、修道院の建物から泉のほうへと、威勢のいい足取りでやって来ようとしていた。

ブローナッハ修道女は、それがレクトラー〔修道院執事〕であり、ブローナッハの直接の上位者でもある、人を見下すようなショーワ修道女であることに気づいて、胸のうちで呻いた。残念なことに、ショーワ修道女の人柄は、大きな目をした無邪気そうな美貌に似つかわしいものとはいえないのだ。ショーワはその若さにもかかわらず、修道院の中で、なかなか手ごわい監督者という定評を、すでに確立していた。

ブローナッハはもう一度把っ手に体重をかけて、ロープを固定すると、自分を咎《とが》めにやって来ようとしているショーワを、おとなしい表情で見上げた。ショーワ修道女は足を止め、非難がましく鼻を鳴らしながら、ブローナッハをきつい目で見つめた。

「院長様のための水汲み、遅いじゃありませんか、シスター・ブローナッハ」と、若い修道女はブローナッハを叱りつけた。「院長様は、時間に遅れていることを注意させようと、わざわざ私をお遣わしになったのですよ。〝テムポリ・パレンドゥム（時間厳守）〟でしょ」

ブローナッハの顔色は変わらなかった。

「時刻のこと、忘れてはおりません、シスター」と彼女は、静かな口調でそれに答えた。四六時中、水時計に基づく銅鑼の音に支配され続けているのに、「時間厳守でしょ」と注意されねばならないとは、ブローナッハのような従順な性格の人間にとってさえ、苛立たしいことだ。だが、「忘れてはおりません」という返答ですら、修道女ブローナッハにとっては、叛逆に等しい言葉であった。彼女は、「でも、水桶がなかなか上がってこないものですから。何かが引っかかっているみたいです」と、言葉を継いだ。

ショーワ修道女は、ブローナッハが怠慢の咎を言い逃れようとしていると思い込んでいるらしく、またもや鼻をふんと鳴らした。

「ばかなこと、言わないで。私、今朝、あなたより少し前に、この泉に来ているのです。その時、捲き揚げ機はちゃんと動いていましたよ。水桶は、簡単に上がってきましたもの」

彼女は近寄ってきて、相手の体に触れることなく、身振りで年上の修道女を押しのけると、そのほっそりとした、でも強靭な手で把っ手の握り部分をしっかりと摑んで、それを押し下げようとした。だが、確かに、何かに妨げられているらしい。ショーワの面に、驚きの表情がはしった。

「なるほどね」ショーワは、訝《いぶか》りながらも、ブローナッハの言い分を認めた。「きっと二人で一緒にやれば、動かせるかもしれない。さあ、私の掛け声に合わせて押してみて」

二人は自分たちの体重をかけて把っ手を回そうとしてみた。彼女たちは、たびたび休みつつも、やっとのことでロープをゆっくりと捲き取り始めた。二人の激しい息づかいは、口からもれるや、たちまち白い霧となり、水晶のように冷たい大気の中へ消えていく。捲き揚げ機をここに設けた先人たちは、制御機《ブレーキ》も取りつけていた。ロープを完全に捲き取って、満々と水を湛えた水桶をロープの先端の鉤からはずす時、桶はその重みではるか下の水面へと勢いよく落下しかねない。しかしこのブレーキのお蔭で、一人でも、その恐れなく水汲み作業ができるようになっていた。今も、二人で渾身の力をふるってロープを最大限に捲き取ると、ショーワはブレーキをかけてロープを固定した。

これで一段落と、ほっとして一歩さがったショーワは、この時、常にもの哀しげな顔をしている連れの尼僧の顔に、奇妙な表情が浮かんでいることに気づいた。ブローナッハ修道女は、彼女の後ろに立ったまま、恐怖に目を剝いて泉を凝視していた。今まで見たことのない顔つきだった。そう、この中年の尼僧のいつも生真面目な顔に、哀しげな従順の色以外の表情を見たことなど、これまで一度もなかったのだ。ショーワは、ブローナッハが恐怖に凍りついたような顔つきで一体何を見つめているのかと不審に思って、ゆっくりと振り向いてみた。

だが、目にしたもののあまりのおぞましさに、悲鳴が出かかった。それを抑えようと、彼女は片手を上げて自分の口を塞《ふさ》いだ。裸体の若い女性だった。水桶を上げ下げするためのロープで片方の踝《くるぶし》を縛られた姿で引き上げられてきた死体であった。深い泉の氷のような水に浸かっていた死体の白い肌は、濡れて光っていた。逆さ吊りになっているため、頭から肩のあたりまでは泉を取り囲む石の井筒の陰になっていて、上体はまだ二人の視野に入っていなかった。しかし、見えている部分は、すっかり蒼ざめ、ねっとりとした赤土で汚れていた。泉の水も、それを洗い落としてはいなかった。しかも、擦《こす》れてできたような傷が、全身についていた。そのいずれもが、この肉体がすでに死者のものであることを、明白に告げていた。

ショーワ修道女は膝を軽く折ってゆっくりと十字を切り、「神よ、あらゆる悪より我らを救いたまえ！」と呟いた。それから死体に歩み寄り、「急いで、シスター・ブローナッハ、手を貸して。この気の毒な人の足のロープを切ってあげなければ」と、ブローナッハに告げた。

ショーワ修道女は井戸に近づいて井筒の中を覗きこみ、まずは遺体を引き上げるためにロープを手繰り寄せようと、片手を伸ばした。次の瞬間、抑えようもない鋭い叫びをあげて、彼女はくるっと井戸に背を向けた。その顔は、衝撃と恐怖の仮面と化していた。

ブローナッハ修道女は、どういうことかと井筒に近づき、中を見下ろした。井戸の中の薄暗がりの中に、彼女は、見出した――頭部があるべき場所には、何もないことを。首を切り落とされた死体だった。首まわりと両肩に残っていたのは、血が黒くこびりついた切断面だけだった。

彼女はさっと背を向け、痙攣的にこみ上げてくる嘔吐をなんとかこらえようと、息を詰まらせた。

だが彼女はすぐに、ショーワが衝撃のあまり今や何一つ指示を出せない状態となっているようだと気づいた。ブローナッハは無感覚であろうと懸命に努めつつ、吐き気を抑えながら手を伸ばして、遺体を石垣の上へと引き上げようとした。だが、彼女一人の手にはあまる仕事だった。

彼女は、ちらっとショーワを見やった。

「手伝っていただかないと、シスター。あなたが遺体を支えてくださったら、この可哀そうな人に縛りつけられているロープ、私が切りますので」と、彼女は静かに指示を出した。

ショーワ修道女は落ち着きを取り戻そうと、大きく息を吸いこみ、短く頷くと、嫌々ながらも濡れた死体の腰のくびれあたりを摑んだ。冷たく命の失せた体に触れた途端、顔に嫌悪の感情が浮かぶのを、ショーワは抑えることができなかった。

ブローナッハは、修道女が常に携帯している小さなナイフでもって、遺体の踝に固く結びつけられているロープを切断した。それからショーワを手伝って、遺体をいったん低い石垣の上にまで引き上げ、さらに地面へと下ろした。二人の尼僧は、このあとどうすればよいものかと、遺体を呆然と見つめたまま、しばらく立ち尽くした。

やがてブローナッハが、「逝けるものへの祈りを、シスター」と、落ち着かぬ様子で囁いた。

二人は一緒に祈りを唱えた。儀式の言葉が、むなしかった。祈り終えると、また沈黙が戻った。

「このようなこと、一体誰がしたのでしょう?」二、三分ほどして、ショーワが囁いた。

「この世には、邪悪なるものが、はびこっております」と、ブローナッハ修道女の返事は、もう少し哲学的だった。「でも、それより問題なのは――この哀れな人は誰なのか、ということでは? 遺体は、若い女性のものですね。というより、ほんの娘さんです」

ブローナッハ修道女は、切断されて血にまみれている首の付け根から、どうにか自分の視線を引き剝がすように逸《そ》らすことができた。魅せられたように、つい血まみれの傷口に目がいく。ぞっとする、吐き気をもよおすような眺めだ。だが生前は、おそらく健康な若い娘だったのであろう。やっと思春期を過ぎたかどうかといった年齢であることは、明らかだ。失われている頭部以外の唯一の傷は、胸にあった。心臓のあたりに、青い打撲傷の痕が見えている。さらによく見ると、鋭い刃物の先端か、あるいは何かその類《たぐい》のもので、心臓めがけて突き刺した痕であった。傷口の血は、すでに止まっていた。

ブローナッハ修道女は遺体に屈みこみ、死者の手を胸の上で組んでやるために、勇気をふるって遺体の手を取ろうとした。四肢硬直が始まる前にやっておかないと、それが不可能になる。

ところがブローナッハは、突然それを取り落とし、鳩尾《みぞおち》を一撃されたかのように、大きく喘いだ。

ショーワは驚いて、ブローナッハが指し示している遺体の左腕へと、視線を向けた。体の陰になって今まで見えなかったのだが、腕に何か結びつけられていた。細長い木片、というより棒である。小さな刻みがつけられている。一目見て、ブローナッハ修道女にも、それがアイルランドの古い文字、オガム[11]であることはわかった。しかし彼女には、なんと書かれているのか解読することはできなかった。アイルランド五王国において、すでにオガムは用いられなくなっていた。ラテン語のアルファベットが伝わってきて、今やアイルランド語を記すにも、ラテンの書法が用いられているのである。

しかし、この木片を調べようと屈みこんだブローナッハの目は、遺体のもう一方の手が握りしめているもののほうに引きつけられた。細い古びた革紐が右手首に結びつけられており、その先が握りしめた拳の中に消えていた。ブローナッハは気をとりなおして遺体の傍らにひざまずき、その小さな白い手を調べようとした。だが、死者の指を開かせることはできなかった。すでに死後硬直が始まっていて、それを二度と開かれることのない固い拳へと変えていた。でも、わずかに隙間がある。ブローナッハは、拳の中の革紐の先に小さな金属の十字架が結びつけられているのを、辛うじて見てとることができた。命の失せた右手がしっかりと握りしめていたのは、十字架であった。

ブローナッハ修道女は低い声で呻きをもらし、同じように屈みこみ強張《こわば》った顔で今発見されたものを見つめているショーワを、肩越しに振り仰いだ。

「これ、どういうことかしら、シスター？」ショーワの声は緊張し、ほとんどかすれ声になっていた。ブローナッハは、もう表情を抑えこむことのできる元の自分に戻っていた。いつもの表情のない顔になっていた。

慎重な口調でショーワに答える前に、ブローナッハは十字架を見つめたまま、深く息をついた。磨いて艶を出した銅製の粗末な造りの十字架だ。身分と富を持つ人間なら、このように安《やす》手《で》なものを持つはずがない。

「私たち、ドレイガン院長様をお呼びすべきだ、ということではありませんか、シスター？頭のないこの可哀そうな娘さんが誰であれ、神にお仕えする私たちのお仲間だと思いますから。これは、この十字架から見て、尼僧だった娘さんです」

修道院を見下ろす小さな塔から、少し離れたこの泉まで、銅鑼の音が聞こえてきた。また一ポンガク、時間が経過したことを知らせる銅鑼だ。急に雲が厚くなり、空一面に広がり始めた。あたりの山々から吹きおろす風に乗って、ふたたび雪が舞い始めた。

第二章

ロス・アラハー(1)の住人ロスの所有する沿岸就航用のバルク〔小型帆船〕、フォラッハ号は、アイルランドのモアン王国の南部海岸線に並行して、快速で航行していた。氷のように冷たい東風は、船に覆いかぶさるかのように吹きつけて帆をいっぱいにはらませ、ぴんと張られた無数のロープの間を吹き抜けては、それを竪琴の弦として風の調べを奏でている。かなり離れた海岸のほうから海面《うなも》を渡ってくるこの強い潮風を別とすれば、まあ悪くない天気といえよう。バルクの上では、海鳥の群れが旋回している。激しい風に逆らって羽ばたきをしながら同じ位置に留まろうとしている鳥もあれば、奇妙に哀しい叫び声をあげているカモメたちもいる。海面のそこかしこでは、逞しいウミウが数羽、まるで突き刺さる槍のように波間に突入しては、餌を捕らえて浮上してくる。カモメやウミツバメが騒いでいるのは、それを嫉妬しての叫びなのだろうか。海鳥の中には、ロスの帆船がその名をもらっているフォラッハ〔ウミガラスの類〕も見える。彼らは、黒褐色の背中や雪のように白い腹部を見せつつ密な隊形を組み、しばらく頭上を旋回してバルクを偵察していたが、やがて満足したのか、険しく切りたった断崖に営んでいる過密状態の営巣地《コロニー》へと、ふたたび帰っていった。

船長のロスは、舵柄《だへい》を握っている操舵士の傍らに、両足をやや開いて立っていた。船側に激しく波浪を叩きつけてくる突風に、船は突然大きく揺れる。それに備えての構えだ。突風は、横揺れどころか、時として小さなバルクを右舷側へ横倒しにせんばかりに傾けようとする。バルクは横揺れを繰り返しつつ、ついには海底《うなそこ》の破滅の中へ突入するかに見えるが、そのたびにふたたび高々と船首をもたげては大波をすべり下り、横波を乗り切りつつ、船体を左舷へ傾けて均衡を取り戻すのだった。どのように激しく揺られようと、ロスには何かにすがる必要などなかった。四十年の年季が入った船乗りの彼は、いかなる横揺れ縦揺れをも予知して、足を動かすこともなく自動的に体重のかけ方を調節するという術《すべ》を会得していた。陸に上がっている時のロスは、苛立ちやすい、むっつりとした男だが、いったん海へ出るやその本領を遺憾なく発揮して、いかなる状態の海であれ、十二分に生気を取り戻し、自分の船足速いバルクと完全に一体となる。海の変わりやすい気分を反映する彼の深い緑色の目は、常に配下の水夫たちの仕事ぶりを注意深く、だが好ましげに見守っていた。

彼のきらきら輝く瞳は、海の気配であれ頭上の空模様であれ、何一つ見逃すことはなかった。彼は、頭上を飛び交っている海鳥たちの中に、冬にはめったに見かけない鳥たちが交じっていることにも、気づいていた。秋はつい最近冬に席を譲ったばかりだ。今年は例年より温かなのだろう。

ロスは背の低い、がっしりとした体格の男で、白くなりかけた髪は短く刈り込んである。肌は潮風にさらされて、栗色に近い。かなり気難しいほうで、何か気にくわないことでもあれば、たちまち大声で相手を怒鳴りつけるのが常であった。

その時、操舵柄を節くれだった手で宥《なだ》めるように操っていた背の高い水夫が、突然目を細め、近くに立っているロスに、ちらっと視線を投げかけた。

「船長……」と、彼は言いかけた。

「儂も気づいとるさ、オダー」ロスは、操舵手が先を続ける前に、そう応じた。「この三十分ほども、あれを見守っとったんだ」

操舵手のオダーは、驚きの目で船長を見つめながら、息を呑んだ。二人が話題としているのは、一マイルほど前方に浮かんでいる、高いマストを何本も備えた外海航行用の大型船のことであった。ロスが言ったように、その船は、それよりはるかに小さいバルクの甲板に立つ者の視野に、すでに三十分も前から入っていた。だが、なにやらおかしいとオダーが気にし始めたのは、ロスと違って、ほんの数分前だった。大型船は、全ての帆を張っているのに、海面からひどく浮き上がっている。底荷《バラス》をあまり積みこんでいないらしいと、舵取りのオダーは見てとった。しかし、何よりもおかしいのは、その気紛れな針路のとり方だった。考えられないほど突飛な針路変更を、二度もやっている。オダーには、今にも転覆するに違いないと思えた。オダーは、トップスル（トップセイル、中檣帆）がひどく不手際に取りつけられていて、いろんな角度へ揺れ続けていることにも、気がついていた。彼が船長の注意を引く必要があると考えたのは、この時だったのだ。

それに対してロスは、もう三十分も前からあの船を見守っていると答えたのである。だが、船長は決して法螺《ほら》を吹いたわけではない。この船を目にするやロスはすぐさま、きわめて未熟な船乗りが舵をとっているのか、あるいは船上で何事かが起こったのだと判断していた。張られたままになっている全ての帆が、気紛れに向きを変える風のなすがままに、ふくらんだり、すぼまったりしている。それなのに、船の針路を正そうとする乗組員の姿が全く見当たらないとは、どういうことなのだろう。

「あの船、あっちのほうに向かってますぜ、船長」と、オダーが唸った。「あの分じゃ、すぐにも岩礁に乗り上げちまいまさあ」

ロスは、それには答えなかった。すでに彼も、同じ結論に達していた。大型船の前方一マイルほどの海域には、無数の大岩が半ば海中に姿を沈めて待ち受けていることを、ロスは知っている。大波が雷鳴のように轟《とどろ》きながらその上に襲いかかって砕けると、黒い花崗岩が姿を現し、その側面で白く泡立つ海流が激しくたち騒ぐ。それだけではない、この砦のような花崗岩の群れを、海面下に完全に姿を隠している一列の岩礁が、さらに取りまいているのだ。彼のバルクのような喫水線の浅い小さな船ならその上を難なく乗り切れるが、今左舷前方に見えている外海航行用の大型船では、とてもそうはいかない。

ロスは、低く溜め息をついた。

「針路を変えて、いつでもあの船に向かえるように、待機しとれ、オダー」と唸るように操舵手に指図をすると、ロスはほかの乗組員に大声で命じた。「主檣《しゆしよう》の帆を緩める準備にかかれ！」

やがてフォラッ八号は見事な手際で方向を変え、新しい針路をとり始めた。追い風をもろに受けて、バルクは波を切り、滑るように大型船へと向かった。船足も軽快に、バルクは大型船から一ケーブル（十分の一海里。一八五・二メートル）の距離まで、みるみるうちに近づいた。ロスは、船首の手摺りのほうへ行き、そこからメガホン代わりに両手で口許を囲いながら、大声で呼びかけた。

「ホーイ！　ホーイ！」

だが、今や目の前に聳《そび》えたつばかりの姿を見せている薄暗い影のような大型船からは、それに応える叫びは返ってこなかった。

突然、気紛れな風の向きが変わった。海面から陰鬱に聳えたつ外海航行用大型船の船首が、急にフォラッ八号のほうへ向きを変えた。帆にいっぱいの風を受けて、まるで猛り立った海の怪物のように、ロスたちに襲いかかってこようとしている。

ロスは、操舵手に喚《わめ》いた。「面舵《おもかじ》、いっぱーい！」

それ以外に、手の打ちようがなかった。彼にさえ、なす術はないのだ。フォラッ八号よりはるかに大きな船体が突進してくるのを、ただ見つめるほかなかった。

まるで不承不承といった、はらはらするような緩慢さで、フォラッ八号の舳先《へさき》の向きが、やっと変わった。衝撃を受けてほとんど横倒しになりかけながらも辛うじて立ちなおったバルクを尻目に、大型船はその左舷をかすめて通り過ぎていった。航跡に取り残されたバルクは、その後しばらく、波にもまれて上下に激しく揺れ続けねばならなかった。

ロスは激怒に身を震わせながら、大型船の船尾を睨みつけた。突然、風が、はたと凪いだ。帆がしぼんだ大型船は、海面をゆっくりと滑るように動き続けたあと、ついに停止した。

「あの船の船長め、二度と郭公《カッコウ》や水鶏《クイナ》を目にする日を迎えるな！　あの野郎、アザラシに喰われちまえ！　もがき苦しみながら、くたばりやがれ！　墓ん中で、腐っちまえ！」

怒り狂い、大型帆船に向かって拳を振り立てつつ突っ立っているロスの口から、とめどなく呪いの言葉があふれ出た。

「教会もねえ町で、神父さんに懺悔《ざんげ》を聴いてもらえねえまま、おっ死《ち》んじまえ……」

「船長！」ロスの悪口の大奔流をさえぎったのは、女性の静かな、だが権威に満ちた声であった。「神様は、さしあたって、もう十分に悪態をお聞きになり、あなたの気が動転していることも、わかっておいでだと思いますよ。この冒瀆的な言葉、どういうわけなのです？」

ロスは、くるっと振り返った。フォラッ八号の甲板の下に設けられている一番大きな客室でこの乗客が休んでいたことを、今の今まで、彼はすっかり忘れていた。

船尾甲板の操舵手オダーの傍らに立ち、感心しかねると軽く眉をひそめながらロスの顔を見つめているのは、ほっそりとした聖職者だった。それも、若い女性だ。背は高いが、均整のとれた姿をした女性である。地味な法衣を身にまとっていようと、さらにその上からビーヴァーの毛皮の縁取りをめぐらせた羊毛のマントで全身をすっぽりと包んでいようと、そのことは隠しきれないようだ。言うことを聞かない一房の赤い髪が被り物からこぼれ出て、潮風に揺らいでいる。白く透きとおった肌が美しく、瞳がきらきらと輝く魅力的な美貌だ。しかしその瞳の色は、感情の変化につれて変わってゆくので、はたしてそれが青なのか、それとも緑色なのか、定かには見極めがたい。

ロスは、弁解するかのように、向こうの船を指し示した。

「お気にさわることをしちまって、申し訳ないです、シスター・フィデルマ」と彼は、口ごもりながらそれに答えた。「だけど、あの船の奴、すんでのとこ、儂らを沈没させるとこだったんでさあ」

ロスは、この乗客が単に修道女であるだけでなく、モアン王国のコルグー王の妹君であることを、承知していた。また彼女が、エール五王国の法廷におけるドーリィー(2)〔弁護士〕であることも、過去の経験から知っていた。(3) しかも、アンルー〔上位弁護士〕という高位の資格を持っているドーリィーなのだ。これは、大学や修道院付属学問所が授与する各分野の資格の中でも、最高位者のすぐ下という、ごく高度の資格なのである。

「私は、気を悪くなど、していませんよ」と答えたフィデルマの面《おもて》には、やや厳めしさを秘めた微笑が、うっすらと浮かんでいた。「でも、あなたの呪いは、神様のお気を損ねたかもしれませんね。なすべき明白なことがある時に、ただ相手を呪っているだけとは、しばしば活力の浪費ですよ」

ロスは、しぶしぶ頷いた。彼は、女性を相手にすることが、ごく苦手であった。海の人生を選んだのも、そのためだ。一度、結婚したことはあった。だがその結婚は、女房が娘の養育を彼に押しつけて家を出ていったことで、終わってしまった。その子も、今ではフィデルマと同じくらいの年齢になっている。だからといって、彼が女性を相手にする時に感じる気詰まりが薄れた、ということにはならなかった。とりわけ、この若い女性に向き合うと、彼はひどく硬くなってしまう。そのもの静かな権威ある挙措《きよそ》を前にすると、まるで自分の行動を絶えず判断されている子供になったような気がしてしまうのだ。一番困るのは、いつもこの聖職者のほうが正しい、という点なのかもしれない。確かに、大型船の姿を見せぬ船長を罵《ののし》ったところで、誰の得にもならないようだ。

「それで、その理由とは、なんだったのです？」と、フィデルマは説明を求めた。

ロスは、向かい風を受けて束の間静かになっている外海航行用の大型船を指し示しながら、すばやく事情の説明にかかった。

フィデルマは、好奇心をそそられ、注意深く大型船を見つめた。

「甲板には、人の動きまわっている気配が全くありませんね、ロス？」と、彼女は指摘した。

「あなたは叫んでいたようですが？」

「はあ、叫んどりました」と、ロスは答えた。「でも、何の応答もないんですわ」

実は、ロス自身もたった今、もしあの船に誰か乗っていれば、自分のバルクに気づかないはずはないし、必ず呼びかけにも返答したはずだ、と考え始めたところであった。ロスはオダーに向きなおり、「あの船に接舷できるか、やってみてくれ」と、唸るように命じた。

操舵手は頷くと、接舷するまでの間、風がこのままおさまっていてくれるようにと祈りながら、小さなバルクの舳先を回し始めた。オダーはいたって寡黙であるが、その技倆にかけては、モアン王国の沿岸で高い評価を得ている船乗りである。ほどなくバルクは、見上げるような大型船に横づけになり、ロスの配下の水夫たちが、その船側に垂れ下がっていた数本のロープを、しっかりと捉えた。

修道女フィデルマは、邪魔にならないようにとバルクの反対側の舷側の手摺りに身を寄せて、冷静な関心を抱きつつ、見上げるような巨大な帆船を見守った。

「船の形からすると、ゴールの商船のようですね?」と、フィデルマはロスに呼びかけた。「それに、トップスルの取りつけ方が、危なげではありません?」

ロスは、そう判断するフィデルマに、称賛の視線を投げかけないわけにはいかなかった。彼は、この若い弁護士が示す知識に驚くことは、もうやめていた。彼女を船客として自分のバルクに乗せるのは、これが二度目であり、彼女がその若さからは想像できないほどの該博な知識を持っていることは、すでに承知していた。

「いかにも、ゴールからの船ですわ」と、彼は同意した。「重い肋材《ティンバー》(船舶の肋骨部分の材木)だの、マストの横木なんぞは、モルビアン（フランス西北部の港町）独特のものでさ。それに、トップスルのこと、全くおっしゃるとおりで。なっとらん取りつけ方をしとる」

ロスは、気遣わしげに空を見上げた。

「ちょっと失礼しますわ、尼僧様。風がまた強くなる前に、儂ら、あっちの甲板に乗りこんで、どうなっとるのか見届けねばなりませんのでな」

フィデルマは船長に、どうぞと、片手の仕草で告げた。

ロスは、オダーに、バルクの舵柄はほかの水夫に任せ、あと二人水夫を連れて自分と一緒に来るように、と指示した。彼らは軽々とバルクの船側を乗り越えると、すぐにロープに取りついて登っていき、大型船の甲板に姿を消した。フィデルマはバルクに残って、彼らを待った。大型船の甲板から、彼らの叫び声が聞こえてくる。すぐに水夫たちはマストをさっと登っていき、帆をおろし始めた。風がふたたび募ってきた場合に備えての処置であろう。間《ま》もなく、ロスが大型船の船側に姿を現し、手摺りを乗り越えて、猫のような身軽さでフォラッハ号の甲板に飛び下りてきた。その顔に浮かぶ戸惑いの色に、フィデルマは気づいた。

「どうしたのです、ロス？」と彼女は、すぐに問いかけた。「あの船では、何か病気でも？」

ロスは、一歩彼女のほうへ近づいてきた。その目に浮かんでいるのは、戸惑いだけではなかった。恐怖の色もひそんでいるのでは？

「尼僧様、あのゴールの船に、一緒に来ていただけんですか？　調べていただきたいことがあるんですわ」

フィデルマは、かすかに眉をひそめた。

「私は、船乗りではありませんよ、ロス。どうして私の調べが必要なのです？　あの船は、病にでも襲われているのですか？」と、彼女は問い返した。

「いや、尼僧様」ロスは、一瞬ためらった。なにやら、落ち着かない様子である。「実は……誰も、おらんのです」

フィデルマは、目を瞬《しばた》いた。それが、彼女の驚きを示す唯一の反応であった。彼女は無言でロスに従い、すぐに船端《ふなばた》へ歩み寄った。

「儂を先に行かせてくだされ。そしたら、このロープで尼僧様を引っぱり上げられますからな」

そう言いながら、ロスはロープの先端に輪を作って、それを示した。

「儂が合図したら、この輪に足をかけなされ」

そう言いおいて、ロスは商船の甲板へと向きなおり、ロープをよじ登っていった。フィデルマも、こうして引き上げてもらえたお蔭で、短い距離ではあったものの、無事大型船の甲板に登ることができた。水夫たちは、帆を安全に縛りつけていた。中の一人が操舵手を務め、船の動きを制御している。フィデルマは、彼らとロス以外本当に誰もいない甲板を腑におちぬ面持ちで見まわした。見棄てられたように人気《ひとけ》のない船。それでいて、全て整然としており、甲板も水とブラシできれいに洗われているとは、一体どういうことなのか。

「誰一人乗船者がいないというのは、確かですか?」と訊ねた彼女の声には、信じがたいという思いが、かすかに響いた。

ロスは、うなずいた。

「儂の部下たちは、くまなく探しまわりました、尼僧様。この奇っ怪な状態、どういうことなんでしょうな?」

「友よ、今聞かせてもらった情報だけでは、推測することさえ、まだ無理です」と答えながら、彼女はなおも、清潔で整然として見える船の様子を眺め続けた。ロープでさえも、きちんと巻かれている。「何か、場違いなものはありません? やむなく船を見棄てなければならなかった事情を物語る形跡は?」

ロスは、ふたたび首を横に振った。

「非常用の小舟は、船の中央部にしっかり固定されたままですわ」と、ロスはそれを指し示した。「最初に目にした時から、この船が高々と浮き上がっとることに、気づいとりました。つまり、沈没しそうな気配なんぞ全くなかったってことです。儂が推測する限りじゃ、船底にも穴など開いとりませんよ。そう、沈没の恐れから船を見棄てたって様子は、全くなかった。それに、トップスル以外の帆は、皆きちんと張られとる。となると、一体、乗組員に何が起こったんでしょうな?」

「トップスルのせいでは?」と、フィデルマは訊ねてみた。「ひどくおかしな取りつけ方をしてありましたね、強い風が吹けば、簡単にもぎ取られそうな？」

「でも、それだけじゃ、船を見棄てにゃならん理由には、なりませんな」

フィデルマは、今はトップスルが捲き揚げられているマストの横木を見上げた。それから、眉を寄せて、帆の処置に忙しいオダーに呼びかけた。

「マストの、あそこにあるのは、何かしら？　甲板から二十フィートほどのところに見える、あの布ですけど？」

オダーは、ロスへちらっと視線を向けてから、それに答えた。

「わからんです、尼僧様。自分に、取って来いとおっしゃるんで？」

命令は、ロスが下した。

「登っていけ、オダー」

オダーは慣れた動作でさっとマストの横木に取りつき、たちまち細く引き裂かれた布切れを手に下りてきて、報告した。

「マストの釘に、引っかかっとりましたよ、尼僧様」

フィデルマが見るところ、ただのリネンの切れ端であった。おそらく、シャツから引き裂かれたものであろう。しかしフィデルマは、その一部に血痕がついていることに気づいた。比較的新しいものだ。まだ乾ききってはいない。褐色に変色してはおらず、鮮やかな色が残っている。

フィデルマは考えこみながら、しばらく上のほうを見つめていたが、やがてマストの下へ歩み寄ると、捲き揚げられたトップスルを仰ぎ見た。それから振り向いたが、その時、彼女の目は何かをとらえた。手摺りに、乾いた血痕が見えた。明らかに、掌についた血が擦《なす》りつけられたらしい。フィデルマは、注意深くそれを観察した。この血痕を残したのが何者であれ、明らかに手摺りを海側から摑んだに違いない。フィデルマは静かに溜め息をつくと、リネンの布切れを、いつも腰のベルトに吊るして携帯している大型のハンドバッグふうの鞄、マルスピウムの中に収めた。

甲板で見てとるべきものは、これ以上何もないらしい。フィデルマは、「船長の部屋へ案内してください」と、次の指示を出した。

すぐにロスは、一段高くなった船尾甲板の下に設けられている主要船室へと、フィデルマを伴った。

主要船室は、二部屋あった。両方とも、整然と片付いていた。寝棚も、きれいにととのえられている。一方の部屋のテーブルの上には、カップや皿がきちんと並べられていた。だが少しばかり、乱れている。ロスは彼女の視線を追って、舵手のいない船が風に煽《あお》られて、ぐらぐらと揺れたためだろうと、説明を加えた。

「これまでに、よくも岩に乗り上げて壊れちまわなかったもんだと、不思議なくらいでさあ」と、彼はさらに言葉を続けた。「船を操る者なしに、一体どれほどの時間海を漂っていたものやら、神のみぞ知る、ですわ。しかも満帆状態なんですぜ。強い風が吹きつけようもんなら、たちまち転覆のはずでさ。帆を広げたり縮めたりする者もおらんのですから」

フィデルマは、しばらくの間、口を固く結んで、考えこんでいた。

「まるで、乗組員全員が、ぱっと消えちまったみたいですわ」とロスが、ふたたび自分の考えを口にした。「ちょうど、神隠しにあったみたいに……」

フィデルマは、ちょっと皮肉っぽく、眉を軽く吊り上げた。

「そのようなことは、現実にはあり得ないことですよ、ロス。何事であれ、合理的な説明がつくはずです。船のほかの部分も、案内してもらいましょうか」

ロスが、先に立って船室を出た。

甲板の下の階には、かすかに刺激的な潮の香りに代わって、長年にわたって狭い空間の中で寝起きや食事をしてきた男たちの、鼻をつくような重苦しい臭いがたちこめていた。上甲板の下の階の天井は、フィデルマが梁に頭をぶつけまいと身を屈めねばならないほど低かった。汗のむっとする臭いや、甘ったるい刺激臭を放つ尿の臭いは、いくら海水で強く洗い流そうと、非番の水夫たちがたむろする区画にきつく染み付いていた。唯一の利点は、寒風に吹きさらされている上の甲板よりは暖かい、ということだろうか。

しかし、乗組員たちの区画も、おそらく上級船員たちが使っていたのであろう船室ほどではなくとも、同じように整然としていた。取り散らかされていた様子も、慌てて立ち去った形跡も、全く見られない。備品もごく几帳面にしまいこまれている。

　水夫たちの部屋を見たあと、ロスはフィデルマを中心部の船倉へと案内した。また別の匂いが、フィデルマの嗅覚に飛び込んできた。水夫たちの部屋のむっと鼻をつく臭いとはがらりと変わった匂いが、感覚を刺激する。フィデルマは足を止め、眉を寄せて、鼻孔が捉えた新しい匂いがなんであるかを突き止めようとした。何種類もの香辛料が混じったような匂いだ——しかし、その中で何かが際立っている。葡萄酒の重い芳香だ。彼女は薄暗い船倉を見まわした。だが、がらんどうのように見える。

　ロスが火打ち石と火口《ほくち》を取りあげ、ランターンに火を灯してくれたので、倉庫内の様子が、少しは見やすくなった。ロスは、軽く吐息をついた。

「さっき言ったように、この船はかなり海面から浮き上がっとりました。だから、強風が吹きつけると、二倍も危なっかしい角度で傾《かし》いどったんですわ。きっと船倉は空っぽなんだと、思っとりましたよ」

「どうして、全然船荷を積んでいないのでしょうね？」とフィデルマは、船倉の奥まで覗きこみながら、ロスの意見を求めた。

　だがロスにも、全く合点がいかないようだ。

「全然わかりませんな、尼僧様」

「これはゴールの商船だ、と言っていましたね？」

海の男は、それに頷いた。

「船が積荷なしにゴールからやって来る可能性は、ありますか？」

「なるほど」とロスは、すぐにフィデルマの質問の意味を汲みとった。「ないですな。船荷なしで航行することなんぞ、ありませんよ。それに、帰りだって、必ずアイルランドのどっかの港で荷を積みこんでから、出航しますわ」

「では、私どもには、いつ乗組員たちが姿を消したのか、推測しかねるわけですね？　この船は、アイルランドに向かうところだったのかもしれないし、ゴールに帰ろうとしていたのかもしれない。そのいずれであれ、乗組員が船を立ち去る時に、積荷も運びだされたのでしょうか？」

ロスは鼻の先をこすりながら、考えこんだ。

「いいとこをついたご不審ですな。だが儂らに、その答えは出しようがありませんや」

フィデルマは何も積みこまれていない船倉に二、三歩入っていき、薄暗い内部を調べ始めた。

「このような船は、ふつう、何を運ぶのかしら？」

「ワインだの香辛料だの、わが国にそう簡単には入ってこない品物ですな。ほれ、あれは、ワインの小樽を積みこむ棚ですわ。今は、全く空っぽだが」

フィデルマは、ロスの指さすほうへ、視線を向けた。空のワイン棚のほかに、破損した木材の破片など、さまざまなごみや残骸が、かなり散らばっている。傍らに、金属の輪をはめた車輪も一個、残っていた。車輻《スポーク》が一本、折れている。そのほかに、フィデルマの眉をひそめさせる怪訝《けげん》なものもあった。木製の大きな円筒で、まわりに太い粗糸がしっかりと巻きつけてある。筒の長さは二フィートほど、直径は六インチぐらいだろうか。彼女は屈みこみ、太い糸に触ってみて、驚きに少し目を見張った。ただの糸ではなく、動物性のガットであった。

「これ、なんでしょう、ロス?」と、フィデルマは船長に訊ねた。

ロスも屈みこんで調べてみたが、ただ肩をすくめるしかなかった。

「皆目、見当もつきませんわ。船じゃ、こんなもん、使わんですからな。だが、何かを固定する紐じゃなさそうだ。ずいぶんしなやかです。これじゃ、少し力が加われば、すぐに伸びちまいます」

フィデルマはまだひざまずいていた。何か別のものに気をとられて、それを見つめていたのだ。船倉の木張りの床のそこかしこに、茶色の粘土状のものを認めたのである。

「それ、なんです、尼僧様?」と、今度はロスのほうが、ランターンを高く掲げながら問いかけた。

フィデルマは指先で少しすくい取って、それに視線を凝らした。

「多分、なんでもないのでしょう。ただの赤っぽい粘土です。きっと船荷の積みこみの際に、人夫たちの靴について、港から運ばれてきたものでしょうね。でも、ここにかなりあるようですよ」

フィデルマは立ち上がり、空の船倉を横切って反対側の出入り口へと向かった。船首のほうへ登ってゆく昇降口《ハッチ》である。だが彼女は突然足を止めて、ロスを振り返った。

「誰であれ、この下に身を隠すことはできないかしら？」と言って、彼女は床を指し示した。

ロスは薄暗がりの中で、顔をしかめた。

「船に巣くう鼠以外、この下に潜んどるものなんぞ、いませんや、尼僧様。床下は、湾曲した船底だけですからな」

「そうではあっても、船の中のあらゆる箇所を探索しておくほうがいいでしょう」

「すぐに、手配しますわ」ロスは、彼女のおのずと身に備わる権威を素直に受け入れて、この要求に同意した。

「そのランターンは、こちらに下さい。私は、もう少し調べてみますから」そう告げてフィデルマは、ロスからランターンを受け取ると、船倉を横切って船首部分へと向かった。ロスは、不安げにあたりを見まわした。彼も〝迷信深い海の男〟なのだ。彼はすぐに水夫の一人を呼び寄せた。

フィデルマはランターンを掲げて、前方を見やった。そこは錨床《アンカー・ベッド》（錨や錨索を収納しておく場所）になっており、小さな階段もある。階段の上には、さらに船室が二部屋あったが、いずれも、やはり空室だった。両方とも、整然と片付いている。その時、フィデルマは気がついた。全てがきちんと片付いている。片付きすぎている。船長や乗組員たちの、あるいはこの船に乗っていたかも知れぬ乗客たちの私物が、何一つ見当たらないではないか。衣類も洗面用具も、何一つ。あるのは、ただ素朴な造りの船体だけだ。

フィデルマは、ロスを探そうと、後戻りをして、甲板へ通じる短いハッチを昇り始めた。だが、よく磨かれたハッチの手摺りに手を滑らせてゆくと、掌に何か異質なものを感じた。しかし、それをよく観察しようとしかけた時、彼女の名を呼びながらやって来る誰かの足音が聞こえたもので、そのまま上へ昇っていき、明るい外気の中へと戻った。

ハッチ近くに渋い顔をして立っていたのは、ロスだった。彼は階段から姿を現したフィデルマを見ると、すぐにそばへやって来た。

「船底には、何もありませんでしたぜ、尼僧様。鼠だの、ごみだの、予想しとったものばかしでしたわ。人間なんぞ、いやしませんでしたよ」というのが、彼の報告だった。「生きとる奴も、死んじまった奴も、です」

フィデルマは、自分の掌をじっと見つめた。色がついている。かすかに褐色の汚れがついている。それがなんであるかは、すぐにわかった。彼女はその掌を、ロスに示した。

「乾いた血です。それほど古いものではありますまい。この船に残された血痕、これで三つ目です。こちらへ、一緒に来てほしいの」フィデルマは、後ろにロスを従えて、ふたたび下の船室のほうへと階段を引き返した。「下の船室で、死体を探してみる必要がありそうですね」

彼女はハッチの途中で足を止め、ランターンを掲げた。手摺りについていたのは、確かに血痕だった。何段かの踏み段にも、血の痕がある。さらに両側の壁にも、飛び散っていた。リネンのシャツや甲板の手摺りについていたものより、古い血痕だ。

「甲板には、血の痕はありませんでしたよ。怪我したのが誰であれ、この階段でやられて、そのあと下に連れていかれたんでしょうな」と、ロスが自分の判断を述べた。

フィデルマは、考えこみながら、唇をすぼめた。

「あるいは、下で傷を負って、このハッチを昇ってこようとした時誰かに出会い、傷を縛ってもらうかどうかしたため、甲板に血が滴っていないのかも。ともかく、この血の痕をたどってみましょう」

ランターンで照らしながら、フィデルマはハッチの下を調べてみた。突然、彼女は目を細めた。危うく、叫び声をあげるところだった。

「ここにも、古い血の痕が残っています」

「尼僧様、儂はどうも、こんなの、好かんです」とロスは、怯《おび》えたように、あたりを見まわした。「なにやら邪悪なものが、この船にとり憑《つ》いとるんじゃありませんかね?」

フィデルマは、すっと背を伸ばした。

「もし邪悪なものだとしたら、それは人間の邪悪さです」と、彼女はロスを嗜《たしな》めた。

「でも、人間の力じゃ、乗組員や船荷をすっかりかき消しちまうことなんぞ、できませんぜ」と彼はそれに異を唱えた。

「いいえ、できますとも。それに、その者たち、すっかりかき消されてしまったわけではありませんよ。血痕を残しているではありませんか。そのことが、これは人間の仕業だと、はっきり物語っています。邪悪な魔物であれ、善良な精霊であれ、もし超自然のものであれば、人間に害を加えるのに、血を流す必要はないはずでしょ」

そう言うとフィデルマは、振り向いて、ランターンを掲げながら、ハッチに続く二つの船室の探査にとりかかった。

残された血痕から見て、負傷者はかなり深手を負っているものと推測される。彼はナイフか、何かそれに近い鋭利な刃物でもって、ハッチか船室の一つで、深く切りつけられたのであろう。フィデルマは、気が重そうなロスを従えて、船室の一つに向かった。

彼女は、まず扉のところで立ち止まり、謎の解明の手掛かりになるものはないかと、部屋全体に目をはしらせた。

ちょうどその時、「船長！」と叫びながら、水夫の一人が、階段を下りて、二人の後ろへやって来た。

「船長、オダーにいいつかってきたんで。また風が強くなってきたし、潮も儂らを岩礁のほうへ押し流しかけとるって、オダーが言っとります」

ロスは悪態をつこうと口を開きかけたが、フィデルマと目が合ったもので、どうにか唸り声をあげるだけで我慢することにしたらしい。

「よし、わかった。この船の船首にロープを縛りつけろ。そして、オダーに、ここに残って舵をとれって伝えるんだ。こいつを、安全に錨が下ろせるあたりまで曳航《えいこう》していかにゃなるまいからな」

水夫が駆けもどっていくと、ロスはフィデルマに向きなおった。

「バルクに戻んなさったほうがいい、尼僧様。この船を岸のほうへ曳っぱっていくのは、かなり厄介な仕事ですからな。儂のバルクのほうが、安全ですわ」

こうなると、ロスに従って甲板に戻るしかない。しかし、そうしながらフィデルマの目は、前に気づかなかったものをとらえた。先ほどは、船室の扉が開いていたため、その陰になっていて見えなかったのだ。しかし今、出ていこうと振り向いてみて、扉の後ろの釘に場違いなものが吊り下げられていることに、初めて気がついた。ティアグ・ルーウァーと呼ばれる〝書籍収納用の革鞄[4]〟を、このような船室で見かけようとは。実に、意外な品だ。アイルランド人の書物の収蔵方法は、本棚に立てて並べるのではなく、羊皮紙の書籍を一冊ずつ、あるいは数冊一緒に、書籍用の革の収納鞄に入れて、図書館などの壁に打ち込んだ釘に吊るす、あるいは鞄ごと棚に載せる、という方式であった。このような書籍用鞄は、本を持ち運ぶ際にも、よく使われた。キリスト教の布教に努める聖職者たちにとって、福音書、聖務日課用の祈禱書、その他の書物の携帯は必須であるため、布教者用に肩紐で肩にかけて使用する書籍鞄も、考案されていた。この船室の扉の後ろに吊るされているティアグ・ルーウァーも、この携帯用の書籍鞄であった。

フィデルマは、ロスが待ちかねたようにハッチの下に立っていることに、気づきもしなかった。

彼女は鞄をとり下ろすと、それに手をさし入れた。中に入っていたのは、上質皮紙《ヴェラム》の小型本であった。

突然、彼女の鼓動が早鐘のように早くなった。口がからからに渇いた。彼女は、その場に、身じろぎもできずに立ち尽くした。耳の中で、血管が激しく脈打っている。一、二分ほど、このまま気を失うのではないかと思った。その書物は、見たところ、さして珍しくない、小型の写本《マニュスクリプト》であった。ヴェラムは、打ち出し手法《エンボス》で円形や渦巻き模様を美しく浮き上がらせた仔牛革で装幀されている。フィデルマは、扉ページを開くまでもなく、それが祈禱書であると知っていた。扉ページになんと書き込まれているかも、知っていた。

彼女がこの書物を最後に手にしてから、もう一年半近くたっている[5]。十七ヶ月ほど前の温かなローマの夏の夕べ、薬草《ハーブ》の香《かぐわ》しい芳香が漂うラテルナ宮殿の薬草園で、フィデルマはこの本を手にして立っていた。ローマを去り、アイルランドへと帰国することになったフィデルマの、出発前日の夕暮れであった。フィデルマは、その時、この祈禱書をエイダルフ修道士[6]に手渡したのである。ブリテン島南部のサクソン王国の出身である〝サックスムンド・ハムのエイダルフ〟は、フィデルマの友であり、いくつもの冒険を共にした仲間でもあった。ウイトビアにおいて女子修道院長エイターンが殺害された時[7]、事件解決を託されたフィデルマを、彼は大いに助けてくれた。その後、ローマで、カンタベリー大寺院の大司教の叙任者《エレクト》が、すなわち、まだ叙任式は執り行なわれてはいないものの、すでに大司教と決定されていたウィガルドが殺害された時[8]にも、エイダルフはフィデルマの捜査に力を貸してくれた。

　不可解にも見棄てられていたこのゴールの大型船で、今フィデルマが手にしているのは、親しき友であり、よき協力者であったエイダルフに、彼女が惜別の贈り物として手渡した、あの祈禱書だった。別れに際しての、二人の深い思いのこもった、あの書籍だった。

　フィデルマは、船室が揺れ始め、旋回し始めるのを感じた。彼女は、胸裡《きょうり》を駆けめぐるさまざまな思いを、必死にしずめようとした。恐怖に、胸が押しつぶされそうになった。不吉な思いを、なんとか理性的に抑えようと努めた。目が眩《くら》み、後ろへよろよろと倒れそうになる。そして突然、意識を失い、後ろの寝棚に倒れた。

第三章

「シスター・フィデルマ、大丈夫ですかい？」

フィデルマがはっと気づくと、ロスの気遣わしげな顔が目の前にあった。彼女は目を瞬《しばた》いた。それほど長い間、気を失っていたわけではないはず。ただ、ほんの少し……彼女はふたたび瞬《まば》きをして、このような弱さを人に見せてしまった自分を、胸のうちで咎《とが》めた。だが、衝撃は、あまりにも大きかった。別れに際しての贈り物として、ローマでエイダルフ修道士に手渡した祈禱書が、どういうわけで今、モアン王国の沖に乗り棄てられていたゴールの商船の客室にあるのか？　エイダルフがそう簡単にこれを手放すことなど、ないはず。となると、エイダルフ自身がこの船室にいた、ということになる。彼は、この商船の乗客だったのだ。

「シスター・フィデルマ！」心配にかられて、ロスの声が大きくなった。

「ご免なさい」と答えて、フィデルマは気をつけながら、ゆっくりと立ち上がった。ロスが身を屈め、手を添えようとしてくれた。

「目眩いでも起こしなさったんで？」と、船長は問いかけた。

フィデルマは首を横に振りつつ、感情をこうもあらわにした自分を、ふたたび責めた。しかし、この感情を否定しようとすれば、いっそう自分を偽ることになる。彼女は、ローマの埠頭でエイダルフと別れて以来、自分の感情を必死に抑えこもうとしてきた。エイダルフは、新たにカンタベリー大寺院の大司教に任じられた〝ダルソスのテオドーレ〟(1)の個人的相談役を務めるよう命じられたためローマ滞在を続けねばならなかったし、彼女のほうは自分の生まれ故郷アイルランドに戻らなくてはならなかったのだ。

しかし、この一年半ほどの月日は、〝サックスムンド・ハムのエイダルフ〟を思い出して、まるで郷愁にも似た淋しさや、やるせない思いを味わっていた日々だった。フィデルマは、故郷に戻っていた。ふたたび同国人や家族の間に身をおいていた。それなのに、エイダルフがいないことを淋しく思っているのだった。彼と闘わせた議論が懐かしい。自分たちの異なる意見や人生観を論じ合いながら、よくエイダルフをじらしたものだ。それが楽しかったのに。フィデルマが差し出す餌に機嫌よく喰いついてくる彼の反応も、思い出される。論戦は白熱したが、二人の間に敵意が生じることなど、決してなかった。

エイダルフは、もともとアイルランドのダロウ(2)とトゥアム・ブラッカーン(3)で教育を受けていた。もっとも、信仰に関しては、やがてコルムキル(4)の教えを退けて、ローマの宗規(5)に従うようになりはしたが。

同年配の友人たちの中にあって、フィデルマが心からくつろぎ、自分の身分や自分に与えられている社会的責務という帷《とばり》に自分を隠すことなく全てをさらけ出せる相手は、ただ〝サックスムンド・ハムのエイダルフ〟だけであった。彼が相手であれば、役を演じる俳優のように自分を装う必要はなかった。

今、彼女ははっきりと悟った——自分のエイダルフに対する感情は、単なる友情より、はるかに深かったのだ。

その彼に贈った本が、アイルランドの海の沖合いに漂っていた無人船の中で見つかるとは。今、フィデルマの胸を、恐ろしい思いが狂おしく駆けめぐっていた。

「ロス、この船には、不可解な点があります」

ロスは、戸惑い気味に顔をしかめた。

「そのことなら、みんな、そう思っとりますが」

フィデルマは、まだ手に持ったままの祈禱書を、ロスに差し出した。「これは、一年半近く前にローマで別れた、私の友人のものです——ごく親しい友人でした」

ロスは、それを見つめながら、頭を掻いた。

「たまたま、それにめぐり合いなすったんじゃないですかね？」と、彼はやんわりと言ってみた。

「ええ、たまたま、かもしれません」とフィデルマは、真剣な顔で同意した。「でも、この船に乗っていた人々に、何かが起こったのです。それがなんだったのか？　私は、それを解明しなければ。私の友人に何が起こったのかを、見つけ出さなければ」

ロスは、当惑の色を見せた。

「でも、もうバルク〔小型帆船〕にもどらにゃなりませんわ、尼僧様。また風が募ってきましたでな」

「この船を、岸まで曳いていくつもりですか?」

「はあ、そのつもりでさ」

「では、静かな海に落ち着いてから、もっと詳しく調べることにしましょう。どこを目指すのです?」

ロスは、顎をこすった。

「いえね、一番近い港ってのが、今尼僧様をお連れしようとしとる場所でしてな。これから、その〝三つの泉の鮭〟女子修道院を目指しますわ」

フィデルマは、そっと溜め息をついた。祈禱書の発見という事態で、彼女は自分がそもそも何のためにロスの船に乗っているかを、束の間《ま》忘れていた。昨日の午前中、フィデルマが滞在していたロス・アラハーの大修道院のブロック院長(6)は、〝三つの泉の鮭〟女子修道院の院長から連絡を受けたのだった。モアン王国の遙か西部にはいくつもの半島があるが、その一つの先端に、小さな修道院が建っている。それが、〝三つの泉の鮭〟女子修道院なのであるが、そこで何者ともわからぬ死体が発見されたという。どうやらキリスト教の聖職にある女性らしいのだが、身許の確認が難しいらしい。頭部を欠く遺体だったのだ。そこで、女子修道院の院長は、この死者の身許と犯人の探索という難題を解明するために、ブレホン(7)の派遣を、すなわちアイルランド五王国の全ての法廷に立つことのできる法の専門家の助力をブロックに求めてきたのであった。

〝三つの泉の鮭〟女子修道院はロス・アラハー大修道院の管轄下にあるので、ブロック院長は大修道院に滞在中のフィデルマに、調査を引き受けてもらえるかと訊ねた。女子修道院は、岩礁の続く海岸線に沿って船を走らせると一日で行ける距離に在るのでフィデルマは海路《かいろ》をとることにして、今、ロスのバルクでそこへ向かおうとしているのだ。

だが、乗り棄てられたゴールの商船に出合い、その船中で、エイダルフ修道士との別れに際して自分が彼に贈った本が入っている書籍収納鞄を発見した。そのせいで、自分がどのような目的で旅をしているのかという大事が、フィデルマの頭から一時的にかき消えていた。

「尼僧様」とロスが、気を揉みながら促した。「もう、バルクに戻らねばならんです」

確かに、そうするほかない。フィデルマはロスの言葉に従うことにして、祈禱書を書籍収納鞄に戻し、それを肩にかけた。

ロスの配下の水夫たちは、すでにゴール船の船首と自分たちの小型船の船尾とを、ロープで繋ぎ終えていた。その中の二人、操舵手のオダーともう一人の水夫が大型船に残り、ロスとフィデルマは、ほかの水夫たちと共にフォラッハ号へ戻った。

ロスは、自分のバルクを大きな商船の舷側から離し、船首を風下《かざしも》へ向けて進めるように、指示を与えている。だが、またもやフィデルマの意識はそこから離れ、ほかのことに占められていた。その間に曳き綱はぴんと伸び、小さな船は自分より大きな船を曳航《えいこう》しながらたち騒ぐ波の間を進み始めた。風がふたたび激しくなってきた。ロスが乗り出してこなければ、この大型帆船は、このあたり一帯の海面下に潜む岩や岩礁に乗り上げて、すでに水没していたであろう。

　ロスは、ぴんと張った曳き綱と、自分たちのバルクによろめくように付き従う大型帆船とに、絶えず気遣わしげな目を配っていた。オダーは、老練な舵手だった。バルクよりはるかに大きな船をも、巧みに針路に乗せていた。やがてロスは、前方へと視線を転じ、岸に向かうべく、航路を見定めた。ロスが目指しているのは、南西方向へ突き出している二つの花崗岩の半島にはさまれた、大きな湾であった。一方の半島には、一連の山々が背骨のように縦走している。そのはずれのあたりに、丸屋根《ドーム》状の山頂が、ほかの峰々を圧して一際高く聳《そび》えていた。また半島の手前には、ずんぐりとした大きな球根のような形の島が見える。ロスは、バルクの舵をとっている水夫に、この島と半島の間へ船を進め、その奥の入り江に入ってゆくようにと、指示を出した。

　フィデルマは、小鳥がとまっているかのように船尾の手摺りに身を寄せて立ち尽くしていた。腕を組み、うつむいて、深く考え事に没頭していた。岸に近づきつつあることにも、その素晴らしい景観にも、全く気づいていなかった。後ろに彼らの拾得物を曳航しながら、バルクは追い風を受け波を切って進んでゆく。だがその横揺れや縦揺れにさえ、どうやら彼女は気づいていないらしい。

「もうじき、静かな水域に入りますわ」祈禱書の発見が引き起こした苦悩を若い修道女の面《おもて》に見てとっていたロスの声には、労《いたわり》がこもっていた。

「奴隷商人かしら？」突然フィデルマは、何の前置きもなしに、ロスに問いかけた。

ロスは、考えてみた。奴隷を求める略奪者たちがしばしばアイルランドの海に出没し、沿岸の集落や漁師の舟を襲って人々を捕らえ拉致してゆくことは、よく知られていた。サクソン王国や、時には遠くイベリア、フランキア、ゲルマニアなどの市《いち》で、売りさばくためである。

「もしかしたら、奴隷商人たちがこの商船を襲い、全員を連れ去ったのでは？」ロスから即座に返事が返ってこないので、フィデルマはさらに問いを重ねた。

だがロスは、首を横に振って、それを退けた。

「失礼ながら、尼僧様、儂は、そうは思わんです。もし、今言いなさったように奴隷商人が商船を捕らえたのであれば、奴ら、どうして捕らえた乗組員ごと、船を自分らの港へ曳っぱっていかんのです？　なぜ、乗組員たちを自分らの船にわざわざ乗り移らせたんです？　それよりもっとおかしいのは、船荷まで移しておきながら、船は置き去りにしたってことですわ。船は、乗組員や船荷よりいい儲けにはならんまでも、同じくらいの金にはなるはずですからな」

ロスの理屈は正しいと、フィデルマにもわかった。全くそのとおりだ。あのように几帳面に、かなり整然とした状態で船を放置したのは、どういうことなのか？　胸の中に渦巻く数々の疑問に、そう簡単には答えは期待できそうにない。フィデルマは、深い溜め息をついた。

　答えの出ない問題を問い続けて、いたずらに感情をすり減らすのはやめよう。恩師である〝タラのモラン〟[8]は教えてくださったではないか、「問うべき質問がわかっていないのに、その疑問への答えを求めようとしても、何の役にも立たぬぞ」と？　だが、心を澄ませるために、いくらデルカッド〔瞑想〕[9]に耽《ふけ》ろうと努めてみても、清澄な心境に達することはできなかった。はるかなる昔から、アイルランドの神秘思想家たちが乱れ騒ぐ精神と思考を、この瞑想法によってしずめてきたというのに。

　フィデルマは、近づきつつある海岸の風景に自分の注意を集中させようとした。彼らは、すでに大きな湾の入り口を通り抜け、山が連なる半島の南寄りの海岸へと接近しつつあった。彼らがさらに穏やかな海域へと進むにつれ、寒風や波立ち騒ぐ海面《うなも》も次第に静かになってきた。ロスが球根のような形をした島の南端を東舷側に見る位置にまでバルクを進めた頃には、半島の山並みが彼らの船を疾風の矛先からかばってくれるため、天候はさらに穏やかになってきた。頭上の淡い水色の空には、いくつか雲が浮かんでいる。おぼろな黄色い球体と見えるのは太陽のはずだが、雲をまとった日輪はいっこうに暖かさを伝えてくれない。透明感あるパステル絵の具で描かれた風景画のような眺めである。

「もうちょっと先が、大きな入り江になっとります」と、ロスが教えてくれた。「〝二つの泉の鮭〟女子修道院が建っとるのも、そこでしてな。そのそばの静かな水域に錨を下ろすつもりでさ」

　ほかのことを考え続けていたフィデルマではあったが、この湾の美しさには、さすがに目を引きつけられずにはいられなかった。周囲の山々が、オーク⑩の森に覆われたいくつもの小さな尾根に姿を変えて湾を取り囲み、さらにその森の縁《へり》をさまざまな色合いの緑を見せながら常緑樹が縁取っている。エイダルフ修道士の身に何が起こったのかと不安に胸を騒がせつつも、いつしかフィデルマは、入り江の風光がかもし出している不思議な静けさに魅せられていった。色とりどりの花が咲き競い、微妙に色調の異なる緑が溢れる夏には、ここの美しさはいかばかりであろう。入り江の岸からわずかに離れたあたりから、すでに周辺の山の傾斜が始まっている。傾斜はやがて麓《ふもと》に広がるオークの森を抜け出して、花崗岩の丸石が点々と転がる荒々しい山肌を見せ始め、ついには不毛の山稜へと登りつめていく。稜線に連なる峰々は、今は淡く雪をまとっているようだ。渓流が一筋、山襞を流れ下って、岬の先端近くで入り江に注ぎ込んでいる。その近くに、円形をした小規模な砦も見える。飛沫をあげながら勢いよく流れ込んでいる水晶のような水は見るからに冷たそうで、フィデルマは思わず身震いをしてしまった。

「あれは、このあたりのボー・アーラであるアドナールの砦ですわ」と、ロスは親指で円形砦を指して見せた。

　ボー・アーラというのは、直訳すれば〝牝牛持ちの族長〟。領地は持たず、その財力は主として所有する牝牛の頭数で判断される、という地位である。貧しい地域では、ボー・アーラが地方代官の役職をも務めており、自分より強大な族長や王に臣従し、かつ自分の地位と身分を保証してもらう見返りとして、彼らに貢物を捧げる。

　フィデルマは努力して、気持ちを自分の本来の任務へと引き戻した。

「アドナールの砦？」とフィデルマは、自分が間違いなく聞き取ったかを確認するために、その名前を繰り返した。

「はあ。そのとおりで。〝ドゥーン・ボイー〟と呼ばれとります――〝牝牛の女神の砦〟でさ」

「女子修道院は？」とフィデルマは、さらに訊ねた。「〝三つの泉の鮭〟女子修道院は、どこかしら？」

　ロスは、渓流の向こう岸の、別の小さな岬を指し示した。アドナールの砦と、ちょうど向かい合う位置になる。

「あっちの尾根の、森の中に建っとります。あそこに、塔が見えとりましょうが。修道院の塔ですわ。それに、小さな舟着き場から、道が上へと延びとりますが、その途中に、階段の踊り場みたいな、ちょっとした空き地がありましてな。目を凝らせば、そこに修道院で一番大事な泉があるのを、見分けることができなさるはずですわ」

　フィデルマは、ロスが指し示す方向を目で追ったが、すぐに舟着き場で動きまわっている何人かの人影にも、気づいた。

　その時、「船長！」と、舵手が小声でロスに呼びかけた。「船長、小舟がやって来ますぜ――

一つは砦から、もう一つは尼僧院からですわ」

ロスは振り返って自分の目でそれを確かめると、配下の水夫たちに、まずフォラッハ号の帆を捲き揚げてから錨を下ろすようにと、指示した。続いて、ゴールの大型船のほうを振り向くと、オダーに合図をして、二隻の船がぶつかり合うのを避けるため、そちらも錨を下ろすように命じた。二つの錨は大音響をたてながら下ろされてゆき、波穏やかな海面に達するや、水煙を派手にあげつつ沈んでいった。不意に轟《とどろ》いた鋭く激しい水音に、海鳥たちが騒ぎ立てた。そして——静寂が戻った。
一、二分ほど、フィデルマはその場に立ち尽くし、湾にふたたび戻った静けさを味わった。青と緑に彩られ、さらに背後の山々の褐色や灰色も加わって、この湾の景色の、なんと美しいことか。彼女を取りまく海面も空の青さを反映し、昼下がりの明るい光を受けてきらきらときらめいている。あまりにも静かに澄みきっている水面《みなも》は、鏡を思わせた。湾の縁には、波に打ち寄せられた海草が、くすんだ緑の帯のように一筋伸びている。白や灰色の岩や崖の裾を縁取っている木々のさまざまな緑と褐色。そのところどころに、ノボロギクやナズナ類の白い花も混じっているし、ストローベリー・ツリー(11)も点々と見える。あたりの静寂は、ごくかすかな物音をも、大きく響かせるようだ……一羽の蒼鷺が筋張った長い首を弓のように曲げながら、好奇心にかられて二隻の船の上を低く旋回したものの、すぐに興味が失せたらしく、もっと静かな餌場へ行こうと舞い上がり、ゆっくりと飛び去っていった。そのけだるそうな羽ばたきまで聞き取れるほど、あたりは静まりかえっていた。ところが突然、規則的に水を切りながら波もない湾を進んでくる小舟の櫂《かい》の音に、その静けさは破られた。

彼女は、深い溜め息をついた。このような静寂は、現実を覆い隠すマント、その変装にすぎないのだ。さあ、果たすべき任務にとりかからなければ。

「ロス、私は商船に戻って、さらに詳しく調べることにします」と、フィデルマは船長に告げた。

だが船長は、気遣わしげな目でフィデルマを見つめながら、「お言葉じゃありますが、少し待ちなさったらいかがで、尼僧様」と、彼女を制止した。煩わしげな表情が、フィデルマの面をかすめた。

「どういうことかしら……?」

ロスは近づいてくる二艘の舟を頭で指し示して、彼女の言葉を押しとどめた。

「あの二艘、儂に会いに来るんじゃないと思いますぜ、尼僧様」

フィデルマはまだよく理解できずに、彼に向かって軽く手を振った。

「一艘は、砦からボー・アーラを乗せてやって来る舟ですわ。もう一艘は、ドレイガン尼僧院長を乗せとります」

フィデルマは怪訝《けげん》そうな表情を浮かべて眉を吊り上げ、小舟に乗って近づいてくる人々に、もっと注意深く視線を向けてみた。小舟の一つは、二人の修道女が漕いでいる。もう一人、背筋を真っ直ぐに伸ばして船尾に坐っている修道女がいる。背が高く、端正な顔立ちをした尼僧のようだ。狐の毛皮のマントにくるまって坐っているものの、おそらくフィデルマよりも背は高いだろう。もう一艘の舳からやって来た小舟を漕いでいるのは、二人のがっしりした体格の戦士だった。穴熊の毛皮のマントを着た、長身黒髪の男が、やはり船尾に坐っている。公職にある者であることを示す銀の鎖を下げているからには、何らかの地位についている人間なのだ。彼は気になるらしく、絶えずもう一艘の小舟に視線を投げかけては、これだけ離れていても聞き取れるほどの大声で、もっと頑張れと戦士たちを叱咤し続けている。ロスのバルクに、相手より早くたどりつきたいらしい。

「なんだか、競争でもやっているみたいですね」フィデルマは二艘の小舟を見やりながら、冷淡にそう述べた。

ロスの返事もそっけないものだった。

「おっしゃるとおり、どっちが先に尼僧様のとこに着くか、争っとるようですわ。どういう目的であれ、仲よさそうじゃないですな」

ロスのバルクの舷側に先に着いたのは、女子修道院からの小舟だった。端正な顔立ちの修道女が、驚くほど身軽な動作でバルクの甲板へ登ってきた。もう一艘の小舟もバルクに横づけになり、修道女のすぐあとから、豊かな黒髪の長身の男がひらりと乗り移ってきた。

その修道女が女子修道院長であることに、ロスはすぐに気づいた。長身というだけでなく、背筋もきりっと伸びていた。後ろへ跳ねあげたマントの下から、手織りの法衣がのぞいているが、胸に下がる赤味を帯びた金の磔刑像十字架《クルシフィックス》は、修道女の清貧と従順の誓いにもかかわらず、彼女には世俗の富を放棄する気がないことを示していた。さまざまな貴石を嵌《は》めこんだ、装飾的な細工の十字架である。赤い唇と高い頬骨を持つその顔は、見るからに傲慢そうだ。年齢は、三十代の半ばであろうか。美しさと粗野な一面とが奇妙に絡みあった人物であることを物語る容貌であった。瞳の色は黒味がかっているが、時おり隠れた炎が閃《ひらめ》く。続いてやって来た黒い髭をたくわえた男を肩越しに振り返った時に、彼女の目にきらめいていたのが怒りの炎であったことは、確かだ。

彼女は、まずロスに探るような視線をちらっと投げかけた。明らかに、彼と以前会ったことがあるらしい。ロスがモアン王国の沿岸をよく往来して商いをしていることは、フィデルマも承知していた。この地の修道院とも交渉があったであろうことは、推測に難《かた》くない。

「ああ、ロス。あんたの船が湾に入ってくるやすぐに、それに気づきましたよ」その声に、歓迎の温かさは一かけらもなかった。「多分、ロス・アラハーのブロック修道院長のところから、真っ直ぐやって来たのでしょうね？　ブレホンを寄こしてほしいという私の要請に対する院長のご返事を持ってきたのですね？」

ロスが答える前に、急いでやって来たために少し息を弾ませている長身黒髪の男が、話に割りこんだ。四十代にさしかかろうといった年頃の美男子で、感じのよい顔立ちをしている。だがその目は、黒くきらめく修道女の目と、驚くほど似ていた。フィデルマは、ロスに近づいてくる彼の面に、快活な、だがどこか不安げな表情がのぞいていることに気づいた。

「ブレホンは、どこだ？　どこにおられる、ロス？　真っ先に俺がブレホンと会わねばならんのだ」

修道女は、明らかに歓迎したくない相手に、敵意もあからさまな顔をさっと向けた。

「あんたには、ここでは何の権利もありませんよ、アドナール」と彼女は、ぴしりと男の機先を制した。この男を地元の族長だと告げたロスの言葉は、正しかったようだ。

アドナールの面が、怒りに赤く染まった。

「ここでも、俺はあらゆる権利を持っとるんだ。この地方のボー・アーラだからな。俺の言葉は……」

「あんたの言葉は、全てベアラの族長ガルバンの受け売りでしょうが」と、彼女は冷笑した。「もしガルバンが何も言わないと、あんたは何も言えないくせに。ロス・アラハーの大修道院長ブロックにブレホンの派遣を頼んだのは、私ですよ。ブレホンが仕えるのは、ただキャシェルのモアン国王だけ。あんたが仕える大族長のガルバンだって、キャシェル[12]の王の臣下なのですからね」彼女は、くるっとロスに向きなおった。「ロス、ブレホンは、どこ？　ブロック院長が寄こされたブレホンは、どこです？」

ロスはフィデルマをちらっと見て、この二人の訪問は自分の責任ではないのだと謝るかのように、当惑げに肩をすくめて見せた。

ロスのこの仕草は、今やって来たばかりの訪問者たちの注目を引いた。厳めしい顔をした修道女は、この時になって初めてフィデルマの姿に気づき、顔をしかめた。

「ところで、あなた、誰です、シスター?」と、彼女は高飛車な態度で、そっけなく問いかけた。「私どもの修道院へ加わろうと、やって来たのですか?」

フィデルマは自分を抑えて、かすかな微笑を浮かべた。

「あなたがお求めの人物は、私のようですわ、院長殿」とフィデルマは、平静な口調で、ただそう答えた。「あなたの要請に応えるべく、ロス・アラハーのブロック修道院長が私をこちらへお差し向けになったのです」

一瞬、完全に意表をつかれたらしい驚きの色が、院長の面を覆った。

次の瞬間、耳ざわりな哄笑が、一同を驚かせた。アドナールが、愉快でたまらぬとばかりに、笑いに体を震わせていた。

「あんたがブレホンを頼んだら、ブロックはこんな小娘を送って寄こしたってわけか! やれやれ! あんたの大事な院長殿は、あんたのことなど、全然大事に思っちゃいなかったってことさな!」

修道院長は、瞳の奥に燃える憤りを辛うじて抑えて、口をきっと結び、フィデルマを睨みつけた。

「これは、ブロック院長のご冗談ですか?」という彼女の声は、冷たかった。「私は、これほど侮辱されねばならないのですか?」

フィデルマは、うんざりしながら、首を横に振った。

「私の従兄は」とフィデルマは、この言葉を際立たせるだけのわずかな間《ま》をおいて、先を続けた。「私の従兄のブロック大修道院長は、このような事柄に関して、ふざけた行動をとるような人間ではないと思いますが」

修道院長の表情が歪《ゆが》んだ冷笑に変わろうとしたが、この時ロスが、このバルクの船長として自分が口をはさむべき潮時と見てとって、すばやく前へ進み出た。

「院長様、ご免こうむって、アイルランド五王国の法廷に立たれるドーリィーのフィデルマ修道女殿を紹介させていただきます。アンルー〔上位弁護士〕の資格も、持っとられるお方でして」

修道院長の目が、それとわからぬほどわずかに見張られた。アドナールのほうは、即座に忍び笑いを消した。アンルーという位は、全アイルランドの教育機関や修道院付属の学問所が専門教育を受けた者に授ける、最高位に次ぐ高度な資格なのである。

院長がゆっくりとした口調でフィデルマに訊ねるまでに、やや間があった。「お名前は、なんと?」

「フィデルマです。今は、キルデア[13]の女子修道院に所属しております」

院長のきらめく目が、ふたたびきつくなった。

「キルデアの？　キルデアは、ラーハン王国[14]内にあります。それなのに、モアン王国のブロック大修道院長のお身内ですと？　一体、どういうことなのです？」

フィデルマは、次の瞬間を、いささか楽しんだ。

「私の兄コルグーは、キャシェルの王ですが……」彼女は、アドナールの反応が見たくて、ちらっと彼へ視線をはしらせずにはいられなかった。期待は報われた。彼は口を開け、目を剝いていた。一瞬、水から上がった魚を思わせた。「私は、主にお仕えしている身。これは、地上の王国の境界線に縛られるものではありません」

院長は低く溜め息をついて、フィデルマに手を差し伸べた。傲慢な態度が、いささか影をひそめたようだ。彼女は、自分の振舞いを悔いる謝罪の色を顔に浮かべた。はたしてそれが心からのものかどうか、フィデルマにはわかりかねた。

「わが女子修道院へ、ようこそお越しくださいました、修道女殿。私はドレイガン院長、〝三つの泉の鮭〟女子修道院の院長です」彼女は、修道院を示すかのように、海岸のほうへ手を振って見せた。「私の無礼なご挨拶、どうぞお許しを。今は、私どもにとって、試練の時なのです。ブロック院長は、どなたか、実地の経験を積んだ専門家を寄こしてくださるものと思っていました、こうした……」

院長の言いよどんでいる様子に、フィデルマはかすかな微笑を浮かべた。

「こうした血なまぐさい犯罪への対処とその解明に関して、でしょうか？　ご心配なく、院長殿。こういうラテン語の諺《ことわざ》がありますわ、〝ウスス・レ・プルラ・ドチェイト——経験は、多くを教える〟。あなたが今胸の中でお考えになっておいでの任務に関しても、これまでの法廷弁護士としての経験が、私にいささかの才能を与えてくれております」

この時アドナールが、一言口をはさみたげに、前へ進み出た。彼は自信に満ちた態度を取り戻そうとする気らしかったが、フィデルマの瞬きもしない緑の瞳を前にして、一瞬、目を伏せずにはいられなかった。

「ようこそ、おいでを、修道女殿。アドナールです」

フィデルマは、彼をじっと見つめた。好きになれそうな男かどうか、わかりかねる。確かに、美男ではある。しかし、美貌で自信満々といった男を前にすると、彼女はいつも、なにやら引っかかるのである。

「ええ、伺《うかが》っています、あなたはこの地域のボー・アーラであると」フィデルマの声は、氷のように冷ややかだった。だが実を言うと、彼女はこの男の見るからに狼狽している様子を、面白がってもいた——むろん、理性的には、人の苦境を楽しんでいる自分を咎めてはいた。これは、主の御教えに悖《もと》ることだ。そうはいっても、彼女もやはり人間である。

「私は、別に、そのう……」と、アドナールは言いさした。

「でも、私に会いたいとお思いのようですね?」フィデルマは、素知らぬ顔で、そう問いかけた。

アドナールは気になるように、ドレイガン院長をちらっと見やった上で、フィデルマに話しかけたが、言葉遣いに気をつける必要があると感じているようだ。

「修道女殿、私はこの地のボー・アーラです。私が臣従している大族長ガルバンの支配権のもとで、地方長官と裁判官も兼ねております。したがって、この地域の人間は、法に関して、外部の手を借りる必要は全くないわけでして。しかし、今はこのような問題を論ずるにふさわしい時でも場所でも、ありませんな。あちらに建っていますのが、私の砦です」と彼は、手を振って、それを示した。「今晩、どうか晩餐においでください」

ドレイガン院長は、出かかった抗議の叫びを、空咳に紛らわせた。

「フィデルマ修道女殿、あなたは修道院でご夕食を、ということになっています。なぜこちらにおいで願ったかを、さらに詳しくご説明するためです」と彼女は、急いで言葉をはさんだ。

フィデルマは視線を女子修道院長からアドナールに戻して、はっきりと首を横に振った。

「私の第一の義務が女子修道院にあることは、はっきりしています、アドナール」と、フィデルマは彼に告げた。「でも、明朝、そちらに伺って、〝夜の断食のあとの最初の食事〟、朝食《ブレイク・ファアスト》をご一緒させていただきましょう」

アドナールは顔に血の色をのぼらせて、にんまり笑みを浮かべた院長をじろっと見やった。

だがフィデルマには、短く頷いた。

「では、お待ちしています、修道女殿」不満げではあったが、彼はそう答えた。しかし、立ち去りかけた足を、ふと止めた。まるでゴールの商船に今初めて気がついたかのように、驚きの目をそちらに向けながら、彼は船長に問いかけた。「奇妙な仲間を連れてきたもんだな、ロス。この入り江までの曳航を頼むとは、あの船の船長、一体どうしたんだ？」

ロスは足を踏みかえた。

「何のことですかね、奇妙な仲間とは？」

「ゴールの船と一緒にやって来たじゃないか。お前がロープであの船を曳っぱりながら湾に入ってくるのを、見とったぞ。あれの船長、どこか具合でも悪いのか？　自分で船を操れんのか？　まあ、いい。俺の舟を漕ぎ寄せて、船長と直接話してみよう」

「でも、船長は乗っとりません」

「船に乗っていないだと？」

「そのとおりです」と、フィデルマがロスの言葉を保証した。「この沖合いで、乗り棄てられていたのを発見したのです」

ふたたび、驚きの色が、アドナールの顔をかすめた。

「では、明日の朝お見えになったおりに、二つの問題を話し合うことになりますな」そう言うと、彼は院長とロスに短く頷いて見せ、さっと自分の小舟へ向かった。すぐに、彼の部下たちの櫂が水面に下ろされる音が聞こえてきた。フィデルマたちは、アドナールの小舟が岸へ向かって離れてゆくのを、無言で見守った。

やがてドレイガン院長が、「あの男ときたら、全く腹立たしい」と、溜め息をついた。「でも、あなたは正しい判断をなさいましたよ、修道女殿。では、私の小舟で修道院にお連れしましょう。そして、事情をすっかりお話しします」

だが、フィデルマが首を横に振るのを見て、彼女の美貌の上に驚きの色が浮かんだ。

「食事をご一緒するために、夕方、修道院に伺いますわ、院長殿。私には、まず調べておきたいことが、ほかにありますので」

「ほかに？」

ドレイガン院長の声には、危険をはらむ不満の響きが聞き取れた。

だがフィデルマは、「夕刻、上陸します」と同じことを繰り返し、それ以上説明しようとはしなかった。

「結構です」ドレイガン院長は、不機嫌そうに鼻を鳴らした。「夕方のアンジェラス(15)の時刻に、修道院の鐘が鳴ります。私どもは、このお祈りのあと、食卓につくことになっております。銅《ど》鑼《ら》が二つ鳴るのが、食事が始まる合図です」

それ以上は何も言わず、女子修道院長はバルクの舷側を下りてゆき、自分の小舟に乗りこんで、去っていった。

ロスは渋い顔をしながら手摺りに寄りかかり、院長を連れ帰ろうと湾を漕ぎ渡っていく尼僧たちを見つめた。

「尼僧様、院長の胸にも、ボー・アーラの胸にも、好意をかきたてることは、どうもおできにならなかったようですな」

「人の胸に好意をかきたてることは、私の仕事ではありませんわ、ロス」とフィデルマは、淡淡と答えた。「では、ゴールの商船へ戻りましょうか」

フィデルマは、ロスと共に、ゴールの船を上から下まで、二時間もかけて調べなおした。だが、ゴールの乗組員や船荷に何が起こったのかを示す手掛かりを見つけることはできなかった。乾いた血痕以外に、この船の乗組員と貨物がなぜ消えたのかを示唆するものは何一つない。ただ、操舵手のオダーが、一つだけ情報といえるものを提供してくれた。彼は、フィデルマとロスがゴールの船に乗船してくるや、すぐにやって来た。

「すみません、船長。でも、きっと見たいと思いなさるんじゃないかってことが、一つあるもんで……」とオダーは、ためらいがちに話しかけてきた。

「ほう?」ロスの声には、先を促《うなが》そうとする気配はなかったが、オダーは言葉を続けた。

「船長とこの尼僧様がここで話しとられたことを、小耳にはさんどったもんで」と、彼はフィデルマを身振りで示した。「この船が、どこもかしこもひどくきちんと整っとる、と言っとられましたな。それが、二つだけ、そうじゃないもんがあるんですわ」

フィデルマは、即座にそれに興味を示した。

「説明を、オダー」と、彼女は話し手を促した。

「繋船用のロープでしてな、尼僧様。船首と船尾と、両方の。繋船ロープが二つながら、切られとるんでさ」

ロスは、ただちに、舳先の一番手近な繋船柱に向かった。オーク材の柱である。

「ロープはそこに垂らしたまんまにしときました、ご自分で見なさるほうがいいかと思いましたんで」と、オダーが説明を付け足した。「ちょっと前、皆で繋船索の準備をしとった時、儂がこのことに気づきましたんで」

ロスは、丈夫な亜麻《フラックス》の太綱が繋船柱に結びつけられている箇所に屈みこみ、先端が固定されないまま船腹に垂れ下がっているロープをたぐり上げ始めた。ロープは、二十フィートほどで終わっており、切断面は房状に分かれて、ほつれていた。フィデルマは、それをロスの手から受け取って、注意深く調べてみた。明らかに刃物で切られたものだ。ほつれた亜麻の切り口の状態から見ると、斧で断ち切られたのであろう。船で使われるロープの太さを考えれば、斧以外の刃物では、こうはいくまい。

「もう一本の繋船ロープは、どうでした?」と、フィデルマはオダーに訊ねた。「やはり、同じような状態だったのかしら?」

「はあ。でも、ご自分で見てくだされ、尼僧様」

フィデルマは、このことに注意を喚起してくれたオダーに礼を言うと、後部甲板へ行き、一段高くなっている箇所に腰をおろし、少し離れたあたりへ視線を投げかけたまま、しばらく考えこんだ。ロスは傍らに控えて、戸惑いの目で彼女を見つめた。だが、今は声をかけるべきでないと心得ていた。

やがて、フィデルマは溜め息をつくと、口をきった。

「まず、これまでにわかったことを、まとめてみましょう」

「あんまり多くはありませんな」と、ロスが言葉をはさんだ。

「それでも……わかっていることもあります。第一に、これがゴールから来た商船であるということ」

ロスも、それには、はっきりと頷いた。

「いかにも。今んとこ、儂らが知っとるただ一つの確かな情報は、それだけですわ。この船の構造は、モルビアンの船大工の手法だと、断言してもいい」

「ということは、この船はそのあたりの港から出港したものだろうと、推定できますね？」

「これまた、そのとおりですな」と、ロスは同意した。「こういう商船は、よくわが国のあちこちの港で交易をやっとりますよ」

「彼らのほとんどは、ワインを積んでやって来て、代わりにわが国の商人から商品を入手するのでしょうね？」

「そうでさ」

「では、船に荷が積まれていないということは、アイルランドのどこかの港で、すでに船荷は陸揚げされていた、ということを物語っているのでは？」

ロスは、顎を掻きながら、それに答えた。

「おそらく」

「まあ、〝おそらく〟でも、いいでしょう。でも、もしこの船から人が消えた時、まだ船荷を積んでいたとすると、船倉のワイン樽を積み替えるのは、大変な仕事だったでしょうね。これは、船が無人にされたのは海上においてであった、と考えた場合です。でも、この作業が海の上で行なわれたとは、とても考えられないのでは？　となると、その時、ワインの樽は、すでにアイルランドのどこかの港で荷揚げされており、船は積荷なしの状態で、あるいは海上でも楽に積み替えられるような品物を積んだ状態で、ゴールに帰ろうとしていた――と考えるほうが、はるかに簡単な推測ではありません？」

「その推測、筋が通っとりますな」と、ロスも認めた。

「では、我々、一歩前進でしょう？」フィデルマの返事は、ちょっと得意そうであった。「さて、私たち、ほかにどういうことを知っているかしら？　船には、血痕が残っていました。下の階に残っていたのもありますし、もう少し新しい血がついたリネンの布切れも、マストの横木に引っかかっていました。さらに、マストの下の手摺りにも、血のついている箇所がありました。こちらの血痕は、乾いてはいたものの、そう古いものではなく、おそらく十二時間か二十四時間ほど前についたもののようでした。乗組員の誰か、あるいは……」と、彼女は口ごもった。エイダルフのことを、努めて考えまいとした。「あるいは、乗客の誰かのものでしょう」

「海賊どもの血だってことも、ありますぜ」と、ロスが言葉をはさんだ。「船員たちや船荷を攫っちまった奴らの一人ってことも、あるんじゃないですかね？」

　フィデルマはその点を考えてみた上で、その可能性を認めた。

「もちろん、そうかもしれませんね。でも、海賊が、あるいは海賊の一団がいたかどうかは、まだ定かではありません。もしかしたら、船荷を奪って船だけ残しておいたのは、この船の乗組員だったかもしれないでしょ？」この推測に反論しようとするロスを、フィデルマは片手を上げて、軽く押さえた。「いえ、わかりました。ともかく、大事な点は、血が流されたのは、乗組員たちが消えてしまった、ちょうどその頃であった、ということです。つまり、何かが船上で発生し、ほぼ同じ頃、血も流された、という点です」

　彼女がしばらく黙したまま考えに耽《ふけ》っている間、ロスはじっと待っていた。

　やがて、フィデルマは口を開いた。「船の船首と船尾の繋船用ロープは、切断されていました。斧のようなもので。このことから、船は何かに繋がれていたのだと、推量できます。単に港に錨を下ろしていたのではなかった——錨は、錨床《アンカー・ベッド》にきちんと収まっているのですから。

繋船用ロープは、なぜ切断されたのか？　単に、ロープを解けばいいものを？　船に乗っていた何者かが、どこかへ向けて、大急ぎで立ち去ろうとしたのでしょうか？　それとも、この船はほかの船に繋がれていたのだけれど、そのロープが切断されたため海上を漂っていた、ということかしら？」

ロスは、さまざまな可能性を矢継ぎ早に挙げて見せるフィデルマを、称賛の目で見守った。

「私たちが乗船するまでに、この船はどのくらいの間、視野に入っていました？」と、フィデルマが突然質問をロスに放った。

「この船が危険海域に近づきかけとると、オダーが儂の注意を促しましたが、儂のほうは、すでにその半時間も前から、この大型船に気づいとりました。儂らが近寄っていって、甲板に昇ってゆくまでに、さらに半時間はかかりましたろうな」

「何かが起こった時、すでにこの船は、この沿岸近くに来ていたようですね？　そうではありません？」

「どうして、そう言えますんで？」

「この船が襲われたのは、血痕の状態から見て、私たちが船影に気づく十二時間か、せいぜい二十四時間ほど前だったはずですから」そう答えると、彼女は急に立ち上がった。「あなたは、この沿岸をよく知っていますね、ロス？」

「よく知っとります」ロスは、別に誇るでもなく、それを認めた。「この海域を、四十年も航

「この船が、あなたが最初に気づいたあたりまでやって来るには、どこから漂い始めたと見ればよいか、風や潮の具合から、判断できますか?」

ロスは、興奮の色が浮かぶフィデルマの顔を見つめた。

その彼女を失望させたくはなかったが、ロスは自分の判断を述べた。「難しいですな。たとえ潮流をよく知っとっても、荒れ狂う風となると、しょっちゅう変わって、一定しとりませんから」

失望に、フィデルマの唇の端が下がった。

その落胆ぶりを見て、ロスは急いでつけ加えた。「だが、かなり確かに推量することは、多分できそうですわ。あそこかもしれんと言えそうな地点が、二つありますな。一つは、この湾の入り口のあたり。もう一つは、そこをぐるっとまわった、この半島の南側の端のほうでさ。多分この二箇所の潮なら、儂らが最初に見かけたとこへ、この船を運んで来れましょうな」

「かなり広い地域を探索しなければならないようですね」フィデルマにしてみれば、もう少し限定できる情報が欲しかった。

「ご友人は、あの本が入っとった鞄の持ち主は……」とロスは、話題を変えた。だが彼は、その先を言いよどんだ。「そのご友人は……親しいお人なんで?」

「ええ」

この短い一言の中に、ロスは彼女の引きつるような胸の痛みを聞き取った。彼は、そのまま待ってみた。その上で、静かな声で話し始めた。

「儂には、尼僧様とおない年くらいの娘がおりましてな。いや、陸で暮らしとります。儂は、結婚したこともありますんで。娘の母親は、今じゃほかの男と暮らしとります。だから、女性《にょしょう》のことをよくわかっとるなんてふりは、できませんわ。ただ一つ、儂にもわかることがあります。娘の亭主は、海で亡くなりました。その知らせがロス・アラハーに届いた朝、儂は、娘の目に、胸の痛みと苦しみを見ました。今、それとおんなしものが、尼僧様の目の中に見えます」

フィデルマは、身を守るかのように気持ちを引き締めると、苛立たしげに鼻を鳴らした。

「エイダルフ修道士は、私の友人、ただそれだけです。もし彼が苦境にあるのなら、彼を救うために、私はできる限りのことをするだけです」

ロスは、静かに頷いた。彼はただ、「そういうことですか」とのみ、答えた。どう抗弁しようと、彼をごまかすことはできないと、フィデルマにはわかった。

「それに、今のところ」と、フィデルマは続けた。「私には、やるべきことが、ほかにあります。目下の私の義務は、ドレイガン女子修道院長への務めです。少なくとも数日は、この修道院に滞在しなければなりますまい。この船の件で調査に時間を割けるのは、その後になります。第一、何を調査すればいいのかしら？」

「むろん、義務が第一ですな」と、ロスも彼女の言葉に賛成した。「でも、尼僧様、もしお役

ク に立つんであれば、尼僧様が上陸しなすって尼僧院に滞在してなさる間に、儂は自分のバルクで、今言った地点へ出かけてって、この謎を解く手掛かりが何かありゃしないか、見てくることはできますぞ。この大型船のほうは、ちゃんと見張っとくために、オダーと、水夫をもう一人、残していきますわ。もし何か必要なことが出てきたら、この二人を呼びなさるといい」

フィデルマの面が、桃色に染まった。彼女はさっと身を屈め、年配の海の男の頰に接吻した。

「ロス、あなたに主の祝福のあらんことを」フィデルマは、声を詰まらせた。それを、隠すことはできなかった。

ロスは、不器用に、微笑を返した。

「大したことじゃありませんや。儂ら、早朝の潮に乗って船を出し、一日か二日で戻ってきますわ。それ以上は、かからんでしょう。もし何か見つかりゃ……」

「戻ってきたら、すぐ私に聞かせて」

「仰せのとおりに」

湾の暮れゆく水面を渡って、鐘の音《ね》が二人の耳に届いた。

「もう、修道院へ行かなければ」と、フィデルマは大型帆船の手摺りへ向かおうとした。だが、ふと足を止め、すばやく振り返ってロスを見やった。「ロス、あなたの航海を、主が見守ってくださいますように」彼女の表情は、真剣だった。「不安なのです。ここには、何か邪悪な人間の手が働いているようですわ。私は、あなたを失いたくありませんもの」

第四章

「次は、遺体をお調べになりたいのでしょうね、修道女殿？」フィデルマは、ドレイガン女子修道院長のこの提案に、かなり驚かされた。二人は、〝三つの泉の鮭〟女子修道院のほとんど全員が一緒に食事をする大食堂から、出てきたところであった。

小さな女子修道院の上には、すでに夜の帷《とばり》がおりていた。要所要所には修道女たちの便宜のためにランプが灯されてはいるものの、建物はいずれも闇に包まれていた。今夜もまた、冷えびえとした夜だ。地面には、すでに雪のように白く霜がおりていた。薪の火から立ちのぼる煙が、建物の間に漂っている。フィデルマが見たところ、花崗岩敷きの中庭のまわりに建っている建物は、十二、三棟もあろうか。中庭には、高十字架《ハイ・クロス》が一基、建っている。四角い中庭の一辺は回廊になっていて、それに接して木造の高い建物ドゥルハック、つまり礼拝堂が建っている。礼拝堂のみならず、この修道院の建物のほとんどは、オーク材の木造建築であった。周囲は、鬱蒼《うっそう》と茂るオークの森なのだ。だが敷地の中には、石造の建物もいく棟か見える。おそらく貯蔵庫なのであろうと、フィデルマは推測した。しかし、ほかの建物を圧して一際目立つのは、礼拝堂に隣接して建っている、ずんぐりとした塔だった。一階部分は石で築かれているが、上の階は全て木造となっている。

〝三つの泉の鮭〟女子修道院の造りは、これまでにフィデルマがアイルランド五王国の各地で見てきたほかの修道院と、さして変わりはなかった。しかし、多くの堂々たる建物で構成されているロス・アラハーのような大修道院では、ほとんどの場合、敷地全体が外壁で囲われていた。だが、ここには、それは見られない。また、ほかの修道院では食事中の会話は禁止され、代わりに朗読者によって福音書の一部が読み上げられることが多いのだが、ここでは私語もある程度認められているようだ。フィデルマは食事に同席してみて、この女子修道院にはわずか五十人ほどの尼僧が所属しているだけらしいと、判断することができた。ドレイガン院長の指示のもと、この女子修道院が献身的に行なっている主な勤めは、水時計の管理と時間の経過の記録であるらしい。また、付属図書館も彼女たちの誇りであるようで、ほかの修道院のためにこの女子修道院所蔵の書籍の写し《コピー》を作る作業にも、何人かの修道女が従事している様子だ。議論をたたかわせることもせず、ただひたすら勉学と瞑想に耽《ふけ》っている、僻地にひっそりと息づく女子修道院なのである。

「それで、修道女殿」と院長が、ふたたびフィデルマに問いかけた。「これから、遺体をご覧になりますか？」

「ええ、そうしたいと思います」とフィデルマは、同意した。「ただ、まだ埋葬しておいでにならないことには、驚きました。発見されてから、もう何日になるのでしょう？」

修道院長は大食堂を出ると、中庭を横切って木造の礼拝堂へ向かう道へとフィデルマを導きながら、それに答えた。「あの哀れな娘が私どもの泉から引き上げられて、六日になります。ご到着があと少し遅ければ、もちろん、遺体は埋葬していたでしょう。でも、今は冬。死体をしばらくなら保管できるほど冷えこんでおりますからね。それに、私どもは礼拝堂の下にひんやりした地下貯蔵庫、サブテラネウスを持っておりまして、遺体はそこに安置しておきましたので。この女子修道院の建物の地下には、いくつか洞窟があるのです。でも、このような条件でさえ、死体を永遠に保存するわけにはいきません。私どもは、明日の朝、遺体をこの修道院の墓地に埋葬することにしております」

「その哀れな人の身許は、わかったのでしょうか?」

「それは、あなたが解決してくださるものと、期待しております」

院長は石畳の回廊を進み、礼拝堂の扉の前を通り過ぎ、花崗岩の粗い切り石を漆喰で固定することはせずにただ積み上げただけの小さな建物の入り口へと、フィデルマを伴った。木造の塔の一端に、付け足すように建てられている建物である。この石造の小屋は、内部で塔にもつながっているらしく、明らかに貯蔵庫として使用されているようだ。保存されている薬草や香辛料などの、やや鼻につんとくる芳香が、一瞬むせるようにフィデルマの感覚を襲った。しかし、すっきりとした、心地よい香りだった。

ドレイガン院長は棚に歩み寄り、水差し《ジャグ》を取りあげた。さらに傍らに重ねておかれている四角いリネンの布を二枚取りあげ、それを水差しの中の液体で湿らせた。フィデルマは、爽やかなラヴェンダーの香りに気がついた。院長は厳粛な面持ちで、「これが必要になられましょう、修道女殿」という助言とともに、液体をしみこませたその四角い布を一枚、フィデルマに手渡してくれた。

その上で院長は、フィデルマを部屋の隅のほうへと導いた。そこから、石の階段が下へ通じていた。うねりながら続く階段の先は、洞窟であった。長さ三十フィート、幅二十フィートといったところか。自然が作り上げた丸天井は、高さ十フィート、あるいはそれ以上あるだろう。フィデルマの視線は、入り口のアーチに刻まれている引っ掻いたような線に引きつけられた。だがすぐに、それが牡牛の輪郭を彫りこんだものらしいことに気づいた。いや、牡牛ではない。むしろ仔牛のように見える。ドレイガン院長は、フィデルマがそれに注意を向けているのに気づいた。

「この地は、かつては、異教《ペイガン》の礼拝に用いられていたとか。少なくとも、そう聞かされています。たとえば、聖ネクトが祝福された泉も、そうでした。牝牛だのその他の動物だのを彫りこんだはるか大昔の絵は、ほかにも二つ三つ残っていますよ」

フィデルマは、こうした知識を授けてくれたことへの謝意として、院長に向かって無言で頷いた。

このアーチ状の入り口のすぐ先から、奥の暗がりへとのぼっていく、また別の階段があるようだ。

「この階段は、私どもの修道院の塔に、直接通じています」と院長は、フィデルマが訊ねようとしていた質問に、先回りをして答えてくれた。「この塔に、私どものささやかな図書館が設けられています。さらに塔の最上階には、私どもの誇り、水時計が据えつけられております」

二人は、洞窟の内部へと進んだ。身震いが出るほど、寒い。地下室の中でもこの箇所は、おそらく海面下になっているのであろうとフィデルマは推測した。洞窟には、明かりが灯っていた。フィデルマはすぐに、それが洞窟の奥に灯っている四本の丈の高い蠟燭の揺らめく炎だと気づいた。

テーブルと思われる台の上に、リネン布の覆いを掛けられて横たわっているものがなんであるかは、教えてもらうまでもなかった。四本の大きな蠟燭は、その四隅に立てられていたものだった。布の下の輪郭は、容易に見てとれるものの、その長さが短すぎるのが、異様である。

フィデルマは、そっとそれに近寄った。洞窟の中に、ほかには大して目を引くようなものはない。壁際に箱がいくつも積み上げられており、その傍らにアンフォラ（素焼きの細首酒器）や素焼きの甕《かめ》が数列並んでいるだけだ。匂いからすると、ワインやその他の酒が蓄えられているようだ。

この冷えこみにもかかわらず、女子修道院長は正しかった。ラヴェンダー水をたっぷりしみこませた布は、確かに必要だった。薬草や香草が周到に遺体のまわりに置かれているにもかかわらず、あたりには強烈な臭いが漂っていた。これがすでに傷み始めている死体の放つものであることは、訊くまでもなかった。フィデルマは思わず息を止め、リネン布で鼻孔を覆っていた。冬の寒気に閉ざされていようと、腐敗が着実に進行しつつあることは、漂いだしている臭気が物語っている。

ドレイガン院長は、遺体の反対側に立った。顔を半ば隠すラヴェンダーの布の陰から、薄笑いがのぞいていた。

「埋葬の儀式は、明日、夜明けとともに執り行なう予定です。遺体をさらに詳しくお調べになりたいとお望みであれば、別ですが。埋葬は、早ければ早いほど、よろしいですから」

院長の言葉は、意向を訊ねるというより、言い渡しであった。

フィデルマは答える代わりに、勇気をふるって、遺体を覆っている布を引き下げた。

これまでに、しばしば死に直面し非業の死にも慣れているとはいえ、フィデルマはそのたびに死の非情さに恐怖を覚えずにはいられなかった。彼女は、あえて死体を抽象的な対象として眺めようとしてきた。彼らがかつては人を愛し、楽しく笑い、人生を享受していた、血のかよった命ある存在であったことを、努めて考えまいとしてきた。今も彼女は唇を固く結んで、蒼ざめ腐敗へ向かいつつある肉体を直視しようと、努力した。

「ご覧のとおりです、修道女殿」院長は、必要もない説明をつけ加えた。「頭が切り取られています。ですから、この哀れな娘が何者なのか、私どもには判断のしようがないのです」

すぐにフィデルマは、死者の心臓のあたりに見られる傷に目を凝らした。

「初めに、刺されていますね」フィデルマは、半ば独り言のように呟いた。「刺し傷のまわりにわずかに残る傷痕は、これが死亡後につけられた傷ではないことを示しています。心臓を刺し、その後で頭部を切断したのです」

ドレイガン院長は、若いドーリィー〔弁護士〕を、無表情に見守った。

フィデルマは気を引き絞めて、首のまわりの切断面を調べにかかった。続いて、布をさらに引き下げ、全身に目をはしらせた。

「若い娘です。〈選択の年齢〉[1]になったかどうかの。とても、十八歳になってはいません、それよりずっと年下です」

次に、死体の右足首の肌が変色していることに、目をとめた。彼女は眉をひそめ、さらによく調べようとした。

「釣瓶《つるべ》のロープが結びつけられていたのは、ここですか？」

ドレイガン院長は、首を横に振った。

「死体を発見した修道女たちは、左足首を縛られ吊るされていた、と言っています」

フィデルマは注意を左足首へ移し、そこにかすかに痕があり、肌に窪みが残っていることを見てとった。確かにロープで縛られてできた痕ではあるが、生前につけられたという反応は、見られない。まぎれもなく、死後に縛られたものだ。フィデルマは視線をふたたび右足首に戻した。そう、こちらのほうは、生前のものだ。だがロープや紐では、このような痕は残らないはず。幅二インチほど、足首のまわりの肌が変色している。まだ生きているうちに肌につけられた痕であることには、疑問の余地がない。

彼女は、足全体へ、注意を向けた。足の裏は肥厚しており、無数の切り傷や擦り傷がついている。この足の主《ぬし》が、生前安楽な生活をしてはいなかったことを物語るものだ。おそらく、靴をはくことも、ほとんどなかったであろう。足の爪は手入れをされていないし、爪が裂けたり折れたりしている指も、何本かある。だが、奇妙なことに、爪の下に汚れがついていた。遺体はきれいに浄められているのに、この汚れは肌にしみこんでいるようだ。不思議な赤い色をしている。足の指にも、この暗赤色の粘土状のものがしみこんでいる。

「遺体は、泉から引き上げられたあと、洗われたのでしょうね？」とフィデルマは、振り仰いで、そう訊ねた。

「もちろんです」女子修道院長は、苛立たしげに答えた。埋葬する前に亡骸《なきがら》を洗い浄めることは、慣習である。

フィデルマは、それ以上は何も言わず、ただ注意を両足と胴体に向けた。だが遺体は、これが若い娘のものであり、生前には均整のとれた肢体を持っていた、ということ以上は、何も告げてくれなかった。次いで視線を手に移したフィデルマは、驚きの表情をあらわに浮かべることを、辛うじて抑えこんだ。その手が、あまりにも足と異なっていたのだ。両手は柔らかで、どこにも肥厚は見られず、爪もきれいに手入れされていた。ただ、右手には、小指や掌の側面に、何かわからないが、青い染みがついていた。それは、親指と人差し指にも見られた。フィデルマはもう一方の手も調べてみたが、こちらには、何もついていなかった。どちらの手も、力仕事をしている人間のものではない。足の状態とは、あまりにも違いすぎる。

「遺体は、何かを固く握っていたと聞きました。それは今、どこにあるのでしょう？」フィデルマは、しばらくして、そう質問した。

ドレイガン院長は、足を踏みかえて、体重を移した。

「修道女たちが遺体を浄めて安置した時、取り除《の》けました。今は、私の部屋に保管してあります」

口許まででかかった非難の言葉を、フィデルマはどうにか抑えた。ごく重要な証拠が動かされているのでは、いくら彼女が懸命に探索しても、何にもならないではないか？　とにかく自分を抑えて、彼女は院長に訊ねることにした。「それらの品が遺体のどこにあったのかを、聞かせてください」

ドレイガン院長は、険悪な顔つきで、鼻を鳴らした。人から何かを指示されることに慣れていないようだ――とりわけ年下の修道女からは。

「そのことなら、死体を発見したシスター・ショーワとシスター・ブローナッハがお話しできるはずです」

「二人には、後ほど会うつもりです」とフィデルマは、忍耐強く答えた。「今は、発見された時にそれらの品がどの箇所にあったのかを、この場で知りたいのです」

院長は、口許をきつく引き締めた。やがて、唇はやや緩んだものの、声は相変わらず硬かった。

「死体の右手に、革紐のついた粗末な造りの銅の磔刑像十字架《クルシフィックス》を持っていました。革紐の端は、右手首のまわりに縛りつけてありました」

「十字架は、掌の上に置かれていたのですか？」

「いいえ。しっかり握りしめられていましたよ。実のところ、それを取り出すために、修道女たちは指の骨を二本、折らなければなりませんでした」

フィデルマはそれを確認するために、気持ちをふるいたたせて、指を調べてみた。

「指の骨を折らなければならなかったことを除いて、遺体を浄めた際に、手について、何か気づかれたことは？　爪の手入れは、されていましたか？」

「知りませんね。遺体は、慣習に従って洗い浄めたのです」

「青い染みについては、よく調べられましたか？」

「私は、しておりません」

「発見されたもう一つの品は、なんだったのです？」

「オガム文字を刻んだ棒が、左手に結びつけられていました」と、院長は続けた。「こちらのほうは、左の前膊部《ぜんはくぶ》に結びつけられていましたので、もっと簡単に取り除《の》けることができました」

「結びつけられていた？　それも、保管してありますか？　縛ってあった紐と一緒に、今も保管しておいでですか？」

「もちろん」

フィデルマは立ち上がり、亡骸の全身を眺めわたした。

いよいよ、この検分の中のもっとも忌まわしい作業にとりかからなければならない。

「遺体を俯《うつぶ》せにします。それには、助けが必要です、ドレイガン院長殿」と、フィデルマは問いかけた。「手伝っていただけますか？」

「その必要があるのですか？」

「必要です。もしお嫌なら、誰かほかの修道女をお呼びになっても結構です」

院長は、首を振った。彼女はラヴェンダーの布を鼻孔にあてがい、深く息を吸ってからそれを袖の中に押しこむと、遺体を動かそうとしているフィデルマに手を貸すために、前へ進み出てきた。

二人は、まず遺体を横向きに傾け、さらにもう一度九十度倒して背中を上にした俯せの姿勢へと回転させた。損傷が、すぐに目にとびこんできた。遺体の背には、死ぬ前に鞭打たれたかのような傷痕が、縦横についていた。傷のいくつかは、肌が破れて出血したことを示していた。まだ息があるうちに、痛めつけられたのだ。

フィデルマは、深く息を吸いこんだ。だがすぐに、それを後悔した。腐臭を吸って、吐き気と咳がこみ上げ、慌ててラヴェンダーの布をまさぐらねばならなかった。

「もう十分、ご覧になりましたか？」院長が、冷ややかに訊ねた。

フィデルマは、咳き込みながら頷いた。

二人は、遺体をもとの姿勢へと戻した。

「今度は、遺体と一緒に見つかった品をご覧になりたいのでしょうね？」院長は、フィデルマを洞窟から大きな貯蔵庫へと連れ戻しながら、そう問いかけた。

フィデルマは、慎重に、それに答えた。「まず私がしたいのは、手を洗うことですわ、院長殿」

ドレイガン院長の唇が、またもや薄く引き結ばれた。ほとんど悪意に近い表情であった。

「そうでしょうとも。では、こちらへ、修道女殿。私どもの来客棟には、浴室があります。今は、修道女たちが湯浴みをする時間ですから、お湯も沸いていましょう」

フィデルマは、この女子修道院に滞在中に自分が居住することになっている来客棟には、すでに案内されていた。細長く、屋根の低い木造の建物で、内部は五、六室の小部屋に分かれており、浴室はその中ほどにあった。青銅の大きな釜が据えられていて、中に汲み入れた水が薪の火で温められ、木製のダバッハ〔浴槽〕に注がれる仕組みになっていた。

明らかに、この女子修道院も、アイルランド五王国で広く行なわれている入浴の習慣を守っているようだ。人々は、毎晩、夕食後にフォールカッド〔全身浴〕で身を浄め、朝は起床するとまず、顔と手足を洗うことを習慣としていた。この朝の身支度のほうは、インダルトと呼ばれている。このような毎日の入浴は、アイルランド五王国では、単なる習慣というより、むしろ宗教的な日々の行事であった。したがって、アイルランド全土の宿泊施設には、必ず浴室が設けられていた。

ドレイガンは、一時間後に院長室でふたたび会うことに同意した上で、来客棟の入り口にフィデルマを残して、立ち去った。ほかの宿泊者がいなかったので、フィデルマは来客棟を独占することができた。だが、自分用の部屋に入ろうとした時、中央部の浴室から、物音が聞こえてくるのに気づいた。

彼女は眉をひそめて、暗い廊下をそちらへと向かい、さっと扉を押し開けた。

青銅の釜の下の薪の火を調節していた中年の修道女が、ちょうど立ち上がったところであった。青銅の釜は、すでに湯気をあげていた。修道女はフィデルマに気づくと、慌てて目を伏せ、両手を法衣の陰で組み、おとなしく頭を下げた。

彼女は、そっと、「よき日でありますよう」と、ラテン語の挨拶の言葉を呟いた。

「神のみ恵みがありますように」と、フィデルマもラテン語の挨拶を返した。「ほかにも宿泊者がおいでとは、知りませんでしたもので」

「いいえ、ほかには、どなたも。私はディアソール〔御門詰め修道女〕ですけれど、来客棟のお世話もしております。ちょうど、あなた様のご入浴の準備をしておりました」

フィデルマは、わずかに目を見張った。

「それは、ご親切に」

「私の務めでございますから」中年の修道女は、視線を上げることなく、そう答えた。

フィデルマは、浴室をさっと見まわした。神経質なまでに清潔だ。木の浴槽にはすでにかなりの湯が満たされており、浴室は薪の火のお蔭で、温かだった。心地よい薬草の香りが、浴室にたちこめている。リネンの布も、シュレック〔芳香石鹸〕と共に備えられている。鏡と櫛も、体を拭く布もある。万事、きれいで整然としていた。フィデルマは微笑んだ。

「務めを、見事に果たしておられますね、シスター。お名前は？」

「ブローナッハと申します」

「ブローナッハ？　遺体を発見した二人の尼僧のお一人ですね？」

中年の修道女は、かすかに身震いをした。でも、視線はフィデルマから逸《そ》らしたままだった。

「おっしゃるとおりでございます。シスター・ショーワと私が、発見しました」そう言いながら、彼女はすばやく膝を屈めて、十字を切った。

「では、私が入浴している間に、そのことについて話してもらえると、時間が省けそうです、シスター」

「ご入浴中に、でしょうか、シスター？」その声には、同意しかねるといった響きがあった。

フィデルマは興味を覚えた。

「お嫌ですか？」

「私が……？　いえ、そのようなことは」

ブローナッハは彼女に背を向けると、驚くほどの力を見せて青銅の釜を火から下ろし、湯気をたてている湯がすでにある程度溜まっていた木の湯槽《ゆぶね》の中に、それを傾けた。

「ご入浴の準備がととのいました、シスター」

「ありがとう。新しい着替えとキーヴォログは、携えてきています」

キーヴォログというのは、直訳すれば〝櫛入れの鞄〟のことであるが、アイルランド女性にとっては、なくてはならない大事な品なのである。この中には、櫛だけではなく、ほかの化粧道具も入っていて、女性たちは常にこれを持ち歩いている。古代の法律書『アキルの書』[2]には、ある種の争いにあっては、女性が自分のキーヴォログと糸巻き棒（羊毛や亜麻の繊維を絡みつけて、縒りをかけながら糸を紡ぐための、長さ三フィートほどの棒）を示せば、義務や債務を免除されることもある、とさえ記されているほどだ。つまり、この二つの品は、女性であることの象徴とみなされているのである。

　フィデルマは、鞄に入っている着替えの衣類を自室に取りに行った。彼女は、自分の体や身の回りの品については、ごくきれい好きで、衣服は絶えず洗濯していた。ところがロスの小型船の上では、洗濯も着替えもままならなかったので、この機会はありがたかった。ふたたび浴室に戻ってみると、ブローナッハ修道女はさらに湯を沸かそうとして、釜を薪の火の上の鉤に吊るしているところだった。彼女はフィデルマを迎えて、「お脱ぎになった服をお渡しくださればば、ご入浴中に私がお洗いして、その後、火の前に吊るして乾かしておきます」と言ってくれた。

フィデルマは彼女に礼を述べたが、この時も、もの哀しげな修道女と視線を合わせることはできなかった。フィデルマは服を脱いだ。火が燃えているというのに、身震いが出るほど寒かった。フィデルマはすばやく浴槽にすべりこみ、たっぷりとした湯に体を沈める心地よさを味わいながら、深く満足の吐息をついた。

やがてフィデルマがシュレックを泡立てて体に塗り始めると、ブローナッハは彼女の衣類を取りあげて、青銅の釜の中へ浸した。

「では」とフィデルマは、香料入り石鹼の泡に包まれた贅沢を満喫しながら、聴き取り調査にとりかかった。「今、シスター・ショーワと一緒に遺体を発見した、と言われましたね?」

「そのとおりです、修道女様」

「シスター・ショーワとは、どういう人物です?」

「この女子修道院の執事、レクトラーです。もっと大きな修道院では、ラテン語でディスペンサトールと呼んでおいでですが」

「いつ、どのようにして、遺体を発見したのか、聞かせてもらえますか?」

「ほかのシスターがたは、正午のご祈禱に出ておられた時で、ちょうど第三カダーの始まりを告げる銅鑼《どら》が鳴っておりました」

一日を六時間ごとに区切るカダーの第三時限は、正午から始まる。

「その時刻の私の仕事は、院長様専用の浴槽にお湯を満たしておくことなのです。この時間に湯浴みをなさることをお好みですので。水は、第一の泉から汲んでまいります」

フィデルマは浴槽の縁にゆったりと背をもたせかけながら、わずかに眉をひそめた。

「第一の？　すると、ほかにも泉があるのですか？」

ブローナッハは、重々しく頷いた。

「私どもの女子修道院は、〝オー・ナ・ドゥリー・ドバル〟と呼ばれておりましょう？」

「〝三つの泉の鮭〟ですね？」とフィデルマは、半ば問いかけるように繰り返した。「でも、これはキリストをお呼びする隠喩《メタファー》ですけど」

「そうではありますけれど、ここには現に三つの泉があるのです、修道女様。この修道院の開祖の聖女ネクトが発見なさった聖なる泉のほかに、後ろに広がる森の中にも二つ、もう少し小さな泉がございます。今のところ、水は全て、森の泉のほうから汲んでおります。ドレイガン院長様が、まだ浄化の儀式を完全に終えてはいらっしゃいませんので」

フィデルマはこれを聞いて、少なくともほっとした。頭部を失った死者が吊るされていた泉の水を飲むのは、いかにもぞっとする。

「そこで、第一の泉へ水を汲みに行ったのですね？」

「そういたしました。でも、捲き揚げ機の仕掛けがうまく働きませんでした。なかなか捲き揚げることができなかったのです。あとになって、遺体が下がっていたせいだったと、わかりましたけど。私が水桶を懸命に捲き揚げようとしておりました時、シスター・ショーワが私の怠慢を咎《とが》めにやって来ました。ショーワは、私が難儀をしているとは、信じられなかったようです」

「どうしてかしら？」

大釜に入れたフィデルマの服をかき回していた中年の尼僧は、その時のことを思い出そうと、手を止めた。

「シスター・ショーワは言っておりました、少し前にこの泉から水を汲んだけれど、捲き揚げ機には何の異状もなかったと」

「その朝、誰かほかにその泉を使った人は？——シスター・ショーワの前であれ、あなたが水汲みに行く前であれ？」

「いいえ、いないと思います。正午まで、泉から水を汲み上げる必要はありませんので」

「では、先を」

「それで、私たちは二人で捲き揚げ機を回そうとしました。すると、遺体が現れたのです」

「二人とも、さぞびっくりしたことでしょうね？」

「もちろんです。頭がついていなかったのです。二人とも、怯《おび》えました」

「死体について、何かほかに気づいたことは？」

「磔刑像十字架のことでしょうか？　気がつきました。それに、もちろん、アスペン(3)の枝にも」

「アスペンの枝？」

「左手の前膊部に、オガム文字を刻んだアスペンの枝が縛りつけてありました」

「どう、解釈しました？」

「解釈？」

「オガムで、なんと書いてあったのです？　それが何か、はっきりわかりましたか？」

ブローナッハは、肩をすくめることで、まずそれに答えた。

「残念ながら。私は、オガムを見れば、それが何かはわかります。でも、その意味を読みとる知識は、持っておりませんので」

「シスター・ショーワは、読めたのでしょうか？」

ブローナッハは首を横に振り、青銅の容器を火から下ろすと、棒を使って洗濯物をすくい上げ、冷たい水を張った桶に移した。

「では、二人とも、オガム文字は読みこなせなかった、あるいは、その目的もわからなかった、ということですか？」

「あの時、私は院長様に、これは異教のシンボルなのでは、と申し上げました。古《いにしえ》の人たちは、復讐心に燃える亡霊から守るために、遺体に枝を結びつけておりましたでしょう？」

フィデルマは中年の修道女を注意深く見つめた。だがブローナッハは、すでに彼女に背を向けて洗濯物の上に屈みこみ、それを叩いて水気を切るという次の作業にとりかかっていた。

「そのこと、私は今まで聞いたことありませんでしたわ、シスター・ブローナッハ。あなたの意見に、院長はどう応じられました?」

「ドレイガン院長様は、人にお考えをもらされる方ではありませんので」

その声には、怒りが潜んでいたのではあるまいか?

フィデルマは浴槽から立ち上がると、そこから出る前に、まず濡れた体を拭くために備えられている布を取りあげ、体が生きいきと活気を取り戻してゆく感覚を楽しみながら、勢いよく体をこすり始めた。その上で清潔な肌着をまとうと、さっぱりとして、気分もくつろいだ。彼女は、ローマで、シーダ〔絹〕の肌着を身にまとう心地よさを覚え、帰国する時、それを持ち帰っていたのだ。彼女は、ブローナッハがそれにちらっと視線を向けたのに気づいた。羨望に近いものが浮かぶ眼差しだった。常に哀しげな表情を浮かべている中年の尼僧の顔に、フィデルマが初めてみた感情だった。フィデルマは、肌着の上に、褐色のイナール〔チュニック〕をまとった。丈が踝《くるぶし》まであり、房のついた紐で腰を縛る長衣である。それから、クアランと呼ばれる、つま先が細く尖った、ほっそりとした革靴に、足をすべりこませた。足の甲に沿って、ぐるりと縫い合わせてあるので、靴紐で締めるまでもなく、足にぴったりと合うのである。

フィデルマは鏡に向かうと、多すぎるほど豊かな長い髪を撫でつけた。それで、彼女の化粧は終わりだった。

フィデルマは、ブローナッハ修道女が今は口をつぐんで、彼女の汚れていた衣服の洗濯を終えようと専念してくれていることに気づいた。

フィデルマはブローナッハに微笑みかけて、謝意をあらわした。

「ほうれ、このとおりです、シスター。まるで生き返ったみたいです」

ブローナッハ修道女は何も言わず、ただ頷いただけだった。彼女は、それで満足らしかった。

フィデルマは、「ほかにには、もう、話してもらえることはないのかしら？」と、さらに問いかけてみた。「たとえば、あなたとシスター・ショーワは、遺体を泉から引き上げたあと、どうしました？」

ブローナッハは、まだうつむいたままであった。

「私たちは、〝死者への祈り〟を唱えました。その後、私は院長様を呼びに行き、シスター・ショーワは遺体のそばにとどまりました」

「あなたは、ドレイガン院長を伴って、すぐに戻ってきたのですか？」

「院長様を見つけまして、すぐに」

「その後は、ドレイガン院長が全てを引き継いだのですね？」

「そのとおりです」

フィデルマは鞄を取りあげて扉へ向かおうとしたが、ちょっと足を止めると、彼女を振り返った。

「あなたに感謝していますわ、シスター・ブローナッハ。自分の担当の来客棟の世話を、見事に果たしておいでです」

ブローナッハは、それでも、目を上げようとはしなかった。

ただ、「私の務めですので」と、短く答えただけだった。

「でも、務めが意義あるものとなるのは、それが喜びをもって行なわれている時です」と、フィデルマは答えた。「私の恩師のブレホン〔裁判官〕である〝タラのモラン〟は、かつて、こうおっしゃいました――〝務めが掟によって強いられたものであれば、そこから喜びは消える。なぜなら、より優れた務めとは、それを行なうことが喜びとされる務めだ〟と。おやすみなさい、シスター・ブローナッハ」


フィデルマが院長室へ入ってゆくと、ドレイガン院長は、湯上がりで、まだほてりが残って桃色に染まっている彼女の頬を見やった――その視線には、やや妬ましげな色がちらっとのぞいていた。院長はテーブルを前にして坐り、革で装幀された福音書を開いていた。そのページについて考えこんでいたらしい。

「お坐りください、修道女殿」院長はそう勧めた上で、フィデルマに問いかけた。「マルド・ワイン（温めて、甘み、香料、卵黄などを加えたワイン）を一杯、ご一緒にいかがです？　冷えこんでくる夜に備えて」

フィデルマは、一瞬、ためらった。

だがすぐ、「ありがとうございます、院長殿」と、それに応じた。彼女は、院長の個人的助手のレールベン修道女と名乗った若い娘に案内されて中庭を横切り、ここへやって来たのだが、その時軽い雪がひらひらと舞い始めたのに気づいて、今夜はしんしんと冷えこみそうだと覚悟していたのである。

院長は立ち上がり、棚に載っている水差しを取りあげた。すでに鉄の棒が、暖炉の火で熱してあった。院長は皮布を端に巻きつけて棒を火から引き出し、真っ赤に熱してある先端を水差しに差しこんだ。こうして温めたワインを、院長は陶器の高杯《ゴブレット》に注ぎ、一つをフィデルマに手渡した。

それを二、三口ゆっくりと味わったところで、院長は口をきった。「さて、修道女殿、ご覧になりたいと望んでいらした品は、ここにあります」

彼女は布に包んだものをテーブルの上に取り出すと、フィデルマと向かい合った椅子に腰を下ろし、ふたたびワインをすすり始めながら、ゴブレットの縁越しにフィデルマを見守った。

フィデルマはゴブレットを下に置くと、布包みをほどいた。中から、小さな銅の磔刑像十字架と、それについていた革紐が現れた。

フィデルマは、よく磨かれたその十字架を、長いこと見つめていた。だが、ふと気がついて、ふたたび温かなワインを取りあげ、急いで一口すすった。

「それで、修道女殿、これから何がおわかりになりますか？」と、院長は問いかけた。

「磔刑像十字架からは、ほとんど何も」と、フィデルマは答えた。「ありふれたものです。粗末な細工で、これを手に入れることのできる修道女は大勢いることでしょう。この地方の職人の細工なのかもしれません。ごくふつうの聖職者でも、入手できるものです。もしこの十字架がこちらで発見された死者の持ち物なのでしたら、あの娘は独住尼僧《アンコレス》だったのかもしれません」

「その点、私も同意見です。私どもの修道院の修道女たちにも、似たような銅製の磔刑像十字架を持っている者は大勢おりますよ。この地方は、大量の銅を産出していますのでね。地元の職人たちは、こうしたものを数多く製作しています。でも、あの娘は、この土地の者とは思えません。近くに住む農夫の一人が、いなくなった自分の娘ではないかと考えて遺体を見にやって来ましたが、違いました。その男の娘の体にあったという傷痕が、あの亡骸には見られませんでしたので」

十字架を見つめながら考えこんでいたフィデルマが、つと頭を上げた。

「そうでしたか？　その農夫、いつ、こちらへやって来たのです？」

「私どもが死体を発見した日に。バールという男です」

「死体が発見されたことを、どうやって知ったのでしょう？」

「このあたりでは、何かあると、たちまちに知れわたります。とにかくバールは、時間をかけてよく遺体を調べていました。はっきりと確認したかったようです。死体は、どこか余所《よそ》の土地の尼僧のものだということのようですね」

そのとおりだろうと、フィデルマも考えた。もしあの娘がどこかの女子修道院の修道女であれば、遺体の手の状態も、説明がつく。野外の労働に従事していない女たちは、いや、男たちもそうだが、手入れのよく行き届いた手をしていることを、誇りとしていた。爪を常に注意深くきり、丸く滑らかにととのえておくのが、身だしなみなのだ。男であれ女であれ、手入れの悪い爪をしていることは、恥ずべきこととされた。よく使われる罵《ののし》りの言葉に、クレクティネックという言葉さえある。〝ささくれた爪〟という意味である。

しかし、これは、死体の足のひどい荒れ方、足首についていた足枷《あしかせ》の痕、鞭打ちの傷であろう背中のみみず腫れ等を、説明してはくれない。

院長は、別の布包みを、慎重にテーブルの上に置いた。

彼女は、そっと布を広げながら、「これが遺体の左腕に結びつけられていたアスペンの棒です」と、フィデルマに告げた。

フィデルマは、長さ十八インチほどのアスペンの枝を、じっと見つめた。まず注意をひきつけられたのは、正確な間隔で刻まれている目盛りだった。その反対側には、アイルランド古代の文字オガムも、一列、刻まれている。目盛りよりも新しい刻み目だ。フィデルマは、オガム文字に目を凝らし、声には出さずに読み上げた。(4)

「〝この女を、深く埋めよ。モーリーグゥは目覚めたり！〟」

フィデルマの顔が、蒼白となった。坐ったままの背筋が、固くこわばった。彼女は、院長が推し測るような目で自分を見守っているのに気づいた。

「これが何であるか、おわかりになりましたね？」と院長は、低い声で訊ねた。

フィデルマは、ゆっくりと頷いた。「フェー(5)ですわ」

″フェー″とは、亡骸やそれを埋葬する墓穴の寸法をとるために用いられる、アスペンの棒を指す。オガム文字が刻まれていることも多い。フェーは、葬礼を職とする者たちの道具なのだ。したがって、もっとも忌まわしいものと考えられており、遺体や墓の寸法をとらねばならぬ特殊な専門家を除いて、これを手に取ったり触れたりする者など、誰もいないはずだ。フェーは、古の神々の御代からずっと、死と凶事の象徴とされてきた。きわめて強烈な罵りを相手に浴びせる時の言葉として、「もうすぐフェーで寸法をとられるがいい」という表現があるほどだ。

長い沈黙が続いた。フィデルマがアスペンの棒をじっと見つめ続けていた。

しかし、低い、だが苛立っているような溜め息を耳にして、初めて身じろぎをした。顔を上げると、ドレイガン院長と、視線が合った。

院長の顔に困惑の色があらわれているのが、見てとれた。彼女もまた、この棒が何を象徴しているか、はっきり承知していることは、明らかであった。

「今はもう、おわかりでしょう、″ギルデアのフィデルマ″殿。なぜ私が、この件に関して、地元のボー・アーラ〔地方代官〕に行政的な権限を振り回させたくないかが？　今は、おわかりのはずです、なぜ私が、大修道院のブロック院長に、キャシェルの王以外の何人《なんぴと》にも従う必要のないブレホン法廷のドーリィーを派遣していただきたいとお願いしたわけが？」

フィデルマは、真剣な視線を院長に返した。

「わかりました、院長殿」と、フィデルマは静かに答えた。「ここには、邪悪なものが潜んでいます。大きな悪が」

フィデルマは、なかなか眠りにつけなかった。すでに外は大雪となっていた。しかし寝つけないのは、小部屋にみなぎる寒気のせいではなかった。頭部を欠く死体の謎が頭を占め、不可解なその事件がかもし出す不安を、どうしても払いのけられないせいでもなかった。彼女は二度も寝台の傍らの小卓からあの小型祈禱書を取りあげ、自分の懸念に対する答えがそこに見つかるかのように、ページを繰りながら、それを熟視していた。

〝サックスムンド・ハムのエイダルフ〟に、何が起こったのだろう？

フィデルマは一年半近く前、ローマのプロビの橋に近い木造の埠頭で、彼に別れを告げた。この小さな祈禱書は、その前日に薬草園で、彼女が贈り物として彼に手渡したものだ。最初のページには、フィデルマが自分の手で書き込んだ彼への言葉が記されている。

エイダルフとフィデルマは、キリスト教会の尊《たっと》い聖職者が殺害された事件（第二章の訳註7と8を参照）を、二度にわたって、共に究明した。その経験で、二人は、自分たちが性格的には全く異なるものの、それぞれ相手を魅力ある人物と感じていることを、また共に手がけることになった事件の解決にあたって、互いに補足し合える才能を持っていることを、知ったのであった。やがて二人が別の道をとる時がきた。彼女は故郷に帰らねばならず、彼のほうは、カンタベリー大寺院の新しい大司教に選ばれた〝ダルソスのテオドーレ〟の秘書兼顧問官に任命されたからである。テオドーレは、ローマ・カソリック教会のサクソン王国内における最高位の使徒となることに決まっていた。ただ彼はギリシャ人であり、ローマ・カソリック教会へ改宗したのも比較的最近のことであったから、この新しい宗教的任務に関して、誰か助言できる人物を必要としていたのである。あの時、もう二度とエイダルフに会うことはあるまいと考えたにもかかわらず、フィデルマは自分の中でこのサクソンの修道士への思いがますます募ってくるのを感じていた。ずっと孤独を感じ続けていた。最近では、自分はエイダルフとの関わりが失われたことを淋しがっているのだ、と気づいていた。

現在、フィデルマは、別の事件を解決するために、この地に招聘《しょうへい》されてやって来た。しかし今彼女の心をかき乱しているのは、祈禱書の謎であった。こちらのほうが、いっそう強く彼女の胸を騒がせていた。

ローマで、別離に際しての贈り物として彼に手渡したこの祈禱書が、どうして遙か遠隔の地であるアイルランド南西海岸近くに漂うゴールの商船にあったのだろう？　彼は、あの船の乗客だったのか？　もしそうであれば、今どこにいるのだろう？　もし彼があの船に乗っていなかったのであれば、この祈禱書を持っていたのは、誰だったのか？　そして、どうしてエイダルフは、彼女の贈り物を手放したのであろう？

　こうした疑問が胸を騒がせているにもかかわらず、彼女はいつしか、眠りの中へと引き込まれていた。

第五章

ブローナッハ修道女に起こされた時、外はまだ暗かったが、夜空は明け方が近いことを告げていた。フィデルマの身支度のために、部屋には熱い湯を張った深鉢が運ばれてきており、蠟燭も灯されていたので、早朝の寒気はひどく厳しいものの、ごく快適に朝の身支度をすることができた。ちょうど準備を終えた時、ゆっくりと鳴らされる鐘の音《ね》が聞こえてきた。そうだ、これはキリスト教徒の魂が主に召される時に鳴らされる伝統的な弔鐘だ、とフィデルマは気づいた。そこへブローナッハ修道女が戻ってきて、頭を下げ、目を伏せたまま、そっと囁いてくれた。

「儀式の時間でございます、修道女様」

フィデルマは頷くと、彼女に従って来客棟を出て、ドゥルハック〔礼拝堂〕へと向かった。この女子修道院所属の修道女全員が集まっているようだ。昨晩積もっていた雪がすでに地面に残っていないのは意外であったが、敷地の彼方へと視線を転じると、周辺の森林やその向こうの丘陵には、うっすらと雪の薄化粧がほどこされていた。早朝の空の下で、遠景の薄雪は、不気味に仄《ほの》かな光を放っていた。

木造の礼拝堂の内部はあまりにも冷えきっているため、誰かが用意したらしく、後ろのほうに火鉢《ブレイザー》が置かれ、薪が炎を立てて燃えていた。それでも、石敷きの床から、湿気と寒気が立ちのぼってくる。祭壇の上には、あたりを威圧せんばかりの荘厳さで、大きく豪華な黄金の十字架が据えられている。そのすぐ後ろに、ドレイガン院長がひざまずいていた。祭壇の前方には、葬送の儀式のために棺架が置かれ、名前さえ知れぬ娘の亡骸《なきがら》が安置されていた。

フィデルマは、後部の座席についていたブローナッハ修道女に気づき、その横に坐った。そこは、ありがたいことに火鉢に近いので、少しは温かい。フィデルマはまわりを見渡し、この木造礼拝堂内部の豪奢な造作に、目を楽しませた。豪華なのは、祭壇上の十字架だけではない。壁のいたるところに、華やかな金色の額縁に収まった聖画像《イコン》が掛かっている。どうやら、前夜から通夜の儀式が行なわれていたらしいと、フィデルマは推測した。遺体はすでにラホル〔白いリネンの屍衣〕にくるまれており、棺架の四隅に立てられた蠟燭の炎が、あるか無いかの朝の微風に揺らいでいた。

ドレイガン女子修道院長が静かに立ち上がり、ゆっくりと両手を打ち鳴らした。伝統の作法ラーヴ・コマルト、すなわち〝哀悼の柏手《かしわで》〟で、死者を悼む仕草である。やがて修道女たちは低い声でクィーン〔哀悼歌〕(1)を唱え始めた。早朝の仄暗い明かりの中で聞く嘆きの歌は、背筋が冷やりとするような響きを秘めていた。フィデルマはこれまでにいく度《たび》もこうした死者への哀悼の歌を聞いているが、今耳を傾けている歌声には、フィデルマの項《うなじ》の肌をちりちりと痺《しび》れさせるものがあった。死者への〈哀悼歌〉は、新しい信仰（キリスト教）が 古 の神々や女神たちにとってかわるより遥か昔に遡《さかのぼ》る習俗なのである。

十分ほどして、〈哀悼歌〉は終わった。

ドレイガン院長が、一歩前に進み出た。壮麗な儀式では、この時点でアムラ、すなわち〈哀《エレ》歌《ジー》〉が歌われることになっている。

だがこの時、まるで石敷きの床の下から湧きあがってくるかのような不思議な音が聞こえてきた。さして大きな音ではない。奇妙な、何かが擦《こす》れるような音だった。深く、虚ろな音だった――まるで波にもまれて、二艘の小舟がぶつかり合っているような。修道女たちは、互いに顔を見つめ合った。

ドレイガン院長が、ほっそりとした手を上げて、静粛を求めた。

「修道女がた、落ち着くのです」と皆を叱責しておいて、彼女は頭《こうべ》を垂れて、儀式を続けた。

「修道女がた、今私どもは、誰ともわからぬ人を哀悼しております。逝去した者を見送ろうにも、私どもはその人の名前を唱えて〈哀歌〉を歌うことはできません。でも、この見知らぬ人は、すでに神の聖なる抱擁の中へと、旅立っております。神は、この娘が誰であるか、おわかりになっておられます。それで十分です。この娘の命を断ち切った者が誰であるかも、神はご存じであり、やはり神の御許へ受け入れられましょう。私どもは、ただ、この人の魂の旅立ちを哀悼しましょう。そして、その魂がすでに神のご庇護のもとに安らっていることを、喜びましょう」

院長の合図で六人の修道女が前へ進み出て、棺架を肩に担ぎ、院長のあとに従って礼拝堂を出た。ほかの修道女たちも、二列に並んで棺のあとに続いた。

フィデルマは列の最後尾につこうとして行列が通り過ぎるのを待ったが、ほかにも控えている修道女がいることに気がついた。彼女と同じことを考えているらしい。ブローナッハ修道女だった。もう一人の修道女と一緒に歩こうとして、わざわざ葬列が通り過ぎるのを待っているようだ。初めフィデルマは、ブローナッハの連れの尼僧は背がごく低いのだと思った。しかしすぐに、彼女が杖にすがって、よろけそうな奇妙な姿勢をとっていることに気がついた。上半身は正常であるが、両脚に障害があるらしい。彼女がやや幅広い、どちらかと言うと平凡な顔をした、まだ若い女性であることを、フィデルマは哀しい思いで見てとった。水のように青い瞳をしている。娘はリンボクの杖に支えられて、体を左右に揺らし上体を押し出すようにして、葬列に遅れることなくついてゆく。フィデルマは、この若い修道女の不運な定めに同情を覚えた。一体どういう事情で、このように不自由な体になったのであろう。

空は、明るみ始めていた。あたりは、葬儀の列がいくつもの建物の間を抜けて女子修道院を取りまく森へと入ってゆくのに十分なほど、明るくなっていた。やがて、修道女の一人が、柔らかな高く澄んだ声でラテン語の祈りを歌い始め、ほかの修道女たちがその合唱部分に加わった。

我ら、日々、歌わむ、
さまざまなる音色の声を合わせて、
ふさわしき讃歌を神の御前に捧げむ、
聖母マリアの御ために

フィデルマは、修道女たちがさらに先を続けるのを聞きながら、この部分をゲール語で呟いた。

葬列は森の中の狭い空き地で止まった。死者を記念する多くの石碑や十字架から判断すると、ここは修道院墓地として使用されている区画らしい。淡雪が地面をうっすらと覆っていた。院長は共同墓地の片隅のひそやかな場所を示し、そこに棺架を置くようにと命じた。これまでにいく度も経験していると見えて、修道女たちは手際よく棺架をそちらへ運び、亡骸を柩から取り出すと、前日から掘ってあったらしい墓の底に横たえた。

フィデルマは、次に起こることに、心の準備をした。はるか昔からの慣習が、これに続くのである。亡骸を乗せてここまで運んできた木の棺架が、二人の修道女がふるう槌によって粉々に砕かれた。新しい信仰がまだ根絶できないでいる古い迷信によると、棺架はどうしても打ち砕いておかなければならないのだ。さもないと、深夜にこの世を徘徊する悪霊どもが、これに遺体を乗せて攫っていくからだ。だが棺架が破壊されていたら、邪悪なる者どもも、死者をそっとしておいてくれるという。

魅力的な容貌のごく若い修道女が、緑の葉をふっさりとつけた樺の小枝の束を抱えて前に進み出てくると、墓の傍らに立った。フィデルマは、それが昨夜自分を院長室へ案内してくれた見習い修道女レールベンであることに気づいた。ほかの修道女たちは一列になって墓の縁に立つ彼女に近づき、初々しい顔立ちをしたレールベン修道女から小枝を受け取ると、墓の前で足を止め、その中へ小枝を落とした。ブローナッハと、彼女に付き添われた脚の悪い修道女は、フィデルマと同様、列の最後尾が来るのを待った。フィデルマは二人にそっと微笑みかけて、お先へと合図をし、自分は一番後から列について、レールベン修道女の手に残っている小枝を一枝受け取り、それを遺体の上にそっと落として、元の位置に引き下がった。シェスス・ソファスと呼ばれるこの樺の小枝は、墓穴に土が掬《すく》い落とされる前に亡骸を覆うためだけではなく、あらゆる悪しき力から死者の体を守るためのものでもある。いまだに残っている古くからの俗信なのだ。

ドレイガン院長が最後の樺の小枝を投じるために、まだ開かれたままの新しい墓へ歩み寄った。二人の修道女が土を掬って墓を埋める仕事にとりかかると、院長は、アイルランド語ではビアトと呼ばれる『詩篇』第一一八篇を唱え始めた。ビアトは、本来は〝祝福〟を意味し、『詩篇』第一一八篇の最初の行から取られた言葉である。この第一一八篇は、死者の苦悩せる魂のためにもっとも霊験あらたかな祈りであると考えられるようになり、アイルランドでは次第に『詩篇』第一一八篇自体をビアトと呼ぶようになっていた。しかしドレイガン院長は、ビアト全篇を唱えることはせず、彼女自身が選んだ特定の箇所を、朗誦し始めた。


われ、患難《なやみ》の中よりヱホバを呼べば、ヱホバ答へて、我を広き処《ところ》に置きたまへり。

ヱホバ、われが方《かた》にいませば、我に恐れなし。人、我に何をなしえんや。

ヱホバは、我を助くるものと共に、我が方に坐《いま》す。この故に、我を憎むものにつきての願《ねが》望《ひ》を、われ、見ることをえん。

ヱホバに依《よ》り頼むは、人に頼るよりも勝《まさ》りてよし。

ヱホバに依り頼むは、もろもろの侯《きみ》に頼るよりも、勝りてよし。


フィデルマは、ドレイガン院長の朗誦の激しさに眉をひそめた。まるでこれらの言葉は、彼女にとって、何かはるかに深い意味を持っているかのような激烈な響きで唱えられている。

やがて、ミサは終了した。頭部を失った哀れな亡骸も、今は埋葬され、キリスト教の儀式に則《のっと》って、適切な祈りと祝福を与えられたのだ。

すでに陽は高く昇っていた。冬の早朝の陽ざしを顔に受けて、フィデルマはかすかな温《ぬく》もりを味わった。森は、みるみる生気を取り戻しつつある。小鳥たちの音色豊かな囀《さえず》りや、雪のヴエールを朝の微風で払い落とされた枝や葉叢《はむら》の囁きが、一連の儀式の厳粛な空気を、悦びに満ちた晴朗なる朝へと変えていった。

フィデルマは尼僧たちがゆっくりと修道院の建物のほうへ引き返し始めたことに気がついた。杖をつきブローナッハ修道女に付き添われながら列の最後尾について懸命に歩いていた脚の不自由な修道女の姿も、その中にあった。その時、フィデルマは、軽い咳払いを聞きつけて振り向いた。ドレイガン院長が、儀式の間常にその右手に控えていた若い尼僧と共に、やって来るところであった。

院長は、「お早うございます、修道女殿」と、挨拶の声をかけてきた。

フィデルマもそれに応えたが、それに続けて、「礼拝堂で聞こえたあの奇妙な音は、なんだったのでしょう？」と訊ねてみた。「修道女がた、ずいぶん動揺していたようですね？」

院長は、蔑みの色を面《おもて》に浮かべて、顔をしかめた。

「あの人たち、わかっていそうなものですのに。私どもの地下室を、ご案内しましたでしょう？」

「ええ。でも、あの地下室からの音が礼拝堂まで聞こえてくることなど、むろん、ありますまい？　あの地下室は、礼拝堂の下まで延びてはいませんから」

「そのとおりです。でも、あの時お話ししましたように、修道院の建物の下には、いくつか洞窟が存在していると、考えられています。ただ私どもは、地下貯蔵庫として利用しているあの洞窟以外、そこへ入ってゆく入り口を見つけておりません。でも、礼拝堂の下に洞窟が広がっていることは、確かです。そこに潮が満ちてくると、私どもが耳にしたような音が生じるのです」

フィデルマは、あり得ることだと、院長の説明を受け入れた。

「では、前にも耳になさったことがおありなのですね？」

ドレイガン院長は、突然、苛立ちを見せた。

「ええ、冬の間に、何回か。でも、そのようなこと、今は無関係です」彼女がこの話題に飽きてきたのは、明らかだ。院長は、自分の連れをちょっと見やった。「これが、私の執事のシスター・ショーワ。シスター・ブローナッハと共に死体を発見した者です」

フィデルマはショーワの魅力的な顔を、いささか驚きながら、じっと見つめた。初々しい天使のような顔である。その目も、レクトラー〔修道院執事〕に相応《ふさわ》しい、経験豊かな者のそれではない。フィデルマは驚きをなんとか押し隠して、やや遅ればせの微笑を娘に向けたが、若い執事からは、それに応える温かな反応は返ってこなかった。

「私には、いろいろ務めがあります、シスター。ですから、質問なら、今すぐなさっていただけません？」ぶっきらぼうで、ほとんど怒っているような声だった。この愛らしい顔の修道院執事から返ってくるであろうと予期していた口調とあまりにも違っていたため、フィデルマは目を瞬《またた》き、一瞬言葉を失った。

「そうは、いきません」とフィデルマは、表情を抑えて答えた。

ショーワ修道女の顔に戸惑った表情がかすめるのを見ることができたので、まあ、それを埋め合わせということにしよう。

フィデルマは二人をあとに、ほかの修道女たちの列を追った。

「今、なんとおっしゃいました、シスター?」ショーワがややためらいがちに一歩踏み出し、少し突っかかるような口調で、フィデルマに問いかけた。

「今日の午後なら、あなたに会うことができます。来客棟に私を訪ねてくるように」ショーワがそれに答える間《ま》もなく、フィデルマは小径を立ち去った。

少しして、急いであとを追ってきた修道院院長が、並んで歩きだした。やや息を切らしている。

「どういうことです、修道女殿?」と、彼女は眉根を寄せて、フィデルマに問いかけた。「昨夜、私の修道院執事と話したいと言っておられたはずですが」

「ええ、そう申しました。でも、覚えておいででしょう、私が今朝はアドナールのところで今日最初の食事を共にすると約束していましたことを? もう、陽が高く昇っております。これから彼の砦に行くために、入り江を渡る方法を見つけなければ」

ドレイガン院長は、賛成しかねるといった表情を見せた。

「アドナールを訪問なさる必要は、ありますまい。あの男は、この件に関して、何の司法権も持っておりません——ありがたいことに——。主に感謝申し上げなければ」

「どうしてです、院長殿？」

「卑しい、悪意に満ちた男だからです。平気で人をひどく誹謗《ひぼう》する男です」

「その誹謗とは、あなたに関してですか？」

ドレイガン院長は、肩をすくめた。

「さあ、どうでしょう。私は、いっこう気にしておりませんのでね。アドナールがどのような噂話をしようと、私には全く関係ないことです。でも、彼のほうは、そうした醜聞をあなたの耳に吹き込みたがっているのでしょうよ」

「ロスの船がこちらへやって来た時、アドナールがあなたの小舟の先を越そうとしていたのは、そのためですか？」

「ほかに、どんな理由があります？　彼は、ボー・アーラ〔代官〕、つまりこの地の有力者であり行政官である自分にこの事件が委ねられなかったというので、自尊心を傷つけられているのです。あの男、この女子修道院に対して、何らかの権力を持ちたがっていますので」

「どうしてなのです？」

ドレイガン院長は、腹立たしげに口許をすぼめた。

「虚栄心のかたまりだからですよ。このささやかな権威をありがたがっている男だからです」

フィデルマは、ふと足を止めて、院長の顔をしげしげと眺めた。

「アドナールは、この地方の族長です。彼の砦は、入り江のすぐ対岸に建っています。ですから、この女子修道院は当然アドナールに年貢をおさめることになるはずですが。にもかかわらず、この修道院とアドナールとの間には、深い確執があるようですね」

フィデルマは、彼ら二人の個人間の問題としての表現を避けようと、気をつけながら言葉を選んだ。

ドレイガン院長の顔に、朱が散った。

「あなたがどう考えられようと、目になさったことをどう解釈なさろうと、それはあなたのご自由ですわ、修道女殿」そう言って、彼女は背を向けようとしたが、その動作をちょっと中断した。「今朝、アドナールのところで食事をなさるおつもりでしたら、岬の砦まで歩いていらっしゃると、かなりの距離になります。でも、私どもの桟橋に、小舟が一艘繋いでありますよろしかったら、お使いください。ここから入り江を横切って漕いでゆけば、十分で着きますから」

フィデルマが感謝の言葉を返そうとした時には、院長はすでに歩き去っていた。

院長の言うとおりだった。女子修道院が建つ岬とアドナールの円形の石の砦が建っている不毛の岬との間には、入り江に注ぐ川が流れている。その河口のあたりを横切って小舟で漕ぎ渡るのは、短距離ではあるが、楽しい船路であった。ロスは、あの砦のことを、なんと呼んでいたろう？　そう、〝牝牛の女神の砦〟――ドゥーン・ボイーだった。フィデルマは、砦の建造者の先見の明に感嘆した。砦が建っている地点は、この岬の中でも、外海との出入りをもっとも確実に把握することができるのみでなく、数マイルもある湾全体に目を光らせるにも、絶好の場所だ。半島を覆う森は、そのあたりでは全て伐採されていた。そのために、砦から湾を見渡す視野は、灰色の花崗岩で築かれている砦の外に建つ集落の家屋や周辺の森によって妨げられることがない。切り倒された木材は、砦や人家の建材として、大いに役立ったことだろう。

フィデルマが女子修道院と砦とを隔てている浅い水域へと入っていった時、外壁の上に立っていた黒っぽい人影が何か叫んだ。フィデルマが肩越しにちらっと見上げると、すでに別の男が駆けだしていくところであった。どうやら、彼女の到着が見えたので、その報告がアドナールに届けられるところなのであろう。

実際、彼女が小舟を砦の下の木造桟橋につけた時には、すでにアドナール自身が、二人の戦士を従えて、歓迎のために出てきていた。彼は、小舟から上陸しようとする彼女に、微笑を浮かべつつ身を屈め、手を差し伸べてくれた。非の打ちようもなく礼儀正しい態度であった。

「ようこそ、お越しを、修道女殿。お疲れなく、おいでになれましたかな？」

フィデルマも、気がつくと、微笑を返していた。

「疲れるほどのことでは、ありませんでしたわ」そして、その訊ねるまでもない質問に、一言理由をつけ加えた。「ほんの短距離でしたから」

「早朝、ミサの鐘が聞こえたようでした」この言葉は、質問の形で口にされた。

「そのとおりですわ」とフィデルマは、それに頷いた。「修道院で発見された、あの死者のための葬礼でした」

アドナールは、驚いた表情を見せた。

「というと、あの死体の身許を、もう発見されたのですか?」

フィデルマは首を振った。だが、ほんの一瞬、彼女は訝《いぶか》った――今、族長アドナールの声に、不安の響きが聞き取れたのではあるまいか?

「院長が、遺体は氏名不詳のままで葬るほかないと、お決めになったのです。これ以上先へ延ばすと、修道院の衛生状態に危険をもたらしかねないでしょうから」

「危険を?」アドナールは、一瞬自分だけの思いに耽《ふけ》っていたらしい。だがすぐに、フィデルマの言葉の意味するところに気がついた。「ああ、そうですな。それでは、この事件の決着には、まだ達しておられぬわけですか?」

「まだ、いっこうに」

アドナールは振り向いて、桟橋から灰色の砦の外壁に設けられている木の大扉へと続く短い小径を指し示した。

「では、ご案内させていただきましょう。お越しいただけて、喜ばしい限りです。おいでくださるかどうか、不安でしたので」

フィデルマは、かすかに眉根を寄せた。

「夜間の断食のあとの最初の食事はあなたのところで、と申し上げました。私は、言ったことは、必ず守ります」

長身の黒髪の族長は、フィデルマを先に通すために木の扉の脇へ身を寄せながら、謝るように両手を広げて見せた。

「失礼なことを言うつもりなど、ありませんとも、修道女殿。ただ、ドレイガン院長が私に好意を持っていないものですから」

「そのことは、昨日、私も気づいておりました」と、フィデルマは答えた。

アドナールは、頑丈なオーク材でできた大きな建物へ続く、短い石の階段へと向かった。両開きの扉には、見事な彫刻がほどこされていた。アドナールが扉を開いた。しかしフィデルマは、ひっそりと従ってきた二人の戦士が階段の下で足を止めて守備の位置につき、あとについてこないことに気がついた。

屋内へ足を踏み入れたフィデルマは、そこに広がる室内の様子に、思わず息を呑んだ。アドナールの宴の広間は、大きな炉にごうごうと音をたてて燃えている薪の火のせいで、ごく暖かであった。広間は、いたるところ、豪華な装飾で飾られていた。ボー・アーラという、所有地を持たず、牝牛のみを財産とする族長の地位に予想される富の水準をはるかに超える、裕福な住まいであった。建物本体はオーク材で作られているが、壁には、艶やかに磨かれたイチイ材が張りめぐらされている。外国製の贅沢な壁掛《タペストリー》が壁面を豊かに飾り、それらの間には銅や銀の楯が輝いている。書籍収納用の書籍鞄さえ、いくつも吊るされており、さらには、それらを読むための読書台《レクターン》まで備わっていた。鼬《いたち》、牡鹿、熊などの毛皮も、床のそこかしこに敷かれている。円卓にはすでに朝食の支度が調っており、果物、冷肉料理《コールドミート》、チーズ、それに水とワインの水差《ジャグ》しなどが、卓上狭しとばかりに載っていた。

「ご立派なお暮らしですね、アドナール」とフィデルマは、テーブルの上の豪勢な食事を眺めながら、そう感想を述べた。

「これは、特別な客人が食卓を共にしてくださるとわかっている時にだけ、出されるものでしてね、修道女殿」

耳に快い軽やかな声に、彼女はさっと振り向いた。

肉の薄い顔立ちの若い男が、入ってくるところだった。フィデルマは一目見た瞬間から、その男に嫌悪を覚えた。髭はきれいに剃っているが、下顎のあたりは剃り跡がすでに青みを帯びている。全体的に痩せ気味で、鼻筋が鋭い。唇は赤いが、ほとんど一本の切り込みとしか見えない。大きな黒い瞳は、一箇所に数秒しか留まろうとはせず、すばやい視線が矢のように飛ぶ。それが、何か信頼しかねる印象を彼に与えていた。サフラン色のシャツの上に羊の毛皮の袖なし胴衣を重ね、その中ほどを革帯で締めていた。首には赤みの強い黄金の鎖を掛けている。フィデルマは、宝石をちりばめた短剣が装飾がほどこされた革の鞘に収められて腰から下げられていることにも、気がついた。よほど高い地位にある男性、あるいは女性でなければ、宴の広間に短剣を帯びて入ることは許されていない。また彼らといえど、それより大きな武器は持ち込めないことになっている。

若者は、〈選択の年齢〉に、すなわち成人と認められる年齢に達してから、間《ま》もないようだ。フィデルマは、彼を、十八歳にはなっていないであろうと推定した――もう少し上だとしても、せいぜい十九歳だ。

アドナールが、一歩前に進み出た。

「フィデルマ修道女殿、ベアラ族長領の支配者、〝鷹の眼《まなこ》のガルバン〟の子息、オルカーン殿を紹介させていただきます。我々が今おりますこの土地も、ガルバン公の領土です」

若者が差し伸べた手は、湿っぽく、頼りないほど柔らかだった。挨拶のためその手に触れた途端、フィデルマは全身にかすかな慄《おのの》きがはしるのを覚えた。まるで、死体に触れたような感覚であった。

容姿だけでオルカーンに嫌悪感を抱くべきでないことは、フィデルマもよく承知している。ユウェナリス(2)は、なんと言っていたろう？　そう、〝フロンティ・ヌルラ・フィデス（人の外見を信ずるなかれ）〟だった。私は、ほかの誰にもまして、実際に目にした事実でもって性急に判断を下すことを避けねばならないはずの人間なのに。

「ようこそ、修道女殿。大歓迎です。アドナールから聞きましたよ、こちらにおいでになったことを。また、その理由についても」

フィデルマはオルカーンに会ったことはなかったが、彼の父ガルバンが、自分は三、四世紀前にモアン王国を治めていた大いなるアリル・オラム王の子孫であると主張していることは、知っていた。しかし、アリル・オラム王は、フィデルマの一族の祖先であり、その末裔として、今は彼女の兄コルグーがキャシェルにおいてモアン王の玉座についている。さらにフィデルマは、ガルバンが、モアン王国内の大族長領コルコ・ロイーグダ(3)に臣従する一部族の族長にすぎないことも、知っていた。

「あなたがこちらにお住まいとは、知りませんでしたわ、オルカーン」と、フィデルマは彼に答えた。

若者は、急いで首を振った。

「住んではいません。客として、アドナールのもてなしを楽しんでいるだけです。釣りや猟をしているのです」

部屋の仄暗《ほのぐら》い片隅から聞こえた咳払いに、彼は少し振り向いた。

聖職者の法衣をまとった肩幅の広い好男子が、オルカーンの後ろから進み出てきた。年齢は四十歳ほど。四十代半ばかもしれない。フィデルマは、彼の感じのよい容貌に、さっと目をはしらせた。赤みを帯びた金髪が、窓から射しこむ陽ざしを受けて、磨かれた金属のように輝いている。髪は〈聖ヨハネの剃髪〉[4]で、顔の前面の髪が左右の耳を結ぶ線まで剃り上げられていた。大きく見開いた青い目。鼻はやや目立ちすぎるかもしれないが、唇は赤く、諧謔みを漂わせているようだ。だが、漿果《ベリー》の果汁で黒く染められている瞼《まぶた》[5]が、彼の容貌に何かしら不吉な翳りを漂わせている。これは、古くはドゥルイドの時代にまで遡るといわれる慣習で、アイルランド人がキリスト教布教のために海外へ出かけるようになった時にも、多くの布教者たちがこの習俗を守っていた。今もなお、一部の聖職者は瞼を染めている。

紹介者の役割を果たそうと、すばやく前へ出てきたのは、今回もアドナールであった。

「こちらは、フェバル修道士です、修道女殿」と、アドナールは告げた。「彼は私のアナムハラ[6]、〈魂の友《ソール・フレンド》〉でして、私や部下たちの精神上の面倒をみてくれています」

アイルランドでは、信仰の世界において、精神上の問題や迷いを打ち明ける〈魂の友〉を持つ習慣があった。

これがローマ・キリスト教のやり方とは違っていることを、フィデルマは承知している。ローマ派の教会では、罪は司祭に告白するようにと、信徒に勧めている。しかしアイルランド五王国のアナムハラは、精神的な罪に単に罰を割り当てるローマの司祭より、さらに強い信頼感で相手と結ばれており、より深く精神的な導きを与える存在なのである。美男の聖職者は温かな笑みを見せ、握手もしっかりとした固い握り方だった。それにもかかわらず、フィデルマはこの男に、何か信用しがたいものを感じないではいられなかった。婦人の寝室や、秘めやかに回される扉の把っ手といった情景が、なぜか目に浮かぶ。フィデルマは、そうした想像を振り払おうと努めた。

オルカーンは、アドナールの砦の宴の広間で主人役を演じているらしく、フィデルマを円卓の自分の横の席に坐らせた。アドナールとフェバルは、その向かい側に席をとった。皆が席につくと、給仕の少年がさっと進み出てきて、ワインを注いでまわった。

「兄上のコルグー王は、お元気ですか？」と、オルカーンがフィデルマに話しかけた。「我らの新王として、順調にやっておいでですか？」

「最後に会ったのは、ロス・アラハーにおいてでしたが、元気でしたわ」と、彼女は慎重に答えた。「私がこちらへ出発する少し前に、コルグーはキャシェルに帰っていきました」

「ああ、ロス・アラハーで！」オルカーンは称賛の目を彼女に投げかけた。「モアン王国の人間は皆、あの地で起こった尊者《ヴェネラブル》ダカーン殺害事件(7)をあなたが見事に解決なさったという知らせに、胸を躍らせましたよ」

フィデルマは当惑して、少し身じろぎをした。彼女は、自分の仕事が人並み勝《すぐ》れたものであったかのように考えられるのは、嫌だった。

「あれは、解決されねばならない事件でした。その事件の謎を探り真実を探しだすことは、法廷に立つ弁護士である私の当然の義務にすぎません。今、モアンの人間は皆、私の解決に胸を躍らせた、とおっしゃいましたね？　でも、あなた方ベアラの部族が属しているコルコ・ロイーグダで、人々があの解決に胸を躍らせたとは思えませんけれど？　コルコ・ロイーグダの以前の大族長サルバッハにとって、あの事件は好ましい結果とはなりませんでしたから」

「サルバッハは、愚かな野心家だったのです」とオルカーンは、フィデルマの指摘に対して、苦々しそうに口をすぼめてみせた。「父のガルバンは、よく族長会議で彼とぶつかっていました。サルバッハは、この国で、人気がなかったのです」

「でも、あなた方ベアラの民は、ロイーグダの一派ではありませんか？」とフィデルマはふたたび指摘した。

「我々ベアラの民の第一の忠誠は、ガルバンに対するものです。そのガルバンの忠誠は、確かにクーン・ドーアに砦を構えるロイーグダの大族長に捧げられていました。だが大族長サルバッハは、もはやその地位にはいません。今のロイーグダの大族長は、ブラン・フィン・メール・オホトレイガですから。それに実を言うと、私は政治には全く関心がありませんでね。それについて、父と私は――」と、彼はにやりと笑った。「どうも意見が合いません。人生は楽しむべきもの、というのが私の考えです。それには、狩猟に勝るものがありましょうか……？」

彼は一瞬、さらに続けようとしたらしいが、ためらい、その話題を終わりとした。「ともかく、あなたは、大族長領の民コルコ・ロイーグダの人々のために、あの野心だけの無能者を追い払ってくださった」

「今言いましたように、私は弁護士としての義務以上のことは、何もしておりません」

「誰もが見事にやってのけられる仕事ではありませんよ。あなたは、きわめて卓越した方だという名声を、確立しておいでになる。アドナールから聞きましたが、今回もまさにそうした事件のために当地を訪れておられるとか。そうなのですか？」

そう言いながらオルカーンは、冷肉料理の皿をフィデルマにまわしたが、彼女はそれを辞退して、大鉢からオート・ミールを自分で取り分けることにした。それに続けて、胡桃と新鮮なリンゴも選んだ。

「そうなのですよ」と、アドナールが急いで口をはさんだ。

フェバル修道士のほうは、導入部として儀礼的に交わされているこうした会話には全く関心がないらしく、うつむいて食事に注意を集中し、ひたすら料理を口に運んでいる。

「私は、ドレイガン女子修道院長の要請に応じて、こちらに伺《うかが》いました」とフィデルマも、アドナールの言葉を認めた。「ドレイガン院長が、自分の修道院にドーリイー〔弁護士〕を寄こしてほしいと、ロス・アラハーのブロック大修道院長に依頼なさいましたので」

「あはあ」とオルカーンが、深く吐息をついた。見たところ、自分のゴブレットの底に沈んでいるワインの澱《おり》にひどく興味を引かれた態で、じっとそれを見つめている。やがて彼は視線を上げて、フィデルマを見つめた。「聞くところによると、この地方では、ドレイガン院長について、噂が流れているとか。彼女は、そのう、なんと言えばよいか、〝深い精神性を持っている〟とはみなされていないようです。そうではないかな、フェバル修道士？」

フェバルは、皿に伏せていた顔を、さっと上げた。彼はややためらい、青い目をちらっとフィデルマにはしらせて一瞬彼女を見つめたが、すぐにその視線を皿に戻した。

「おっしゃるとおりです、オルカーン殿。ドレイガン院長には、不自然な傾向が見られる、と言われておりますな」

フィデルマは前に身を乗り出し、目許を緊張させて、フェバル修道士をじっと見つめた。

「どうか、もう少しはっきり話してくださいませんか、修道士殿？」

フェバル修道士は、はっとしたような表情の浮かぶ面をふたたび上げて、不安げにオルカーンとアドナールをちらっと見やった。だがすぐに、無表情な顔に戻った。

そして、「スウェア・クイクエ・スント・ウィティア」と、ラテン語で呟いた。

「いかにも、〝我々は皆、それぞれの悪徳を抱えている〟ですね」と、フィデルマはそれに同意した。「でも、あなたが院長にどのような悪徳を認められたのか、話していただけましょうね？」

「フェバル修道士が言おうとしているのは、我々が皆、知っていることとです」とアドナールが、まるでフィデルマに理解力が欠けているのがもどかしいと言うかのように、少し苛立って話をさえぎった。「もし女子修道院で発見された若い女性の死体に関して調査を行なうのでしたら、私なら、動機や容疑者を修道院の外に見つけようとはしませんね。卑しい、歪んだ情熱以外に、動機を求める必要はありませんよ」

フィデルマは椅子の背に体を委ね、アドナールを訝るように眺めた。

「では、そのことを告げるために、私をお招きになったのでしょうか？」

アドナールは、肯定の仕草に、短く頷いた。

「そもそもは、第一の容疑者である人間の要請を受けて教会が聖職者を派遣し、その人物に事件を扱わせようとするとは承服しかねる、という私の抗議を聞いていただこうとしたのです。あなたが、院長を告発からかばうためにおいでになったのだ、と思いましたのでね」

「そして今、その意見をお変えになった、とおっしゃるのですか？」フィデルマは、ボー・アーラの慎重な言葉遣いを聞きとがめた。

アドナールは、困惑したような表情を、オルカーンに向けた。

「オルカーンが、あなたは大王《ハイ・キング》ご自身にも、さらには他国の王侯がたにも信頼されておられる方で、自分はあなたのそうした名声をよく知っている、と保証してくれました。そこで私も、この件をあなたの手にお委ねすることに満足したわけです。あなたは、指弾さるべきことを取りつくろおうとなさるような方ではないと、わかりましたのでね」

フィデルマは驚きを押し隠そうと努めながら、相手をじっくりと見つめた。このような性質の糾弾《きゅうだん》が、宗教的な組織の長《おさ》にたいして持ち出されるとは、由々しき事態である。

「少し明確に把握させてください、アドナール」とフィデルマは、ゆっくりと話を進め始めた。

「あなたは、あの若い娘の死は、ドレイガン院長に責任がある、その動機は彼女自身の性的な歪みにある、と公然と主張しておいでなのですね？」

　アドナールが答えようとするのを、オルカーンがさえぎった。

「いや、アドナールは正式な告発をしようとしているのではないと思いますよ。彼は、取調べが行なわれるべき明確な方向を指摘しているだけです。ドレイガン院長には魅力的な若い尼僧を偏愛し、彼女らに自分の女子修道院に入るようにとしきりに勧める傾向があることは、この地方では、よく知れわたっていることです。しかし、これは単に、ありふれた風評にすぎませんでした。ところが今、若い女性の死体が女子修道院で発見された。そこでアドナールは、修道院の塀の内部で何かおかしなことが起こっているのではないか、調べてご覧になっては、と修道女殿に助言したのだと思います」

　フィデルマは、この若者がしゃべっている間、彼をじっと見つめていた。彼は、自分の信じることを率直に、正直に語っているように見える。しかし、女子修道院の院長に関して悪意ある誹謗を広げたという咎《とが》で法の前に引き出されかねない危険な道にアドナールが踏み込もうとした時、彼を手際よくそこから連れ出すだけの知力を持っているようだ。フェバル修道士のほうは、こうしたことには関心がないのか、円卓の上の料理にひたすら手を伸ばしていた。オルカーンは、この状況全般についてフィデルマに十分な知識を持ってもらいたいと願っているだけであるように見える。

　フィデルマは深い吐息をついた。

「わかりました。今の会話は、この砦の壁の外には、もらしません」とフィデルマは、最後に約束した。「その代わりに私は、犯人発見に導きそうな情報は全て、たとえそれが何らかの階級や地位にある人にとって不快なことであろうと、十分に吟味させてもらいます」

オルカーンは、ほっとしたように坐りなおして、椅子に背をもたせた。

「アドナールが憂慮しているのは、この点についてだけです。そうだろう？」

アドナールは、はっきりとした肯定を仕草で表明し、さらに言葉を添えた。

「ドレイガン院長に関して、この地域の多くの人間が我々と同意見であると、あなたもお気づきになると思いますよ。フェバル修道士も、教会側の人間として、意見を述べています。彼は、院長に関するさまざまな噂にひどく胸を痛め、教会の名誉が害《そこ》なわれないようにと、切に願っているのです」

フィデルマは、鋭い視線を修道士に向けた。

「いろいろ、噂が流れているのですか？」

「ええ、いくつか」と、フェバル修道士は認めた。

「その中に、実証されたものもあるのでしょうか？」

フェバル修道士は、無頓着に肩をすくめて見せ、さらに繰り返した。

「いくつも、噂が飛んでいる、ということです。ウァレアト・クアツム・ウァレレ・ポテスト」

彼は、〝まあ、そう言われていますがね〟という、真偽がはっきりしない情報を人に伝える時の決まり文句を、ラテン語でつけ加えた。

フィデルマは、信じかねるように、鼻を鳴らした。

「結構です。でも、もしあなたの糾弾が正しいとすると、あの女子修道院の大勢の人間が院長と結託している、と考えねばなりませんね。あなたのおっしゃることが論理的に正しい結論であるのなら、院長があの殺害された娘と特殊な関係にあったということを、修道院のほかの者たちも知っていたはずです。さらに、死体となった女性があの修道院の一員であったとすると、そのことに気づいた者たちもいたはずです。つまり、彼女たちは院長と共謀している、ということになります。もし本当に誰にも死体の身許がわからなかったのであれば、あの死者は地元の村娘だった、つまり修道院の者ではなかった、ということになりますね。しかし、そうであれば、アドナール、娘の行方不明の届けが、どうしてボー・アーラの公職にあるあなたに提出されなかったのでしょう？　あるいは、旅人だった、おそらく修道院に宿泊していた娘だった、とも考えられます。それならば、これまた、修道院の人間は、このことを知っていた、ということになります」

フェバル修道士は、すばやい視線をフィデルマへ向けた。

「あなたの演繹《えんえき》的理論の見事さを、見せていただきましたよ、修道女殿」彼は優しげな口調で、フィデルマに告げた。「我らの族長がたがあなたに求めておられるのも、犯人究明のため、あなたがその力を公正に発揮してくださるように、ということです。レス・イン・カルディネ・

エスト」

フィデルマは、この修道士が見せる高みから見おろすような態度に、かなり苛立ちを感じ始めていた。また、彼の適切とは言いがたいラテン語の引用句、〝事実は門の蝶番《ちょうつがい》の上に〟も神経にさわる。〝フィデルマならすぐに真実を見つけ出すであろう〟ということを婉曲な表現で言っているようだが、この引用句の前に、彼は意図して小馬鹿にしたような言葉を口にしている。まるで、彼女が調査を公正に行なわない恐れがある、といわんばかりではないか。一言、釘を刺しておかねば。

「アイルランド五王国の法廷に立つ弁護士として誓った誓言を私が正しく守っているかどうかに関して、私はこれまでに一度なりと疑念を持たれたことはありません」と彼女は、固い表情で彼に答えた。

オルカーンがさっと片手を伸ばして、宥《なだ》めるようにフィデルマの腕に触れた。

「わが親愛なる修道女殿、フェバル修道士は表現が下手だったようです。彼は、この件に関して憂慮していることを、お伝えしたかっただけだと思います。実際、アドナールと私は、いたく憂えているのです。とにかく、殺人はアドナールの管轄下にある土地で起こっているのですから、地方代官として彼が気を揉むのも当然と、認めてくださるでしょう? アドナールは、私の父ガルバンに臣従しています。私は父の利害を代表させられていますから、私もまた、彼の不安を分かちあっているわけです」

フィデルマは、胸のうちで、秘かに溜め息をついた。自分が時として、不快感をすぐにとげとげしく表面に出してしまうことを、彼女は自覚していた。

「もちろんですとも」とフィデルマは、努力してちらっと微笑を浮かべて見せた。「でも私は、ことが判決や法律問題に関してきますと、自分の評判に神経を尖らせてしまいますの」

「我々は、この件をあなたの有能な手に委ねることができて、大いに喜んでいます」とオルカーンも、それに応じた。「フェバル修道士も、自分の表現にまずいところがあったのではと、悔やんでいることと思いますよ」

フェバル修道士も、気まずさを紛らわそうとするかのように、笑顔を見せた。

「ペッカウィ」彼は片手を胸に当てて、〝悪いことをしました〟と、ラテン語で伝えた。フィデルマは、それにわざわざ答えることはしなかった。

オルカーンが、このぎごちない間《ま》を、とりつくろった。

「さて、別の話題に移りましょう。このベアラの地においでになったのは、これが初めてですか？」

フィデルマは、実はそうなのですと、認めた。この半島を訪れるのは、今回が初めてであった。

「ここは、美しい土地です。このような厳しい冬の最中《さなか》でさえも。それに、ここは、我々ゲール民族のそもそもの出発点でもあるのです」とオルカーンは、熱っぽく説明を加えた。「ゲールの民の祖、ミール[8]の息子たちが最初に上陸したのがこの地方の海岸だったことを、ご存じでしたか？　ドゥルイドのアマーギン[9]が、ダナーン[10]の三人の女神、バンバ、フォーラ、エリュー[11]に、この国土は永遠に三人の名で呼ばれることになろうと約束したのが、まさにこの土地だったのです」

フィデルマは、この若者が自分の領土に対してこのような熱い思いを抱いていることに、急に興味を覚えた。

「多分、ここでの仕事が終わったあと、あなたのご領内をもっとよく見せていただくことができると思いますわ」と彼女は、真面目な面持ちで答えた。

「その時には、喜んでお供させていただきます」と、オルカーンは申し出た。「そうだ、この後ろの山の中腹から、海上はるか彼方に浮かぶ島を、指さしてさし上げられますよ。死の神ドン[12]は、死者の魂をそこに集めてから自分の大きな黒い船に乗せ、西の〈彼方なる国〉へと運んでいったのです。アドナールも、この地方の歴史について、詳しいですよ。そうだろう、アドナール？」

ボー・アーラは、はっきりとうなずいて、同意を示した。

「もしこの地方の古の遺跡をご覧になるのでしたら、オルカーンの言うとおり、我々はご案内役として、喜んでお供させていただきます」

「では、楽しみにしております」と、フィデルマもそれに応じた。彼女は、自分の生まれ育った国の古い伝承に、強い興味を持っていた。「でも今のところ、調査を続けるために、もう修道院に戻らなければ」

彼女が立ち上がると、彼らも未練そうに、それに倣《なら》った。

オルカーンは親しげにフィデルマの肘に手を添え、広間の外へと導いてくれた。アドナールが慌てて二人のあとを追ったのに対して、フェバル修道士のほうは、別れの挨拶よりも食事を続けるほうに喜びを感じているようだ。

階段までやってきた時、オルカーンは「お目にかかれて、嬉しい限りでした、フィデルマ殿」と挨拶を述べたあと、ちょっと間をおいて、「しかし、この機会が恐ろしい出来事によって生じたものであったのは、嘆かわしいことです」と、つけ加えた。湾の風景を、蒼ざめた陽ざしが照らしていた。オルカーンは、湾の中にただ一隻錨を下ろしているゴールの商船に視線を向けた。この地方のものとは異なる船の造りに、急に興味を覚えたようだ。彼は、「あれが、ロス・アラハーから曳いていらした船ですね？」と、フィデルマに訊ねた。

フィデルマは、自分たちが遭遇した不可解な出来事について、手短に話して聞かせた。

すると、アドナールが話に口をはさんだ。

「この午後、部下をゴールの船に遣わして、確保させることにします」と彼は、断定的に言いだした。

フィデルマは、いささか驚いて、彼を振り向いた。

「どういう目的で？」

アドナールは、満足げに、にんまりと笑った。

「むろん、遭難船やその貨物の引き揚げに関する法律は、ご存じのはずですが？」

その口調は、たちどころにフィデルマの怒りを呼んだ。

「もしあなたの狙いが私を皮肉ることでしたら、アドナール、止めておかれるほうがいいと忠告しておきます。根拠ある論理を論破することは、誰にもできませんよ」と彼女は、冷たい声でそれに答えた。「遭難船や貨物の引き揚げについての法律は、承知しています。その上で、あなたに訊ねているのです。一体いかなる根拠で、あのゴールの船をわが物とみなし、自分の部下を遣わそうとしておられるのです？」

やり込められて顔を朱に染めているアドナールを、オルカーンは少し意地悪い微笑を浮かべて、眺めている。

ボー・アーラは、無念そうに口を尖らせた。

「〈ムイル・ブレハ〈海の法律〉〉[13]で、ちゃんと確かめておきましたよ、修道女殿。この長い沿岸地方を統治する地方代官として、こうしたことも知っておかねばなりませんからね。この沿岸に打ち寄せられた遭難船は全て、私の所有に帰し……」

オルカーンが、恐縮しているような微笑を、フィデルマに向けた。

「もちろん、アドナールの言うとおりでしょう、修道女殿？　もっとも救助の対象の価値が五シェード[14]以下、あるいは牝牛五頭以下であれば、の話ですが。もしそれ以上の価値がある場合、超過分は、ボー・アーラと、この地の支配者、すなわち私の父と、この地方の主だった族長たち、という三者に、三分の一ずつ分配されることになりますから」

フィデルマは、アドナールの得意げな顔をじっと見つめ、それから表情を引き締めた顔をオルカーンに向けた。「海に関する法律を調べるにあたって、あなたはある箇所を見逃してしまわれました。あなたの父上は、さらに上位に位置する王、すなわち私の兄であるモアン国王に、自分の収得分の四分の一を収めなければなりません。また、上位の王自身も、自分の収得分の四分の一を、大王[15]におさめることになります。これが、遭難船舶貨物引き揚げに関する厳密な法律です」

オルカーンは、フィデルマのこの知識に兜を脱ぎ、くすくすと声に出して笑いだした。

「すっかり、驚きました。全く、高い名声にたがわぬ方ですね、フィデルマ修道女殿」

実を言うと、フィデルマは〈ムイル・ブレハ〉の法典を、ごく最近、ロス・アラハーで起こった事件を調査した際に、読んだばかりだった。この時、自分の海に関する法知識が不十分であることを、フィデルマは痛感させられたのであった。最近学習したばかりのこの知識が、今、彼女を海の法律の権威ということにしてくれたようだ。

「では、このことも、よくご存じですね?」とアドナールが、いささか狡猾な表情を浮かべながら、なおも自信を失うことなく、口を出した。「ボー・アーラとしての私は、この船を遭難船としてこの港に曳航《えいこう》してきた事実を私やこの地域の族長たちに速やかに報告しなかったという咎で、ロスに科料を課すことができるということも？　これまた、法律です」

フィデルマは、にやりと笑っているアドナールの顔に視線を向けた。しかし重々しい表情で首をゆっくりと横に振る彼女を見て、アドナールの顔に困惑の色が広がった。

「あなたは、〈フリー・ファリグ〉、つまり〈海における拾得物〉に関する法典[16]を、もっと詳しく読む必要がおありです」

「どうして、そのようなことを？」とアドナールは訊ねたものの、フィデルマの静かな確信を前にして、その声から、先ほどまでの自信は消えていた。

「なぜなら、法典をもっと注意深く読まれたなら、おわかりになったはずです。もし海上に価値ある物が、つまり船、船から流出した船荷、緊急事態で海に投じた投げ荷などが、漂っているのを見つけたり引き揚げたりした場合、そこが岸から〝波九つの長さ〟離れていたら、発見者はそれをわがものとする権利を持ち、何人《なんぴと》といえど、たとえ大王であろうとも、それを要求することはできません。したがって、あの船はロスのものです。発見場所がこの海岸から〝波九つの長さ〟以内であれば、あなたに請求権があるのですが」

〝波九つの長さ〟とは、一フォラックと呼ばれる長さの単位で、百四十四フィートに相当する。ロスがゴールの商船に遭遇したのは、〝波九つの長さ〟という、族長の領海をはるかに離れた地点、つまり外洋であったのだ。

この〝波九つの長さ〟には象徴的な意味もあり、その起源は異教《ペイガン》の時代にまで遡る。だが、キリストの新しい信仰に帰依していると称する人々の間にさえ、いまだに〝波九つの長さ〟の魔術的象徴性は、そのまま受け入れられているのだった。恐るべき〈黄熱疫病《イエロー・プレイグ》〉(17)に襲われてアイルランド五王国が荒廃した時、福者《ブレッシド》フィンバル(18)の建立になるコークの修道院の付属学問所主席教授であったコールマンは、弟子たちを伴って、アイルランド本土から〝波九つの長さ〟離れたある島へ、逃げ出している。その際に、彼は「疫病は、〝波九つの長さ〟以上には到達しない」と主張したものだった。

アドナールはぞっとした顔をして、フィデルマを凝視した。

「私をからかっておられるのですか?」と彼は、固くいしばった歯の間から、フィデルマに問いかけた。

オルカーンは、フィデルマの眉がひそめられているのに気づき、親しげな笑みでもって、それをほぐしにかかった。

「修道女殿が、そのようなことをなさるはずないではないか、アドナール。法廷に立たれる法官がたは、法律を冗談の種になど、決してなさらない。わが友ボー・アーラ、君は法律に関して、間違ったことを教えられたようだな」

アドナールは、憤慨の色を濃く浮かべた視線を、若い貴公子に向けた。

「しかし……」と彼は抗議しようとしかけたが、オルカーンのさっと怒りを浮かべた目にひと睨みされて、口をつぐんだ。

「もうたくさんだ。もう飽きあきしたぞ。さぞやフィデルマ修道女殿も、そうお感じだろう」そう言って、彼はフィデルマに愛想よく笑いかけた。「もう修道女殿をお帰しなければならないようだ。アドナールとフェバル修道士からの助言は、きっと心に留めておいてくださるでしょうね？ ええ、そうしてくださると、信じています」と彼は、フィデルマが答える前に言葉を続けた。「しかし、我らのベアラの領内にご滞在中に、もし何かお望みのことがあれば、私に、ただそうおっしゃってください。私にできることは、もちろん、いたしますし、父ガルバンにも伝えます」

「そう言っていただけて、嬉しいですわ、オルカーン」と、フィデルマは真面目な面持ちで、それに応えた。「では、これから、焦眉の急務に戻り、事件に十分な注意を払うことにします。ご歓待、感謝しますわ、アドナール……それに、あなたのご忠告にも」

フィデルマは、木造の桟橋に向かい、無言で控えていた戦士に助けられて小舟に乗りこんだ。しかし、砦の主《あるじ》たちが外壁の上から自分を見守っているのを感じていた。彼女が櫂《かい》を一定のリズムで漕ぎ始め、入り江を横切り、修道院目指して小舟を軽々と進ませていく間も、彼らは、まだ見つめていた。フィデルマは、不安を覚えた。アドナールの砦への訪問で、何かが彼女を悩ませていた。

アドナールもオルカーンも、食事の席を共にして、気持ちのいい男たちだった。しかし、なぜか、彼女は彼らに嫌悪を覚えていた。オルカーンの容姿は、あまり好ましいものではなかったが、態度は決して不快ではなかった。アドナールは、ゴールの遭難船の取り扱いについて、自分の権利を主張したがったが、だからといって、それは咎めるほどのことではない。つまり、彼女が感じているのは、ほとんど理にかなわぬ嫌悪感であった。論理的に分析しても、理由が見つからない嫌悪だ。だからこそ、いっそうフィデルマは、不安を覚えるのであった。彼らには、フィデルマに不信を抱かせる何かが、確かにあった。彼女が一目見て彼らに苛立ちを覚えたのは、そのせいだったのだ。おそらく、彼らが結託してドレイガン院長に関する醜聞を広めているせいだろう。院長に関するその噂が本当かどうかを探り出すのに、そう時間はかかるまい。もしそれが事実だとすると、女子修道院自体も、何らかの形で、有罪ということなのだろうか？ なぜなら、もし罪が犯されているとしたら、それについて修道女たちが何も知らないということは、ありえないだろうから。

フィデルマは小舟を巧みに操って、修道院の木造の舟着き場に横づけにした。彼女は今一度、自問してみた——彼らのあの告発は、はたして真実を含んでいるのだろうか？

彼女が小舟を舫《もや》って岸に上がった時、ちょうど銅鑼《どら》の音が聞こえてきた。

第六章

出頭するようにと指定しておいた正午から半時間も過ぎたというのに、レクトラー〔修道院執事〕のショーワ修道女は来客棟に現れなかった。しかたなくフィデルマは、彼女を探しに行こうと決心した。中庭の中央に立つ青銅製の日時計の前を通り過ぎる時、彼女は時刻を確かめてみた。装飾的な造りで、〝明るき光なくして、刻《とき》を告ぐること能《あた》はず〟と仰々しいラテン語の銘文が刻まれていた。寒くはあるが、確かに今日は、明るく晴れ上がっている。昨夜、空を流れていた雪雲は、とうに吹きすぎていた。

木造のドゥルハック〔礼拝堂〕に接して高々と姿を見せている塔への道を教えてくれたのは、若い美貌の尼僧レールベンであった。彼女が院長の単なる侍者《アコライト》というより、もっと個人的な侍女であることを、フィデルマはこの時知った。レールベンは、ショーワ修道女なら水時計の当番を務めているはずだと、教えてくれた。この大きな塔は、昨夕フィデルマが案内された石造の貯蔵庫に隣接して建てられていた。塔の一階部分は石造であるが、上のほうの階はいずれも木造で、高く聳《そび》えている。三十五フィートはあるだろう。平らになっている塔の最上部には、祈禱の時刻を告げて修道女たちを呼び集めるための鐘が吊るされていることに、フィデルマは気づいた。

がっしりとした石造りの大きな一階部分に入って木の階段をのぼり始めながら、自分の呼び出しを無視した執事の傲慢な振舞いに対して、フィデルマは次第に苛立ちを募らせていた。ドーリイー〔弁護士〕に出頭を命じられたにもかかわらずそれに従わなかった証人には、科料が課せられることになっている。フィデルマは、自惚《うぬぼ》れているショーワ修道女に、こうしたことをはっきりと学ばせてやらねば、と心に決めた。

塔は、四角い部屋を一つずつ積み上げたような構造になっていた。頑丈なオーク材の梁が、上の部屋の山毛欅《ブナ》板の床を支えている。各階の部屋には階段が作りつけられており、上層の部屋にのぼっていけるようになっていた。また、どの部屋にも四面の壁に一つずつ小さな窓が設けられており、四方の風景が見渡せた。しかし、明るい光を取り入れる窓であるはずなのに、それがかえって部屋に沈鬱な趣きを与えていた。塔は、少なくとも下の二層の部屋は、チェック・スクレプトラ〔図書室〕となっていた。何列もの釘を打ち込んだ木製の衝立《ついたて》状の仕切りが部屋を横切る形でいくつも設置されており、ティアグ・ルーウァー〔書籍収納用の革鞄〕がその釘に吊り下げられている。

フィデルマは、〝三つの泉の鮭〟女子修道院に蒐集されている蔵書を見て、感嘆した。この二つの階の釘に吊るされている書籍は、優に五十冊かそれ以上はあるだろう。彼女はいくつかの書籍収納鞄を注意深く調べてみたが、その中に高名なアイルランドの学者〝スリーヴ・マルガのロンガラッド(1)″の著作の写《コピー》しが何冊もあることを見て、さらに驚かされた。また別の鞄には、かつて〈詩人の大集会〉(2)の長《おさ》を務めた″コナハトのダグローン・フォーガル(3)″の著書が何冊も収められていた。彼は七十年前に殺害され、その犯人としてコナハト王である″もてなし厚きグアイリー(4)″の名が挙がったものの、立証はされなかった。これは、フィデルマの脳裡にしばしば浮かぶ過去の未解決事件の一つで、もしその時代に生まれていたら自分に解きあかせただろうかと彼女がよく夢想している、謎に満ちた出来事である。

　フィデルマは、三つ目の書籍収納鞄の中に『ティガサク・リー〔王の教訓集〕(5)』の写しを見つけた。これを著したのは、二七七年にタラの都で薨《こう》じられた大王《ハイ・キング》コーマック・マク・アルト(6)″アルトの息子のコーマック″である。彼はキリスト教徒ではなかったが、歴代諸王の中でも、もっとも英邁《えいまい》にして恵み深き王者であった。王はこの著書で、人生、健康、結婚、礼節などに関する人生訓を述べておられる。フィデルマは恩師であるブレホン、″ダフのモラン″の教えを受けた最初の日のことを思い出して、微笑んだ。彼女は、話すことさえなかなかできない内気な少女であった。その時モランは、コーマック王の著書から引用されたのだった、″もし饒舌がすぎると、人は注意深く耳を傾けてはくれぬ。もしあまりにも寡黙であれば、人は気づいてさえくれぬ″と。

　上質皮紙《ヴェラム》の写本のページを繰っていたフィデルマは、ふと眉をひそめた。多くのページに、赤みを帯びた泥の汚れがついている。まともな司書であれば、このような貴重な宝物の損傷を放置しておくはずはないのに、一体どういうことなのだろう？　この写本の状態について司書に注意しておかなければと記憶に刻みつけておいて、フィデルマは、この塔へやって来た本来の目的から逸《そ》れてしまったことを反省しつつ、写本を書籍収納鞄に戻した。

彼女は、自分を図書室から無理やり引き離すようにして、未練を残しながらも、三階へとのぼっていった。そこは、修道院の書記や写書尼僧たちの作業室となっていた。今は誰もいないが、数台の書き物机の上には、鵞鳥、白鳥、鴉などの羽根が、すぐにもペン先を削って仕事にかかれる状態で、何本も載っていた。よく張り伸ばしてある羊、山羊、仔牛などのヴェラムを広げた画板も、備えられている。炭から作る褪せることのない黒インクの小さな壺も、備わっていた。

フィデルマは室内を見まわした。写本室にいるはずの写書尼僧たちは、一人もいない。アンジェラスの祈りのあと、昼食をとろうと部屋を空けているのであろう。蒼白い冬の陽が南と西の窓から、透明な、でもくっきりとした光線となって射しこみ、空気は冷えきってはいるものの、室内に温かな心地よい気配を漂わせている。広々とした、いかにも仕事に専念できそうな部屋だ。窓からの眺めも、息を呑むほど素晴らしかった。南と西の窓からは、きらきらと柔らかく光る海面と、その湾を取り囲むいくつかの岬が望めた。ゴールの商船も、まだ錨を下ろしている。帆は全て捲き揚げられているが、オダーと彼の部下たちの姿は甲板に見えない。彼らも、休憩をとっているか、昼食をとっているか、なのだろう。パステル調のよく晴れた青空を映した小波《さざなみ》が、船の周囲できらめいている。真西には、アドナールの砦、北と東には、修道院の後方に広がる森林や、さらにその背後に連なる山稜が望めた。頂上に雪を頂く一連の峰峰が、まるで蜥蜴《トカゲ》の背のように半島の中央をはしっている。

彼女は北の窓へと歩み寄り、そこからも眺めてみた。半島の低地帯の上のほうには、広いしっかりとした平地が広がっていた。女子修道院のいく棟もの建物は、その周辺に建っているのだ。そうした地形が、この窓のすぐ下に眺められた。敷地内のどこにも、今は全く人影がない。想像したとおり、修道女たちは皆、大食堂で昼食中なのであろう。〝三つの泉の鮭〟女子修道院は、確かに素晴らしい景観の中に位置していた。すっくりと聳えている高十字架《ハイ・クロス》が、陽ざしを浴びて純白に輝いている。窓のすぐ下は中庭で、中央には日時計が据えられている。この石敷きの中庭を、多くの建物が取りまいていた。木造の大きな礼拝堂が建っているのは、その南側の縁《ふち》になる。中庭に面したこれらの主要な建物の後ろには、さらにいく棟かの建物が見える。ほとんどは木造で、中には二、三、石造りのものもあるが、いずれも修道女たちの居住用、作業用の建物だ。

フィデルマは窓に背を向けようとしかけたが、ちょうどその時、修道院から半マイルほど離れたあたりを通る小径に、何かが、かすかに動いているのに気づいた。山稜の高みから緩やかに下ってきて、やがて樹木限界線《ティンバーライン》に入り樹木の陰に隠れてしまう道のようだ。おそらく、アドナールの砦へ向かう交通路なのだろう。その道を、十二、三人の騎乗の人々が、注意深く馬を進めているようだ。フィデルマは目を細めるようにして、それを見極めようとした。騎乗者たちのあとを、それより大勢の徒歩《かち》の者たちが付き従っている。フィデルマは、供の男たちに同情した。岩がちな斜面の道を、馬上の主《あるじ》たちに遅れずについていくのは、さぞ大変なことだろう。

先を行く騎馬の人々の服装が贅沢なものだということ以外、細かな観察は難しい。陽光が彼らの色鮮やかな衣服に照り映え、その中の何人かが抱えているよく磨かれた楯を眩しく輝かせている。一行の先頭を行く騎手の一人は、長い旗竿を真っ直ぐに支えている。絹の長旗がかすかな風にはためいたり纏《まと》いついたりしているが、紋章まで見てとることはできない。だが、騎手たちの一人の肩が奇妙な形をしていることにフィデルマは気づき、眉をしかめた。この距離から見ると、この男には頭が二つあるかに見える。そのようなことが、あろうか！　だが、その頭のようなものが時々動くのを見て、わかった。騎手の肩に、大型の鷹がとまっているのだ。やがて騎馬の列は、後ろに従う徒歩の供回りとともに樹木限界線の奥へと進んでいき、フィデルマの視界から姿を消した。

ふたたび彼らの姿が見えるかと、フィデルマは少し待ってみたが、すでに高地から下りきった一行は、そのあたりに密生しているオークの森の中にすっかり隠れてしまっていた。一体、何者なのだろう？　しかし彼女は、すぐに胸の裡《うち》で肩をすくめた。答えを見つける術《すべ》がないことを不思議がってみても、時間の浪費だ。

彼女は窓から離れて、塔の最上階である四階に通じる階段へ向かった。四階までのぼってくると、はね揚げ戸を叩くことも名乗ることもせずに、フィデルマはいきなり部屋に入っていった。

ショーワ修道女は、石組みの炉に吊るされて静かに湯気をたてている大きな青銅《ブロンズ》の平鍋の上に、屈みこんでいた。修道院執事は腹立たしげに顔をしかめながら見上げたものの、それがフィデルマだとわかると、少し表情を改めた。

「いつおいでになるのかと、思っていました」と、修道院執事は苛立った口調で、フィデルマを迎えた。

フィデルマは、かつてないことだが、言葉を失っている自分に気づいた。思わず、目を見張っていた。

ショーワ修道女はまず湯気をたてている青銅の大きな平鍋に浮かんだ小ぶりの赤銅《コパー》の椀を調節した上で、おもむろに背を伸ばしてフィデルマに向きなおった。

この時もまたフィデルマは、天使のようなハート形のこの顔と執事としての態度や職責とを結びつけることに困難を感じずにはいられなかった。彼女は、ショーワを注意深く見つめた。目は大きく、琥珀色だった。唇はふっくらと形よく、ヴェールの縁から茶色の髪がいく房か、はみ出している。顔には雀斑《そばかす》がたっぷりと散って、愛嬌を添えていた。目を大きく見張っている若い尼僧は、まさに無邪気そのものと見える。だがその琥珀の瞳の奥には、何かがきらめいていた。フィデルマにも把握しがたい表情だった。落ち着きのない、怒りの炎であった。

フィデルマは眉をひそめながら、自分の苛立ちを抑えようと努めた。

「私たちは、正午に来客棟で会うと、決めていましたね」と、彼女は切り出した。だが驚いたことに、若い尼僧は強く頭を振った。

「私は、それに同意していません」という、無愛想な口調の返事が返ってきたのである。「あなたは、正午にあそこに来るようにと言って、私が返事をする暇もなく、さっさと行ってしまわれたのです」

フィデルマは、呆気にとられた。確かに、あの遣り取りはそうも解釈できるのかもしれない。だが、この若い尼僧が初めから見せている傲慢な厚かましさを見逃すことはできない。フィデルマの役職に対してショーワが示した横柄で無礼な態度は、ぜひとも矯正しておかねばならぬとフィデルマに決心させたのも、この傲慢さであった。明らかに、この若い娘は経験から学ぶことを知らぬままに生きてきたのだ。お蔭で、今までずっと、フィデルマのほうが押しきられてきたようだ。

「シスター・ショーワ、私が法廷に立つ弁護士であり、ある種の権限を持っていることは、わかっているでしょうね？　私は、あなたを証人として呼び出しました。私の呼び出しに応じないということは、罰金の支払いという法的責務を負うことになります」

ショーワ修道女は、傲慢にそれを冷笑した。

「あなたの法律になど、関心ありません。私はこの修道院の執事ですから、責任をもって面倒をみなければならない仕事がいっぱいあります。私の第一の義務は、院長様と、この修道院の規律に対してのものです」

フィデルマは、ぐっと息を吸いこんだ。

この若い尼僧は、浅慮《せんりょ》から自分を妨害しようとしているのか、それとも単なるわがままなのか。フィデルマは判断しかねた。

「では、あなたには、学ぶべきことがたくさんあるようです」とフィデルマは、この話題を締め括って、鋭い口調で若い尼僧に言い渡した。「あなたは私に、私が妥当と判断する額の科料を払わねばなりません。あなたにこの判決を厳格に守らせるために、科料の徴収はドレイガン修道院長の立会いの上で行ないます。その前に、死体が泉から引き上げられた際、あなたがどういうわけでシスター・ブローナッハのところへやって来たのかを、聞かせてもらいます」

ショーワ修道女は、フィデルマにくってかかろうとするかのように口を開きかけたが、気を変えたらしい。抗弁する代わりに、椅子に歩み寄って、乱暴に腰をおろした。その動作には、尼僧らしさは全く見られなかった。もの静かな身のこなしも、慎ましやかな手の組み方も、瞑想に耽《ふけ》っているかのような従順さも、一切なかった。全身が物語っているのは、ただ攻撃と高慢だけだった。

この部屋に椅子はそれ一脚であったから、フィデルマは坐っている娘の前に立たされる羽目となった。フィデルマは、すばやく部屋を見まわした。下の階の部屋と同じように、窓は四つ。しかし、ここの窓のほうが大きい。部屋の片隅には、細い薪や小枝が積んである。反対側には、石造りの炉が設けられており、その煙は西側の窓から流れ出てゆく。もっとも、微風の風向きが時々変わると、煙は吹き戻されてきて、部屋は薪が燃えるいがらっぽい匂いに満たされる。紙がわりの粘土板と二、三本のグレブと呼ばれる金属の尖筆が載った小さな机が、椅子以外の唯一の家具である。北側の窓の前には、大きな赤銅の銅鑼《どら》と撥《ばち》があった。

部屋の南側の隅には、塔の平らな屋根へ出る梯子が備えられており、そこには大きな青銅の釣鐘を下げるための木組みが作りつけられている。すでにフィデルマも、そのことは知っていた。ミサや祈りの時刻に、そのつど修道女が一人そこまでのぼっていって、鐘を鳴らす決まりになっているのだ。

こうしたことを、フィデルマは一瞥で見てとった。その上で、不遜にも椅子に坐ったままのショーワ修道女へと、視線を戻した。

「まだ、私の質問に答えていませんね」フィデルマは静かに相手にそう告げた。

「もちろん、シスター・ブローナッハがお話ししたはずでしょ」と、ショーワの答えは頑《かたく》なだった。

フィデルマの目に、危険な炎が灯った。

「今度は、あなたが話すのです」

執事は、溜め息を抑えた。やっと答えた彼女の声は、よく知っていることを繰り返す子供のように、無愛想だった。

「泉から水を汲んでくるのは、シスター・ブローナッハの役目です。ドレイガン院長様が礼拝堂での正午の祈りからお戻りになる時間に、いつもだったら、シスター・ブローナッハは院長室にお湯を用意しておくのです。ところがあの日は、お湯もなければ、シスター・ブローナッハの姿もありませんでした。私は院長様に付き従っていましたので、言いつかったのです、執事として、シスター・ブローナッハを探しに行くようにって」

「シスター・ブローナッハは、修道院の御門詰めの修道女なのではありませんか？」フィデルマはこの答えを十分承知してはいたが、ショーワのそっけない話しぶりを揺さぶってみようとして、彼女の言葉をさえぎった。

ショーワは一瞬戸惑った表情を見せたが、すぐ短く頷いて、肯定の意を示した。

「シスター・ブローナッハは、ここにずいぶん長いこと、暮らしています。この修道院のほかの人たちより年上で、あの人より齢《とし》をとっているのは司書修道女だけです。シスター・ブローナッハは、能力ではなく、年齢に敬意を払ってもらって、御門詰めの肩書きを与えられているのです」

「シスター・ブローナッハを好きではないようですね？」とフィデルマは、鋭く指摘した。

「好き？」若い尼僧は、この質問にいささか驚いたようだ。「イソップは書いていましたよね、お互いの間に類似点がなければ、好意は生まれないと。シスター・ブローナッハと私の間に、親しみなんて全然ありません」

「相手に愛情を感じるのに、なにも〝魂の友〟である必要はありませんよ」

「憐れみは、愛情の基盤ではありません。私がシスター・ブローナッハに感じるのは、ただ憐れみだけです」

ショーワ修道女はその虚栄心にもかかわらず言葉を巧妙に使いこなして心の奥底を隠すだけの知性は持っているらしいと、フィデルマは気がついた。ともかく、彼女のそっけない口調の非協力的な態度に揺さぶりをかけることはできたようだ。声が生気を帯びてくれば、そこからさまざまなことを見てとれる。フィデルマは、もう一息、突っ込んでみることにした。

「この修道院に、あなたが友情を感じる相手はそう多くない、という印象を受けました。違います?」

フィデルマは、ブローナッハ修道女との会話からこのことを感じとっていたのだが、意外にも、ショーワ修道女はそれを否定しなかった。

「私の執事としての仕事は、全ての人を喜ばせることではありませんから。私は多くの決定を下さなければなりませんけど、それが全部の修道女を喜ばせるものとは限りません。でも、私は執事です。その地位にあるものとして、責任を持っているのです」

「でも、あなたの決定は、もちろんドレイガン院長の承認のもとに下されるのでしょうね?」

「院長様は、何もおっしゃらなくても、私を信頼なさっておいでです」若い修道女の声には、自慢の色があった。

「わかりました。では、遺体発見の件に移りましょう。あなたは、院長の求めで、シスター・ブローナッハを探しに出かけたのでしたね?」

「シスターは、泉のところで、ロープを捲き揚げるのに苦労していました。私は、シスターが自分の怠慢を隠そうと、そうしているのかと思いました」

「なるほど。でも、なぜです?」

「ほんの一、二時間前に、私は水を汲んでいましたから。その時は、何の支障もありませんでしたもの」

フィデルマは、すっと身を乗り出した。「泉の水を汲んだのは、正確には何時であったか、思い出せますか?」

ショーワ修道女は、質問をよく考えるかのように、小首をかしげた。

「二時間以上前では、ありませんでした」

「むろん、その時には、何も異状はなかったのですね?」

「もしあれば、私は何か言ったはずです」ショーワの返事には、きつい皮肉が響いた。

「もちろん、そうでしょう。でも、私に、はっきり聞かせてほしいのです。泉には、いつもと違っているところは、何もなかったのですね? 何か乱れているとか、雪に血痕が残っているとか？」

「何も」

「誰か、一緒でしたか？」

「どうして、そんなことがあります？」

「なんでもありません。いつ死体が泉に置かれたのかについて、時間をしぼることができないかと、確かめたかっただけです。死体は、発見される少し前に、泉に置かれたようですね。ということは、それを行なったのが誰であれ、修道院の誰かに見咎《とが》められる危険があったにもかかわらず、午前中の明るい時刻に、行動したことを意味しています。奇妙だとは、思いませんか？」

「私には、なんとも言えません」

「結構です。先を続けて」

「私たちは、ロープを引っ張りましたけど、かなり大変で、手間取りました。そして、その先に死体が結びつけられているのを発見しました。私たちはロープを切り、院長様をお呼びしました」

ショーワの言葉は、ブローナッハ修道女が述べたことと、細部まで一致していた。

「死体が誰であるか、見極められましたか？」

「いいえ。どうして私に、そんなことができます？」ショーワの声が尖った。

「この修道院から姿を消している人は、誰もいませんか？」

大きな琥珀色の目が、それとはっきり見てとれるほど見張られた。一瞬、その推し測りがたい深みの奥に、確かに恐怖が閃《ひらめ》いた、とフィデルマは感じた。

「誰かが姿を消しているのですね。誰です？」フィデルマはショーワの今のわずかな反応を有利に利用しようと、すばやくたたみかけた。

ショーワは目を瞬《またた》いたが、ふたたび自制を取り戻して答えた。

「何を言っておいでなのか、わかりません。この修道院から、誰も〝姿を消して〟なんかいません」フィデルマは、その言葉のかすかな抑揚をとらえた。ショーワは、言葉を続けた。「もしあの死体を私どもの修道女の誰かだとお考えなら、間違っておいでです」

「もう一度、よく考えて。法廷に立つ法律家に真実を告げなかった場合の処罰を思い出すことです」

ショーワ修道女は、怒りもあらわにさっと立ち上がると、「私には嘘をつく必要なんて、ありません。どういう咎で私を訴えるおつもりです？」と、フィデルマに問い返した。

「私は、あなたを、どういう咎であれ、訴えてはおりませんよ……今のところは」とフィデルマは、ショーワの挑みかかるような言葉を、動揺することなく受け流した。「では、この修道院から姿を消した者は一人もいない、と言い切るのですね？　ここの修道女たちは、全員揃っていると？」

「ええ」

ショーワがそう答える前に、わずかなためらいを見せたことを、フィデルマの目は見逃さなかった。しかし、執事を今追及しても、無駄だ。彼女は次の質問に進んだ。

「院長に泉へ来てもらった時、院長は死体が誰であるかわかったような様子を見せましたか？」

ショーワは返答する前に、この質問の背後に何があるのか探ろうとするかのように、一瞬、フィデルマをじっと見つめた。

「どうして院長様が死体の身許に気づかれるはずがあります？　とにかく、死体には首がなかったのですから」

「では、ドレイガン院長は、死体を目にして、驚き、ぞっとされたと？」

「ええ、そうです、私どもみんなと同じようにね」

「そして、あなたも、その死体が誰であるかを知らないと？」

「知るもんですか！」娘はぴしゃりと答えた。「そのことはもう言ったはずです。あなたの質問、本当に不愉快です。このこと、ドレイガン院長様に報告させてもらいます」

フィデルマの頬に、厳しい微笑がすっと浮かんだ。

「ああ、なるほど、ドレイガン院長ね。あなたとドレイガン院長は、どういう関係なのです？」

フィデルマを睨みつけていた執事の表情が、揺らいだ。

「それ、どういう意味です？」その声は冷たく、険悪な口調だった。

「私の言葉は、いたって明白だと思いますが」

「私は、院長様にご信頼いただいています」

「ここの執事になって、何年です？」

「もう、一年になります」

「いつ、この修道院に入りました？」

「二年前です」

「修道院で二番目に重要な地位であるレクトラー〔修道院執事〕に任じられるにしては、短いのでは？」

「ドレイガン院長様は、私を信頼してくださっています」

「それでは、私の質問の答えにはなりません」

「私は、自分の仕事にかけては、有能です。その仕事にふさわしい人間であれば、どんなに若かろうが、関係ないのではありませんか？」

「それでも、どのような基準からみても、あなたが信仰に身を捧げるために修道院の扉を叩いてからこの地位に任じられるまでの期間は、驚くほどの短期日です」

「それが短いかどうか、私には比較できません」

「こちらに来る前に、どこかほかの女子修道院にいたことは？」

ショーワは、首を横に振った。

「では、この修道院に入った時、いくつでした？」

「十八歳です」

「では、まだ二十歳になったばかり、というわけですね？」

「一ヶ月後に誕生日を迎えれば、二十一になります」娘は、身を守るかのように、そう答えた。

「では、ドレイガン院長は、あなたに大した信頼をおいているらしい。仕事に関して、どれほど才能があろうが、あなたはレクトラーの地位に就くには、若すぎます」重々しくそう言うと、ショーワ修道女が何か言葉を返す前に、フィデルマは次の質問に移った。「あなたのほうも、もちろん、ドレイガン院長を信頼しているのでしょうね？」

ショーワはフィデルマの質問の狙いをつかみきれずに、眉をひそめた。

「もちろんです。私の院長様ですし、この修道院の最高の地位にある方ですから」

「ドレイガン院長を、好きですか？」

「頭がよい方であり、しっかりした指導者です」

「院長について、何か批判したい点は？」

「そんなもの、あるはずないでしょ？」とショーワ修道女は、そっけなく言い返した。「もう一度繰り返しますけど、あなたの質問、本当に不愉快です」

若い尼僧は、苛立ちをまじえた猜疑の表情で、フィデルマを見つめた。

「質問は、あなたが好むかどうかとは、何の関わりもありません。ブレホン法廷のドーリィー

〔弁護士〕に訊ねられたら、必ず答えねばなりません」フィデルマは、ここでもう一度、ドーリィーの権威に楯をつくこの娘に厳しい返事を浴びせておく必要があると、感じたのである。

ショーワ修道女は、せわしなく瞬《まばた》きをした。どうやら彼女は、誰からも頭を抑えられたことがないようだ。

「私……私には、なぜこんな質問をなさるのか、全くわかりません。でも、あなたは、私を批判しようとしておられるようです。今は、院長様までも」

「どうして、あなたは批判されるのです?」

「私を上手にあしらおうとなさるのですか?」

「上手に?」フィデルマの面に、思わず驚きの色が浮かんだ。「上手にあしらおうとしているのではありません。私はただ、ここで何が起こったのかをはっきり把握しようとして、質問をしているだけです。それが、あなたの気をそれほど揉ませるのですか?」

「全然、気を揉んでなどいません。この事件が早く解決されれば、それだけ早く私たちは普段の規則正しい生活に戻れる、というだけです」

フィデルマは、胸のうちで、秘かに溜め息をついた。ショーワ修道女の傲慢さを矯《た》めそうとしたのだが、失敗だったようだ。

「結構です。あなたは、洞察力と知性を持っているようです。では、あの頭部を失った死体について訊ねましょう。あなたは、彼女をこの修道院には関わりのない見知らぬ女性だと言っていますが、どこから来た人だと思います？」

ショーワ修道女は、ただ肩をすくめて、「それを発見するのが、あなたの仕事なのでは？」と、嘲ったただけであった。

「ですから、私はそれを発見しようと、全力を尽くしているのです。でも、あなたは、あの死者はこの修道院の人間ではないと、私に断言している。もしそうであれば、この地方のほかの修道院の一員ということもあり得ますか？」

「あれは、頭のない死体でした。それが誰であるか、私にはわからなかったと、すでに言ったはずです」

「でも、この地方の修道院の一員であった可能性もあります。もしかしたら、入り江の向こう岸の、アドナールの治める地域の修道院に属していたのでは？」

「違います！」あまりにも鋭く、即座に飛び出した返答に、フィデルマは驚かされた。

「なぜ、そうはっきりと？　アドナールの地域を、それほどよく知っているのですか？」と彼女は、訊ねるように眉を吊り上げた。

「いいえ……そんなことは。ただ、そうではないと、考えただけで……」

「おや」と、フィデルマは笑みを浮かべた。「もし、ただ〝考えた〟というだけなら、あなたは知らない、ということになる。そうではありませんか？　つまり、あなたは推量しただけ、ということです、シスター・ショーワ。もし今のが推量だとすると、私のこれまでの質問に対する答えも、推量だったのですか？」

「よくもまあ、そんな仄めかしを……！」ショーワは、憤慨したらしい。

「憤慨は、返答にはなりませんよ」とフィデルマは、愛想よくそれに答えた。「また、傲慢も、何の答えにも……」

ちょうどその時、揚げ戸が遠慮がちに叩かれ、ブローナッハ修道女が姿を現した。

「なんです？」とショーワは、彼女にそっけなく訊ねた。

中年の修道女は、ショーワの邪険な出迎えに、目を瞬《しばたた》いた。

「院長様からです、シスター。すぐに来るようにと、おっしゃっておいでです」

ショーワ修道女は、ゆっくりと吐息をついた。

「でも、水時計のそばを離れるわけにはいかないし、どうしたらいいのかしら？」と、彼女は後ろの水時計に浮かぶ小さな容器を、身振りで示した。嘲りが響く声であった。

だがブローナッハ修道女が、「その任務、私が引き継ぎましょう」と、静かに答えた。

ショーワ修道女は立ち上がると、フィデルマを、一瞬、見つめた。

「もう立ち去ってもよいと、お許しをいただけるのでしょうね？　この件に関して、知っていることは全て、お話ししましたから」

フィデルマは何も言わず、ただ軽く頷いて見せた。若い修道院執事は、感情をむき出しにして、足音も荒々しく出ていった。フィデルマの聴き取り調査は、あの娘の気性にかき乱されてしまった。彼女は一瞬、自分の調査のすすめ方を反省した。自分の厳しい態度と容赦ない追及によって、若い修道女の傲慢さを打ち砕くことができるだろうと望んでいた。だが、成功しなかったようだ。

ブローナッハ修道女が、沈黙を破った。

「シスター・ショーワは、苛立っているのです」ブローナッハは炉へ近寄って湯気をたてている平鍋の状態を確かめながら、もの静かに、そう述べた。

彼女がそうしている間に、湯の表面に浮いていた赤銅の小さな椀が、突然鍋の底に沈んだ。ブローナッハ修道女はすぐさま窓際の大きな銅鑼の前へ行き、撥を取りあげると、それを強く打ち鳴らした。修道院の敷地全体に響きわたりそうな音だった。その後すぐ、ブローナッハは長い木の鋏《はさみ》を器用に扱って、鍋底から銅の椀をつまみ上げた。鋏は長さ十八インチほどもあるので、手を湯に濡らすことなく、この動作を行なえるのだった。ブローナッハは銅椀を取りあげると、中の湯を空けた。これで銅椀は、ふたたび湯の上に浮かぶことができる。

フィデルマは、こうした操作にすっかり魅せられた。お蔭で、ショーワ修道女のことを、しばし忘れることができた。彼女は、水時計の機能するさまを、これまでに一度か二度、よそで見ていた。

「あなた方の修道院の水時計の仕組み、聞かせてもらえますか、シスター・ブローナッハ？」

とフィデルマは、心底興味を引かれて、ブローナッハを促《うなが》した。

ブローナッハは、この質問には何か隠れた意図が潜んでいるのかと訝《いぶか》ったように、フィデルマにおどおどとした視線を向けたが、そうではないとわかったのだろう。それとも、たとえ何か意図があるにしても自分には理解できないことだと考えたのだろうか、仕掛けを指さしながら、説明し始めた。

「この時計、私どもはクレプシドラ（水時計）と呼んでおりますが、絶えず誰かが見守っていなければならないのです」

「そのことは、わかります。どういう仕掛けになっているのかを、説明してもらえますか？」

「この平鍋に」とブローナッハは、火にかけられている大きな青銅の容器を指し示した。「まず水がたっぷりと張られます。水は絶えず温かな温度に保たれ、その上に空《から》の小さな銅の椀が浮かべられます。でも、底には、ごく小さな孔が一つ、開けられているのです」

「ええ、見えますわ」

「そこから熱いお湯がしみこんで、銅椀の底に次第に溜まり始め、ついには平鍋の底に沈んでしまいます。これは、十五分経ったことを示します。私どもは、それをポンガクと言っております。椀が鍋の底に沈むと、当番の者は銅鑼を一回鳴らさねばなりません。四ポンガクで一ウーアー〔時間〕、六ウーアーで一カダー〔四分の一日〕となります。四回目のポンガクを打ったあと、当番の者はちょっと間《ま》をおいてから、ウーアーの数だけ、銅鑼を打ちます。六回目のウーアーを打ったあとも、少し間をおいて、カダーの数だけ、銅鑼を鳴らすのです。本当に、ごく単純な仕組みです」

こうした説明を、ごく熱心に続けているブローナッハ修道女は、生きいきとしていた。フィデルマは、これまでにブローナッハと、束の間ではあったが何回か出会っていた。しかし、このような彼女を見るのは、初めてであった。

フィデルマは、少しの間静かに考えてみた上で、必要な情報をこの線をたぐって求めることにした。

「死体を発見した時間がはっきりしているのは、この水時計のお蔭だったのですね？」

湯の温度を確かめて平鍋の下の火力を調整することに気をとられているブローナッハ修道女は、上の空で頷いた。

「そうすると、水時計の当番というのは、かなり単調な仕事ですね？」

「確かに、退屈な仕事です」

「ですから、修道院執事が、この仕事もきちんと務めているのを見て、驚きましたわ」とフィデルマは、疑問点をはっきりとブローナッハにぶつけてみた。

だがブローナッハは首を振って、答えた。

「そのようなこと、ございません。私どもの修道院は、クレプシドラの正確さを誇りにしておりまして、私どもは皆、水時計の当番という役目を果たすことを納得して、この女子修道院に入っております。これは、私どもの聖務日課に、はっきりと記されていることで、シスター・

ショーワも、自分にもその務めを果たさせてほしいと、強く望んでいるのです。ええ、たとえばこの二、三週間の夜の当番、というのは深夜から朝のアンジェラスのお祈りまでなのですけれど、そのほとんどを自分が引き受けると、熱心に言い張っていたほどです。時には、院長様ご自身さえ、ほかの者たち同様、この務めを果たしておいでです。でも、誰であれ、一カダー以上、つまり六時間以上、この任務を続けてはならないことになっております」

フィデルマは、突然、眉をひそめた。

「シスター・ショーワが夜の勤めにあたっているのなら、正午過ぎの今、ここで何をしていたのかしら？」

「毎晩、とは申しませんでしたよ。どの修道女も、毎晩続けてこの務めにつくことは、許されておりませんから。シスター・ショーワは、夜の当番をごく頻繁に引き受けていた、ということです。それに、きわめて完璧に仕事をこなす人です」

「死体が発見された日の前夜も、シスター・ショーワは夜の見張りにあたっていましたか？」

「ええ、そうだったと思います」

「ここで、長時間ただ見張っていて、コパーの椀が沈むのを待ち、銅鑼をいくつ鳴らすかを正しく覚えておくという夜の当番は、さぞ長く感じられることでしょうね」とフィデルマは、感想を述べてみた。

「観想に耽っていましたら、そのようなことはありません」というのが、ブローナッハの返事だった。「第一カダー、つまり深夜から朝のアンジェラスまでの六時間ですが、この時ほど心安らぐ時間はありません。私が一番好きな時刻です。シスター・ショーワがこうした夜の当番を好むのも、そのためでしょう。ここで、ただ一人、自分の思いに浸れるのですから」

「でも、思いが、心の外へ逸れてしまうこともあるでしょうに」と、フィデルマはこだわった。「時がたつのを忘れ、いくつ銅鑼を打つべきかがわからなくなることも、あるのでは?」

ブローナッハ修道女は、木の枠に柔らかな粘土を塗った筆記板を取りあげ、傍らに置かれていた尖筆で何かを記入してから、それをフィデルマに渡した。

「時には、今おっしゃったようなことが起こります」と、ブローナッハは打ち明けた。「でも、私どもが守っている規則があるのです。銅鑼を鳴らすたびに、私どもは、ポンガク、ウーアー、カダーを記録しております」

「それでも、間違いは起こるのでは?」

「それは、そうです。現に、修道女様が今おっしゃっていらした、死体発見の前の晩、シスター・ショーワでさえ、数え違いをしていました」

「数え違い?」

「時刻を守る当番というのは、非常に厳しい任務です。でも万一、銅鑼をいくつ打てばよいかわからなくなったら、この記録を見ればわかります。もし筆記板に記入する余白がなくなりましたら、粘土板を滑らかに均《なら》して、新たに記入し続ければいいのです。シスター・ショーワは、何度か間違えたようです。翌朝、私が引き継ぎました時、粘土板は汚れていて、読みにくなっていましたから」

フィデルマは、注意深く粘土の筆記板を見つめた。だが、彼女が熱心に注意を向けていたのは、そこに記入されている数字ではなく、粘土の材質のほうだった。奇妙な赤い色であった。どこかで見たことがあるような……。

「この粘土は、この地方のものですか？」

ブローナッハは頷いた。

「どうして、このように不思議な赤い色をしているのでしょう？」

「ああ、そのことですか。この地域は、銅鉱山からそう遠くありませんので、このような非常に目立つ色の粘土が出たり赤い水が湧いたりします。自然の粘土に銅が混じって、鮮やかな赤い色合いになるようです。私ども、この粘土が筆記板用にとてもいいことに気づきました。これですと、表面が長いこと軟らかなので、ほかの粘土より無駄が出ません。ですから、水時計の時刻の記録を記すのに、最適なのです」

「銅」と、フィデルマは考えこみながら呟いた。「銅鉱山……」

フィデルマは、しっとりと滑らかな粘土の表面に、指を滑らせてみた。そして突然、指先をそれに押しつけて、ほんの少量、粘土をすくい取った。

「気をつけて、シスター！」と、ブローナッハ修道女が抗議の声をあげた。「数字の列を乱さないでください」

　ブローナッハ修道女は、いささか腹立たしげな色を顔に浮かべて筆記板をフィデルマの手からそっと取りあげ、乱れを均して、元の滑らかな粘土板に戻した。

「ご免なさい」とフィデルマは謝ったが、やや上の空であった。彼女は、自分の指先についた赤っぽい土を、魅入られたように見つめ続けた。

第七章

　修道女フィデルマは図書室を抜けて塔をあとにし、中庭を横切り始めた。その半ばまで達した時、背が低くずんぐりした体つきの修道女が、杖の助けを借りつつ、よろめきながら自分のほうへやって来ようとしているのに気づいた。葬儀の折にブローナッハ修道女と一緒にいた、体の不自由な修道女のようだ。どうやら、フィデルマに追いつこうとしているらしい。フィデルマは足を止めて、彼女がやって来るのを待ってやった。

　幅が広い顔に、水のように淡い青色の瞳をした、どちらかといえば平凡な容貌の尼僧を見守りながら、フィデルマは改めて彼女を不憫に思った。だが、若く、知的な顔でもある。尼僧が口を開いた時、フィデルマはその言葉に神経質な吃音《きつおん》を聞き取った。もう一つ、身体的な障害を負っているようだ。若い尼僧は、唇をねじらせ、何か苦痛を伴う運動でもしているかのように顔をしかめつつ、話しかけようと努めた。

「シス……シスター・フィデルマ？　シス……シス……シスター・レールベンが、あなたをさが……探しています。いん……院長様が、すぐ、いん……院長室にきて……来てくださるように、お求めです」

フィデルマは顔にあらわすまいと努めはしたが、それでも少し意地の悪い満足を感じた。腹をたてた修道女ショーワが、すぐさまフィデルマのことをドレイガン院長に報告するであろうことは、予想していた。院長が何のために自分に会いたがっているかは、わかっている。

「わかりました。道案内してもらえますか？　院長室がどこか、忘れてしまったのです、シスター……？」

フィデルマは問いかけるように、眉を吊り上げた。

「シス……シス……シスター・ベラッハです」と、娘は答えた。

「わかりました、シスター・ベラッハ、連れていってもらえますね？」

若い尼僧は、せわしなげに二、三回頷くと、ふり向いて、フィデルマを先導し始めた。ベラッハは、不自由な足に支えられた上体を右へ左へと揺らしながら中庭を横切り、石造建築が何棟か集まって建っている区画へと向かった。ドレイガン院長の部屋は、その一つにあった。彼女は杖の頭でおずおずと重厚なオークの扉を叩いてから、それを開いた。

「シス……シス……シスター・フィデルマです、いん……院長様」娘は喘ぐようにそう告げると、くるっと向きなおり、逃げ出せるのがありがたいとばかりにほっとした顔を見せて、姿を消した。

フィデルマは室内に一歩入って、後ろ手に扉を閉めた。

ドレイガン院長は、暗褐色のオーク材の執務机を前に、一人で坐っていた。窓からの光は十分でなく、室内は薄暗かった。午後もまだ早いというのに、彼女が何かを読んでいた机の上には、獣脂蠟燭《タロー》が一本、灯っている。フィデルマを見上げた院長の表情は眉根に皺を刻み、揺らめく蠟燭の灯に照らされて、よそよそしかった。

「あなたが私どものレクトラー〔修道院執事〕に対して、きわめて失礼な態度をとられたと、報告がきています。これは、敬意を払われるべき地位です。そのことは、わざわざ思い出していただくまでもないことと思いますが？」

フィデルマは前へ進み出ると、院長と向かい合う椅子に腰をおろした。一瞬、ドレイガン院長の顔に驚きがはしり、次いでそれが憤然とした表情に変わった。

「修道女殿、慎みをお忘れですか？　私は、おかけくださいとは言っておりませんよ」

フィデルマは、いつもは、ごくふつうの礼儀作法を尊重するだけで、あまり地位や身分にはこだわらないのだが、主導権を握るには公的権威を誇示するほうが賢明だと判断した場合には、平然とそれをやってのける。

「ドレイガン院長殿、私は今、礼儀を云々《うんぬん》する気分ではありません。あなたにわざわざ思い出していただくまでもないことと思いますが、私はアンルー〔上位弁護士〕の資格を持っており、四大王国⑴の王とも、椅子に坐って論じ合うことができます。大王《ハイ・キング》の御前でさえ、大王がお求めになれば、坐ることができます。でも私は、礼節上の定めをあなたと論じるために、ご当地に来ているのではありません。私がここに来たのは、無法なる殺人事件を調査するためです」

もしドレイガン院長が自分の権威をフィデルマの上に揮えるものと思っていたのであれば、その目論見は見事に失敗した。フィデルマの冷ややかな応答に、ドレイガンは言葉を失い、ただ顔に敵意を浮かべて、フィデルマを睨みつけるしかなかった。

だがフィデルマも、自分がとった態度を悔やんで、胸に痛みを覚えた。いかにドーリィー〔弁護士〕としての権利であるとはいえ、自分の態度が丁重とはいえなかったことは、わかっていた。しかし今は、さまざまなことが胸を占めている。礼法を注意深く守ることに時間をついやしている暇など、ない。それでも彼女は、少し態度を和らげることにして、できるだけ親しげな表情を面《おもて》に浮かべようと努めながら、身を乗り出した。

「ドレイガン院長殿、今は時間的にさし迫っていますので、不躾《ぶしつけ》な態度をとらせていただきます。私は、シスター・ショーワにも、厳しく対応しました。私の質問への答えを引き出すためには、あの娘の虚栄に満ちた態度を切り崩す必要があったからです。シスター・ショーワは、修道院執事という地位に就くには、かなり若いようです。多分、若すぎるのでは?」

ドレイガン院長は、一瞬口を閉ざして坐したままだったが、すぐに氷のような声で問い返した。「執事の人選に関して、私に問題があるとおっしゃるのですか?」

「あなたの決定は、あなたが一番よくわかっておいでのことです、院長殿」とフィデルマは答えた。「私はただ、シスター・ショーワはごく若く、世間的に経験不足だ、と申し上げただけです。経験を積んでいないために、あの娘は傲慢になっています。こちらの修道院には、執事の地位にふさわしい能力を持った修道女がたが、ほかにもいるのでは？　たとえば、シスター・ブローナッハなど？」

ドレイガン院長は、目をぎゅっと細めた。

「シスター・ブローナッハですと？　彼女はおどおどとした、能力に欠けた女です。私は、熟考の上で、決定したのです。あなたは法廷のドーリィーでしょうが、私もここの院長です。決定は、私が下すことです」

フィデルマは、両手を広げて見せた。

「私は、干渉する気など、毛頭ありません。ただ、気づいたことを申し上げただけです。私があのように振舞ったのは、シスター・ショーワの自惚《うぬぼ》れと私への無礼な態度に対する返答でした」

ドレイガン院長は、ふんと鼻を鳴らした。

「あなたは、シスター・ショーワが何らかの形で死体と関わりを持っていると、仄《ほの》めかされたようですね。ショーワがどのような態度をとったにせよ、そのようなことをおっしゃっていいものでしょうか？」

フィデルマの面に、束の間、笑みが浮かんだ。確かに、ショーワ修道女は愚かではなかった。院長に、すっかり報告しているらしい。

「シスター・ショーワの返答に、満足しかねる点が二、三、あったのです、院長殿」と、フィデルマは打ち明けた。「ところで、こうして事件のことを折角話題にしているのですから、あなたにも、いくつかお訊ねしたいと思います」

ドレイガン院長の口許が、ぎゅっと固くなった。

「私は、シスター・ショーワの訴えについて、まだ話を終えておりません」

「その話題にも、すぐに戻るとしましょう」とフィデルマは、院長の言葉を払いのけるように手を振りながら、受けあった。「ここで院長の地位にお就きになって、どのくらいにおなりです？」

あまりに急な話題の飛躍に、院長は驚いて面を上げ、フィデルマの顔を注意深く見つめた。だが、フィデルマの静かな断固とした態度を見てとると、椅子に背をもたせて坐りなおした。

「この修道院の院長になって、六年です。その前は、私もまた、ここの執事でした」

「どれほどの期間？」

「四年です」

「執事になる前は？」

「十年ほど、修道女として、この修道院におりました」

「すると、合わせて二十年、この修道院にいらしたのですね。この地方のご出身ですか？」

「そのことが、調査しておいでの事件と、どう関わりがあるのか、わかりませんが」

「ただ、いくらか背景を知っておきたいのです」とフィデルマは、宥《なだ》めるように答えた。「この辺りの方なのですね？」

「そうです。父は倹《つま》しい農民、つまりこの地域のクラン〔氏族〕[2]の一員であるオルイラ〔小農〕[3]でした。土地は所有してはおりましたが、父を満足させるほどの広さではありませんでした」

「そこで、この修道院に入られたのですね？」

ドレイガン院長の目が、きらっと光った。

「そうせざるをえなかったのかと仄めかしておいでなら、違います！　私は、自分の生きたい道に進む自由を持っていました」

「そのようなことを言ってはおりませんよ」

「父は誇り高い人でした。人から、〝アドナール・ヴォール〔秀でたアドナール〕〟と呼ばれていた人物です」

ドレイガン院長は、ここでぴたりと口をつぐんだ。言わずもがなのことまで口にしてしまった、と感じたようだ。

「アドナール？」フィデルマは、すかさず椅子を前に進め、間近にドレイガンを見つめた。フィデルマは、院長と修道院の隣人であるボー・アーラ〔代官〕の顔を見て感じたものがなんであったのかを、今、理解した。

「〝ドゥーン・ボイーのアドナール〟は、あなたのご兄弟なのですね？」

ドレイガン院長は、それを否定しなかった。

「ご兄弟と、親しい仲とは、言えないようですが」

フィデルマは、ただ自分の感想を口にしただけだったが、院長は強い嫌悪の情を面に浮かべた。

「兄は、およそ、その名にそぐわない男です」と、彼女は固い声で答えた。

フィデルマは、かすかに微笑した。〝アドナール〟という名前は、〝きわめて謙虚な〟という意味なのだ。

「名前の持つ意味に触れられたところから見て、あなたは、ご一家の中の〝杖〟であったようですね」

ドレイガン院長の唇がふっと歪んで、微笑となった。彼女の名は〝リンボクの木[4]〟という意味なのだ。院長はフィデルマを、言葉遊びができる好敵手と認めたらしい。

「父が自分の土地を一人では切りまわせなくなってきた時に、兄のアドナールはそうした父親を見捨てたのです。母が亡くなると、父は急に弱ってしまいました。才覚を働かせて土地に取り組み暮らしを支えようとしてきたのに、その気力が失せてしまったのです。そうした時に、アドナールは家を出て、その頃北方のクランに次々と襲撃を仕掛けていたベアラの族長、〝鷹の眼《まなこ》のガルバン〟に仕えたのです。やがてアドナールは、傘下に馳せ参じたことへの賞与として、ガルバンからそれ相応の家畜財産を授かり、帰還しました。でもその時には、父は亡くなっていました。私はこの修道院に入っておりましたし、父の土地はすでに売り払われて修道院に奉献されておりました。アドナールがボー・アーラ、つまり〝土地は所有していないけれど財産（家畜）は持っている族長〟となり、この地方の代官を兼ねるようになったのは、そういうわけです。彼はその富を、ガルバンに臣従することで、今もますます増やしています」

これまでドレイガンは誰にもこの話をしたことはなかったのではないか、兄に対する憤懣《ふんまん》を噴出させる聞き手を今初めて自分に見出したのではないか、とフィデルマに想像させるほど、その語調は激しかった。

「今のお話からでは、なぜあなたとアドナールがこのように激しく憎しみあっておいでなのか、その理由がよくわからないのですが――お父様の土地の譲渡に関して、何か確執があったのでない限り」

ドレイガンは、兄に対する自分の悪感情を否定しなかった。

「憎しみ？　憎しみは、多分、きつすぎる言葉かと思います。私は、アドナールを軽蔑しています。父も母も、健康を授けてもらい立派に育ててもらったことを感謝している息子が、自分たちが悪戦苦闘して自然から獲得した農場を引き継ぎ、それを続けることで自分たちに恩返しをしてくれるさまを眺めながら長寿を楽しみたいと願っていました。それができたはずなのに、二人とも早すぎる死を迎えました。父は、もはや自分には無理となった労働を続けて、そのために死んでいったのです。でも、本当の対立が生じたのは、アドナールが生まれ故郷に帰ってきて、父が残した土地を私に要求してきた時です」

「それでは、お父様が亡くなられたことについて、お兄様を責めておいでなのですね？　でもアドナールのほうは、自分の取り分だと考えていた土地を失ってしまったと言って、あなたを責めている、ということですか？」

「でも、アドナールの請求は、ブレホン〔裁判官〕によって、裁かれたのです。アドナールには請求権はないと、判決が下っています」

「それにしても、あなたがお父様の死についてアドナールを咎《とが》めておいでなのは、論理的でしょうか？」

「論理？　そんなもの、人間感情を閉じ込める陰鬱な独房です。そうではありません？」

フィデルマは、首を横に振った。

「論理は、真実をこの世に広める仕組みです。それがなければ、我々、不条理の世界に生きることになりますよ」

だがドレイガンは、「私は、兄に対する自分の気持ちを抱えて、それで十分快適に生きていけますのでね」と、言ってのけた。

「なんと……〝地獄に堕ちるは、いと易し〟」とフィデルマは溜め息をつきながら、ラテン語で呟いた。

「私にヴァージルの『アエネーイス』など、引用していただくには及びませんよ、修道女殿。

〝地獄に堕ちるは、いと易し〟などと、私に警告していただく必要はありません。あなたのラテン語のお説教は、兄におっしゃってください」

「失礼しました」と、フィデルマは院長の言葉を認めた。「ただ、ふっと思い浮かんだ言葉です。私には、あなたがお気の毒に思えますわ、ドレイガン院長殿。憎しみは、感情の浪費ですもの。でも、一つ、教えてください。あなたは、ご自分の憎しみの……いえ、軽蔑の」とフィデルマは、ドレイガンの表情に気づいて、言いなおした。「アドナールへの軽蔑の理由を、今、話してくださった。でも、アドナールのほうは、どうしてあなたをこれほど憎むのでしょう？」

ドレイガンが自分の修道院の若い尼僧たちと特殊な関係を持っているというアドナールの主張を、ドレイガンがこうした関係を隠すために以前の恋人を殺害したのだとさえアドナールは考えていることを、彼女にここで告げたものだろうか。フィデルマは迷った。フィデルマには、このような糾弾《きゅうだん》を口にするほどの激しい敵意を、どうして兄が妹に対して抱けるのか、理解できなかった。ただの土地に関する確執だけではなさそうな気がする。

「あの男の憎しみなど、私はいっこう気にしていません。アドナールと、その〈魂の友《ソール・フレンド》〉と称するあの男――二人とも、病に冒されて、ゆっくりと腐ってゆけばいいのです。兄の家に、悲しみよ、降りかかれと、祈ってやりますわ！」

「では、フェバル修道士も、ご存じなのですね？」

「ご存じ？」ドレイガン院長は、虚ろな笑い声をあげた。「ご存じか、ですって？　あの男、私の前の夫です」

このわずかな時間の間にフィデルマがすっかり驚かされたのは、これで二度目である——アドナールがドレイガンの兄であるとは、驚きだった。フェバルが彼女の以前の夫であろうとは、驚きを通り越して、あきれ果てるほかない。この地には、フィデルマが全く理解していない、何かより深い謎があるようだ。

ドレイガン院長は急に気を引き締めて、フィデルマに冷ややかな声で告げた。「私の私生活の穿鑿《せんさく》は、もうよろしいでしょう、修道女殿。先ほど、ご自分ではっきりおっしゃったように、あなたは殺人事件の調査のために、当地にいらしているのです。ところがあなたは、調査なさりながら、わが修道院の執事のみならず、この私まで立腹させてしまうという才能を、実に見事に発揮しておいでです。これからは、本来の任務に専念してくださるのでしょうね?」

フィデルマは、これ以上状況を悪化させたくはないと思い、ややためらった。だが、心を決めた。やはり調査が彼女に調べてみよと指し示している方向へ向かって、ひたすら道を突き進むしかない。

「私は、調査に専念してきたつもりですよ、ドレイガン院長殿。お話ししておいたほうがいいかと思いますが、あなたのご兄弟とフェバルは、この修道院の井戸で死体となって発見された娘の事件にはあなたが関わっているかもしれない、と私に仄めかしておいででした」

院長の目が、怒りにきらっと光った。

「そうですか？　どういう理由で？」

「あなたには噂があると、二人は言っておられます」

「噂？」

「性に関しての。殺人事件は、そのような醜行を隠蔽《いんぺい》するためのものだったかもしれない、というようなことも聞かされました」

ドレイガン院長の面に、嫌悪の色がむき出しに浮かんだ。

「兄とそのご機嫌とりのあの男なら、そのくらいのことはするだろうと、予想しておくべきでした。彼らの魂よ、地獄へ堕ちるがいい！　仔猫のような死に方をするがいい！」

フィデルマは、深い溜め息をついた。〝仔猫の死に方をするように〟という呪いは、〝惨めに溺れ死にするがいい〟という意味だ。

「院長殿、あなたのような地位の方がそのような呪いを口になさるのは、ふさわしいことではありますまい。もう一度、お訊ねします、あなたのご兄弟とフェバル修道士は、なぜこのような攻撃をあなたに加えるのです？　あるいは、こうした噂を広めるのです？　あなたの態度を見ていますと、二人が根拠なしにそうしているとも思えなくなるのですが」

「お知りになりたいなら、アドナールと腰巾着のフェバルにお訊ねになるといい。二人が都合のいい物語を作り上げてくれるでしょうよ」

「院長殿、こちらへ到着してからというもの、私は傲慢と欺瞞をたっぷりと見せられてきました。ここには、憎悪が、さらには隙をうかがいつつ潜んでいる邪悪なるものすら、感じられます。この事件の背後の事情について私が知っておくべきことがあるのでしたら、今、お話しください。あなたが話してくださらなくとも、いずれ私は自分で探り出すでしょうけれど。そのことを、お忘れなく」

ドレイガン院長の顔は、仮面となった。

「そして、私のほうも、申し上げておきます。この修道院での身許不明の死体の発見は、兄と私と私の以前の夫フェバル修道士との間に存在する嫌悪感とは、何の関係もありません」

フィデルマは、ドレイガンの無表情な顔の奥にあるものを読みとろうとしたが、そこから何も引き出すことはできなかった。

「私は、どうしてもこれらの質問をする必要があるのです」とフィデルマは言いながら、ゆっくりと立ち上がった。「そうしなければ、私の任務は失敗に終わってしまいます」

ドレイガン院長は、彼女を目で追った。

「必要とお考えのことを、なされればよろしいでしょう。私に重大な関わりがある質問をシスター・ショーワにいろいろなさったあなたの狙いが、今やっとわかりました。でも、はっきりと申し上げておきます、私はいかなる犯罪も、犯してはおりません。もし私が罪を犯していたなら、ロス・アラハー大修道院のブロック院長様に、こちらで調査してくださるよう法律家を差し向けていただきたいなどと、決してお願いしなかったはずです」

「今おっしゃったことは、筋が通っていると思いますわ、院長殿。でも、思いもよらぬやり方で、自分への疑惑を巧妙に逸《そ》らしてしまう人たちも、中にはおりますのでね」

院長は、不快そうに鼻を鳴らした。

「では、適切だとお思いになるやり方で、どうぞ。私にもシスター・ショーワにも、真実の前で恐れることなど、何もありませんから」

フィデルマは扉へ向かいかけていたが、今の院長の最後の言葉にはっと足を止め、振り返って、ふたたびドレイガン院長に向きなおった。

「今おっしゃったことで、思い出しました。私はシスター・ショーワの目に、恐怖の色が浮かぶのを見ましたわ。頭部のない死体の身許に心当たりは、と訊ねた時のこと……」

フィデルマは片手を上げて、院長が苛立たしげに抗議をしようとするのを抑えた。

「たとえ頭部が欠けていようと、誰であるかを見てとれることもありますのでね」

「シスター・ショーワには、わからなかったのです」

「彼女も、そう答えました。でも、なぜシスター・ショーワは、この質問に怯《ひび》えたのでしょう?」

ドレイガン院長は、表情豊かに肩をすくめて見せた。

「そのようなこと、私の与《あずか》り知らぬことです」

「もちろん、そうでしょうね。でも、ショーワの恐怖の色は、この修道院の修道女たちは全員揃っているかと私が訊ねた時に、いっそう濃くなったのです」

ドレイガン院長は、またもや感情のこもらぬ低い笑い声をたてた。

「あの頭のない死体を、私どもの修道女の一人だと考えておいでなのですか？　どうなさったのです、フィデルマ修道女殿。この道に熟達したあなたともあろう方が、自分たちの仲間の修道女が殺害され、遺体を切断されたうえで飲み水用の井戸に投げ込まれていたにもかかわらず、私どもの誰一人、それが仲間だと気づかなかった、というようなことがあり得るとお考えなのですか！」

「あなたがそのように思われるのは、確かに論理的なのかもしれません。でも修道女がたは、お互いに相手の顔しか知らないわけですから、頭部のない裸の死体をご自分がたのお仲間であるかどうか、断定はできないのでは？」

「それは、そうです。でも、ここの人間は、誰一人欠けてはおりませんから」と、ドレイガン院長は、はっきりと保証した。

「では、この修道院の修道女がたは、全員この敷地内に揃っているのですね？」

ドレイガン院長は、ちょっと言いよどんだ。

「いいえ。そうは、言っていません。私はただ、全員揃っていると言っているだけです」

フィデルマは、突然昂《たかぶ》りがこみ上げてくるのを感じた。

「その言いまわしの微妙な違いについて、さらに伺《うかが》う必要がありそうです」

「私どもの修道院の尼僧たちは、しばしば使命を果たすために、ほかの修道院へと旅をします」

「なるほど」フィデルマの緊張がさらに強まった。「では、今この修道院の敷地内にいない修道女が何人か、いるのですね？」

「ただ二人だけです」

「どうして私は、その事実を知らされなかったのです？」

「そのような質問を、お訊ねでなかったからです」というのが、院長の答えだった。

フィデルマは口許を引き締めた。

「この事件には、難しい問題がたっぷり絡んでいます。読心術や言葉のあやの探り合いなどをやっている暇はありません。今この時点で、修道院にいないのは誰か、その理由は何か、説明していただきます」

ドレイガン院長は、フィデルマの語気の鋭さに目を瞬《また》いた。

「シスター・コムナットとシスター・アルムーが、今はおりません。二人はアード・ファーチャ(5)の福者《ブレッシド》ブレノーン(6)修道院へ、使命を帯びて出かけています」

「出発したのは？」

「三週間前です」

「どういう用向きで？」

ドレイガン院長は、苛立たしげな表情を見せた。

「ご存じないでしょうが、私どもの修道院は、写本の技術《ペンマンシップ》で広く知られています。私どもは、ほかの修道院のために、書物を書き写してあげています。シスターたちが、ムラクー[7]のご著書、〝アード・マハの祝福されしパトリック[8]〟の伝記を一冊、ちょうど写し終えました。そこで、私どものルーウァー・カマダッハ〔司書〕のシスター・コムナットと、その助手のシスター・アルムーの二人に、アード・ファーチャへ写本を届ける役目を命じました」

「どうしてシスター・ショーワは、そのことを私に告げなかったのです？」と、フィデルマは鋭く問いをはさんだ。

「おそらく、それは……」

「私は、臆測を聞かされることに、もううんざりしています、院長殿」と、フィデルマはさえぎった。「シスター・ショーワを、すぐにここへ呼んでいただきましょう」

フィデルマの怒りに触発されてこみ上げてきた自分の感情を自制するかのように、ドレイガン院長の反応には、一瞬、間《ま》があいた。だが、歯をくいしばるようにして、彼女は机の上の小さな銀の鈴に手を伸ばした。すぐにシスター・レールベンが入ってくると、院長はただちに執事をここに呼ぶようにと命じた。

二、三分後に、ノックの音がして扉が開き、シスター・ショーワが入ってきた。フィデルマに気づくと、明らかに小馬鹿にしたような薄笑いが、彼女の口許に広がった。

「お呼びでしょうか、院長様？」

「私が呼びました」とフィデルマが厳しい口調でそれに答えた。

シスター・ショーワが驚いた顔になった。独りよがりな表情が、顔から消えた。

「少し前に、私はあなたに、ここの修道女たちは全員揃っているかと訊ねました。あなたの答えは、皆揃っている、とのことでした。ところが今、修道女が二人欠けていることを知らされました。シスター・コムナットとシスター・アルムーです。どうして私は、誤解するように仕向けられたのです?」

シスター・ショーワは真っ赤になり、ちらっと院長を見やった。院長は、わずかに頷いて見せたようだ。

「私の訊問に答えるのに、院長の許可を求める必要はありません」と、フィデルマの鋭い声が飛んだ。

「この修道院の修道女は、全員揃っていました」ショーワの答えは、弁解めいた。「あなたが誤解するようにと仕向けることなど、していません」

「でも、コムナットとアルムーについては、私に何も告げなかった」

「どうして、告げる必要があります? 二人はアード・ファーチャに使いを命じられて、出かけているのですから」

「でも、二人は、この修道院にはおりません」

「それでも、人数には、ちゃんと入っています」

フィデルマは苛立ちの吐息をついた。

「またもや、言葉遊び！」フィデルマの声には、嘲りが響いた。「あなたは、真実より、表現の技術に、言葉の微妙な言いまわしを操るほうに、関心があるようですね？」

「あなたは、何も……」とショーワ修道女は言いかけたが、それをさえぎったのは、今度はドレイガン院長であった。

「私どもは、できる限りフィデルマ修道女殿のお力にならねばならないのです、シスター・ショーワ」との院長の言葉に、ショーワは驚いて、視線をそちらに向けた。「なんといっても、法廷のドーリイーでいらっしゃるのですから」

少し、沈黙が続いた。

やがてショーワ修道女は、「わかりました、院長様」と答えて、従順の印に、頭を下げた。

「それでは」とフィデルマは、さらに態度を引きしめて、訊問にとりかかった。「私の知り得たところでは、こちらの修道女が二人、修道院にいないそうですね？」

「はい」

「こちらの修道女の中で、人数からもれているのは、この二人だけですか？」

「人数からもれているなんて……」と、ショーワ修道女は言いかけたが、フィデルマの怒りをはらんだ険しい顔に、先を続けることができず、「現在、修道院の外へ出ている者は、ほかにいません」と認めた。

「私は、二人が三週間前にアード・ファーチャへ出かけた、と聞きました」

「そうです」

「そこへの往復は、それほどかからないはずですが？　いつ、帰ってくることになっていました？」

白状したのは、ドレイガン院長であった。「二人の帰院は、予定より遅れています。おっしやるとおりです、修道女殿」

「遅れている？」フィデルマは、軽侮の色をにじませて、眉を吊り上げた。「それなのに、それを私に告げようと考えた者は誰もいなかった、というのですか？」

「このことは、今回の事件とは、何の関わりもありませんので」と、ドレイガン院長は言葉をはさんだ。

「関係あるかないかを判定するのは、私です」と、フィデルマは氷のような声でさえぎった。

「二人が出発してから、何の便りもないのですか？」

「ありません」と、シスター・ショーワは答えた。

「二人は、いつ帰ってくることになっていたのです？」

「十日後に、帰ってくるはずでした」

「この地域のボー・アーラに、報告はしましたか？」この質問は、ドレイガン院長に向けたものだった。「あなたがアドナールのことをどう考えていようと、彼はこの地域の役人なのです」

「あの男は、何の助けにもなりません！」と院長は、弁解気味にそう言ったものの、それにつけ加えた。「でも、あなたのおっしゃるとおりでしょう。二人が行方不明になっていることを、アドナールに知らせます。彼の砦と、アード・ファーチャへ向かう道路に面して立っているガルバンの砦との間を、絶えず使者が行きかっていますから」

「院長殿、私はなるべく早くアドナールに会い、私どもに関わりのあるこの件を、彼と話し合うことにします。この話は、私が報告しておきます。今は、この二人の修道女の様子を聞かせてください。つまり、身体的な特長について、知りたいのです」

「シスター・コムナットは、この修道院で三十年以上暮らしています。齢《とし》は、六十か、もう少し上で、すでに十五年以上も、私どもの図書担当をしております。また写書担当尼僧の主席でもあります。写本の技能に秀でた修道女です」

「もっと身体の特徴のほうを、伺いましょう」と、フィデルマは要求した。

それに対して、ドレイガン院長は、「背は低く、痩せています」と答えた。「髪は白髪ですが、眉はまだ、若い頃の黒髪の名残をとどめています。目も、やはり黒味がかった茶色です。それに、額に、見まがいようのない傷痕があります。昔の刀傷の痕だとか」

フィデルマは、頭の中で、この司書をあの頭部を失った犠牲者である可能性からはずした。

「シスター・アルムーのほうは、シスター・コムナットの助手でありますし、若くて体も丈夫ですから、司書の付き添いに選ばれました。齢は、十八歳前後。金髪《ブロンド》に青い目をした、きれいな顔立ちの娘です。背丈は、少し低いほうです」

フィデルマは、しばらく口をつぐんだ。

「頭部を失った遺体も、十八歳前後と言えそうです。あの遺体は、金髪系の容姿で、背も低い、という印象でした」

「頭のない死体は、シスター・アルムーだとおっしゃるのですか？」と院長は、信じかねて、フィデルマに問いかけた。

「そんなこと、ありません！」と、ショーワが叫ぶように答えた。

「アルムーは、この執事の親しい友人だったのです」と、院長が説明を加えた。「あれがアルムーの遺体であれば、シスター・ショーワには見分けられたはずだと、私も思います」

フィデルマは、両手を組んだ。固い意志を見せる姿勢だった。

「院長殿、私どもは言葉をもてあそぶことが気にいっているようですから、私も言葉を操って、ことを明確にしましょう。私は、あの遺体がシスター・アルムーだということもあり得る、と言っているのです。あなたは言われましたね、アルムーは司書の助手で、写書作業をやっていたと？」

「ええ、シスター・アルムーは、私どもの修道院でもっとも優秀な写書尼僧になるだろうと、期待されています。非常に優れた技倆を持っていますから」

「死体の手は、指先が青く染まっていました。これは死者がペンを使う仕事に携わっていたことを示唆するものではありませんか?」

「染まっていた?」とシスター・ショーワが困惑したように、口をはさんだ。「どんな染まり方です?」

「親指、人差し指、それに紙に触れる小指の側面に、青い染みがついていました。それに気づかなかったと言うつもりですか? 紺色のインクですよ? ものを書くことを専門とする者に見られる染みです」

「でも、シスター・アルムーは、シスター・コムナットと一緒に、アード・ファーチャに行っているのですよ」と、院長が抗議の声をあげた。

「シスター・アルムーは、今、この修道院の修道女の中にはいません。現在、確かなのは、そのことだけです」とフィデルマは、そっけなく答えた。「誰一人、遺体が誰かわからなかったと、本当に断言おできですか?」

「頭がないのに、遺体が誰かなんて、どうしてわかります?」と、ショーワが反問した。「それに、もしあれがアルムーだったとしたら、私にはわかったはずです。院長様がおっしゃったように、私の親友なのですから」

「おそらく、あなたの言うとおりでしょう」と、フィデルマは認めた。「でも、あの頭部を失った遺体の身許の割り出し方について、私は今、手掛かりを一つ、提供しましたよ。修道院における生活では、ほかの修道女との最初の、そして大抵は唯一の身体的な接触は顔であり、顔でしか見分けられない、ということは、私も承知しています。でも、どうなのです、お仲間の修道女が二人、期日をかなりすぎているのに帰ってきていないという状況の中で、自分たちと信仰を共にする修道女かもしれない女性の遺体が発見されたのです。もしかしたら、この修道院の司書助手の尼僧アルムーではないかと、一度も考えてみなかったのですか？」

「そんなこと、考えもしませんでした」とショーワは、そっけなく答えた。「修道女様がどう仄めかされようと、私の答えは同じです。第一、あの遺体がアルムーのものだという証拠を、修道女様は何一つ出していらっしゃらないではありませんか」

「ええ、そうですね」と、フィデルマはそれを認めた。「今私がしていることは、現在入手している情報に基づいて、いくつかの仮説を推し進めてみることです。情報は……」とフィデルマは、一瞬ドレイガン院長の目をとらえ、次いでその視線を、今は伏し目になっているシスター・ショーワに移しながら、続けた。「自惚れという罪によって、私に時間を浪費させたりせず、包み隠すことなく提供してもらわねばなりません」

「でも、一体誰が、シスター・アルムーを刺し、死体を切断して、それを井戸に吊るしたい、などと考えたのでしょう？」と、院長はフィデルマに問いかけた。「もし遺体がシスター・アルムーのものだとしたらの話ですけど」

「私どもは、あれがアルムーのものだったと、まだ証明できないでいます。それには、遺体のほかの部分を見つけなければ、無理でしょうね」

「頭部のことですか？」と、院長が訊ねた。

「遺体が井戸から引き上げられてからというもの、あの井戸の水を汲むことは禁じられているため、修道院では近くの二つの泉から水を汲んでいる、と聞きましたが」

ドレイガン院長は頷いて、それを認めた。

「誰か、井筒を下りていって、頭部がそこにないか、探してみたのですか？」

院長は、シスター・ショーワを見やった。

「答えは――〝イエス〟です」と、ショーワが答えた。「泉の〝浄めの儀式〟の準備を手配するのは、執事としての私の務めでした。私は、修道女たちの中でも若くて力もある者を一人、井戸の中へ下りていかせました」

「その修道女というのは？」

「シスター・ベラッハです」

フィデルマの顔に、ひどく驚いた表情が浮かんだ。

「でも、シスター・ベラッハは……」彼女は、自分が危うく言おうとしたことにはっと気づいて、言葉を呑んだ。

「脚が悪いと？」と、シスター・ショーワは意地の悪い笑みをフィデルマに向けた。「あの人のこと、気づいていらしたようですね？」

「私はただ、シスター・ベラッハは体がかなり不自由であると、気づいただけです。力があるというのは、どうしてです？」

「ベラッハは、三歳の時から、この修道院で暮らしてきました」と、院長が説明を引き受けた。

「私がここに入る少し前から、ここで育てられていたのです。脚の発育こそ止まっていましたが、両手や胴の力は、発達させてきました。驚くほどに」

「それで、シスター・ベラッハは井戸の底へ下りていって、何か見つけたのでしょうか？ 多分、それは彼女自身の口から聴き取るほうがよいでしょうね？」

ドレイガン院長は手を伸ばして、机の上の鈴を鳴らした。

「では、ご自身でお訊ねください、修道女殿」

ふたたび、例の若く愛らしい見習い修道女レールベンが、ほとんど即座に扉を開けた。

院長は彼女に指示を与えた。「レールベン、シスター・ベラッハをここへ連れていらっしゃい」

見習い修道女は頷いて、姿を消した。わずか二、三分ほどあとに、扉がためらうようにノックされ、院長がそれに応えるとすぐ、ベラッハ修道女の姿がおずおずと戸口に現れた。

「お入りなさい、シスター・ベラッハ」とドレイガンは、励ますような口調で話しかけた。

「心配することはありません。フィデルマ修道女殿は、知っていますね？ ええ、もちろん、知っているはずですね」

「ど……ど……どういうふうに、お……お役に立てば……？」とベラッハは、がっしりしたりンボクの杖にすがって部屋の中へ進み出てきながら、言葉を詰まらせつつ院長に問いかけた。

「ごく簡単なことです」その問いを引きとったのは、ショーワだった。「頭のない死体が運び去られたあと、私には福者ネクトの泉を調べる責任がありました。覚えているでしょ、ベラッハ、そのことで、私はあなたの助けを求めましたね？」

体の不自由な修道女は、相手を喜ばせたいかのように、熱心に頷いた。

「ランターンを持ち、ロープを伝って井戸の底へ下りていくようにと。私は井筒の内側を洗って、その後、院長様が祝福なさった聖水で、中を浄めたのでした」

ベラッハは、繰り返し暗記した文章をそらんじる調子で、これを語った。フィデルマは、この説明を述べるベラッハの声から、吃音が消えていることに気がついた。本当にこの気の毒な修道女は、不自由な体に子供の無邪気さを備えた単純な性格の大人、というだけなのだろうか？　フィデルマは、無意識のうちに、そのようなことを訝《いぶか》っていた。

「そうでしたよね」とシスター・ショーワは、満足げにそう応じた。「井戸の中は、どうでした？」

ベラッハ修道女は、ちょっと考えこんだが、答えが見つかったかのように、にっこりと笑みを浮かべた。

「く……く……暗かったです。そう、井戸の底は、とても く……暗かったです」

「でも、暗がりを照らすようにと、灯りを携えて下りていったのでしょ？」フィデルマはベラッハのほうへ近寄り、励ますように話しかけた。彼女は、若い尼僧の腕に、優しく手をかけた。法衣の袖に隠れたその腕は、力強く、筋肉質だった。「あなたはランターンを携えていた、そうでしたね？」

若い尼僧は、微笑んでいるフィデルマを神経質な視線で見上げたが、すぐに自分も微笑を返した。

「ええ、そうです」と、彼女は微笑した。「私は、ランターンを渡されました。そのおか……お蔭で、か……か……かなりよく見ることができました。でも、井戸のそ……そ……底は、そ……そ……それほど明るくはなかったのです」

「ええ、あなたの言うこと、わかりますよ、シスター・ベラッハ。それで、井戸の底まで下りた時、何か目につきませんでしたか？　そうね……何か、そこにあるはずのないものに？」

ベラッハは、小首をかしげて、注意深く考えながら、「そ……そ……そこにあるはず……はずのないもの？」と、ゆっくりと繰り返した。

シスター・ショーワは苛立ちをあらわにして、「死体の頭のことよ」と、遠慮なく説明を加えた。

ベラッハ修道女は、激しく身を震わせた。

「あそこには、何も……何もほかには。ただ、闇と……み……水が。ほかには、何もみ……み……見えませんでした」

「わかりました」と、フィデルマは微笑みかけた。「もう、さがって構いませんよ」

シスター・ベラッハが立ち去ると、院長は深く坐りなおし、フィデルマを考えこむような目で、じっと見つめた。

「次は、なんです、フィデルマ修道女殿？　あの遺体はシスター・アルムーのものだというお考え、まだ持ち続けておいでですか？」

「そうだとは、言っておりません」とフィデルマは、院長の言葉を正した。「調査のこの段階では、いろいろと考えてみなければならないのです。あれこれと、仮説をたててみなければなりません。シスター・コムナットとシスター・アルムーが予定を過ぎても修道院に帰ってきていないという事実も、単なる偶然かもしれません。それにもかかわらず、調査を進展させるために、私はあらゆる事実をつかんでおく必要があるのです。これからは、言葉遊びなどしてもらっては困ります。私が質問しましたら、それにふさわしい答えが返ってくることを期待します」

フィデルマは視線をちらっとショーワ修道女へ投げかけたが、これはドレイガン院長に向けた言葉であった。〝三つの泉の鮭〟女子修道院の執事の顔は、怒りの表情に変わっていた。

「その点は、よくわかりました」とドレイガンは、固い表情で答えた。「では、今は、私どもの傷ついた威厳や自尊心の痛みもおさまってきたことですから、もう、それぞれの任務に戻ってもよろしいでしょうね？」

「ええ、どうぞ」とフィデルマは、同意した。「でも、あと一つだけ……」

ドレイガン院長は眉を吊り上げて、何事かと待った。

「このあたりには、銅鉱山がいくつかあると、聞きましたが」

このような質問は予期していなかったのであろう。ドレイガンの顔に、驚きがあらわれた。

「銅鉱山ですって？」

「ええ。ありませんか？」

「いえ、ありますよ。この半島に、数多く存在しています」

「修道院からは、どちらの方角になります？」

「一番近い銅鉱山は、南西に向かって連なる山々のはずれのほうにあります」

「所有者は、誰なのでしょう？」

「〝鷹の眼《まなこ》のガルバン〟の所有です」

そういう答えを、予想はしていた。フィデルマはじっと考えこみながら、頷いた。

「ありがとうございました。もうこれ以上、お邪魔はしません」

院長室から引き返していく時、フィデルマは、強い視線で自分を見つめているショーワ修道女に気づいた。もし視線で人を殺せるものなら、この場で死んでいることだろうとフィデルマがつい皮肉に考えるほど、強い眼差しだった。

第八章

同じ日の午後のうちに、ふたたびアドナールの砦に戻るわけであるが、もし〝三つの泉の鮭〟女子修道院とドゥーン・ボイーとを隔てる海を渡ってゆけば、族長アドナールに前もって警告を与えることになろう。フィデルマはそれを避けて、森を抜け砦の後方に出る小径をとることにした。これだと、かなりの道のりになる。だがフィデルマは、このところ船旅を続けていたので、自分の考えを整理しながら、ゆっくり森の中を歩いてみたかった。どうやらこの森は、そぞろ歩きをしてみたいという気になるような自然を、提供してくれそうだ。入り江の海岸線と背後に高く聳《そび》えている山の麓との間に広がる、広いオークの森なのである。

フィデルマは、ブローナッハ修道女に自分の予定を告げておいて、午後の早い時刻に、修道院をあとにした。まだ、天候は穏やかだった。ほとんど葉の落ちた木々の枝の間から射しこむ柔らかな陽ざしも、肌に心地よい。頭上に高く天蓋をさしかけてくれるオークの梢は、うっすらと粉雪をまとい、その遙か上のほうには、かすかな風に吹かれてふわりと漂う白い羊毛のような薄雲をいく片《ひら》か浮かべた淡い水色の空が、広がっていた。足裏に柔らかなはずの地面も、今はまだ霜で硬く凍てついている。陽ざしも、それを解かすほどではないのだ。すでに何週間も前に散った枯れきった落ち葉が、フィデルマの足のもとで軽く砕ける。

修道院の門を出ると、小径が入り江の岸を縁取るように延びていた。だが岸辺からは少し距離があるので、この小径をたどる者の目に入り江の広い海面がはっきりと見てとれる箇所は、むしろ少ない。ほんの時おり、葉をすっかり落とした冬木立を通して、陽ざしを受けて青くきらめく水面《みなも》がちらりとのぞくだけである。潮騒の音さえ、聞こえない。齢《よわい》を重ねた堂々とした兄弟たちに抗議しながら、なんとか自分たちの生存権を主張しようとしている榛《ハシバミ》の茂みをところどころに交えた丈高いオークの森は、それほど完璧な障壁を形成しているのだ。自分たちだけで寄り集まっている鋸《のこぎり》状の葉をつけた常緑樹ストローベリー・ツリーの木立もいくつか見えるが、捩《ねじ》れた枝を広げた幹の短いこの木でさえ、ここでは二十フィートかそれ以上ありそうだ。

フィデルマの耳は、木立の中の下生えの茂みが時おりかすかな音をたてているのを聞きつけた。少し大型の森の住人が、餌を求めて用心深く進んでいるのであろう。フィデルマが近づく足音に、鹿が跳ねるように下生えの中を逃げていった。押し分けられた小枝や細枝が、ぴしりと音をたてて跳ねかえった。隠しておいた食料の蓄え場所を思い出そうと、赤毛のリスが探しまわっているのか、乾ききった枯葉もかさかさと音をたてる。耳を澄ませば、あたりは無数の音に満ちていた。自然界に自らを調和させることのできる者にのみ、聞き取れる音だ。

しばらくすると、彼方の山稜へ向かうもう一本の道に出合った。ここを最近何頭かの馬が通ったらしい。その跡が、見てとれる。地面がまだ硬く凍てついているので、馬たちの〝落とし物〟が、そのまま残っていた。思い出した。今日の昼すぎに、徒歩《かち》の供回りの者たちを従えた騎馬の人々が、山から下りてくるところを見たではないか。この道に乗り入れたのは、間違いなく彼らだ。

フィデルマは、はっと驚いた。どういうわけか、ふたたび〝サックスムンド・ハムのエイダルフ〟のことを思い出していた。どうして彼が自分の物思いの中に飛び出してきたのだろう？ そう、ロスだ。ロスは、見棄てられた大型帆船の素姓について、何か手掛かりをつかんだろうか？ ロスに訊ねたいことが、いっぱいある。しかし、あの大型帆船に何が起こったかを知る手掛かりが見つかりそうな場所を探すといっても、大海原の上かもしれないし、何百マイルに及ぶ海岸線かもしれないのだから……。

もしかしたら、エイダルフはあの船に乗っていなかったのかも？

いや、そのようなことはない。彼女は頭を振って、そんな推測はありえないと、判断した。エイダルフがあの祈禱書を誰かに与えることなど、決してないはず——彼自らの意志で、ということだが。

だが、死んでしまった彼から、持ち去られたとしたら？ 彼女はかすかに身震いをすると、固い決意を見せて唇をきゅっと引き結んだ。もしそうであれば、そのような犯行に及んだのが何者であれ、なんとしても法の前に引きずり出さねばならぬ。必ず、そうしてみせる。

彼女は、はっと足を止めた。

行く手から、鳥たちの抗議の合唱が、森のほかの物音を全てかき消すばかりの騒々しさで湧き起こったのだ。「かああぐ、かああぐ」という奇妙な鳴き声で、フィデルマを叱りつけている。そして、すぐ近くから二羽の鳥がばさばさと羽音をたてて飛び立ち、葉を落としたオークの高い梢へと舞い上がった。わずかに紅《べに》を帯びた薄茶色の羽根をして、腰のあたりだけが真っ白なジェイ（カケス／の類）の番《つがい》だった。彼らは、近くの榛《ハン》の木の茂みの中で、今まで固い松毬《まつかさ》のような茶色の木の実を啄《ついば》んでいたらしい。ほかにも、円錐形の嘴《くちばし》と縞模様の羽根を持ったもっと小型の鳥たちが数羽、群がっていた。彼らも興奮して、一緒になってやかましく鳴きたてている。

鳥たちは、何かを警戒しているのだ。

フィデルマは、用心しながら、一歩前へ踏み出した。

それが、彼女の命を救った。

フィデルマの頭からわずか数インチのところを、矢羽根で風を切って、一本の矢がかすめた。後ろの木の幹に、それが突き刺さる音がした。

フィデルマは無意識に膝をつき、もう少し安全な掩護物《えんご》はないかと、まわりを見まわした。

彼女がどうすべきか決しかねて身を屈めているうちに、鋭い叫びをあげながら、よく磨かれている鎧《よろい》をつけた髭面の大柄な戦士が二人、森の下生えの中から飛び出してきた。気をとりなおす暇《いとま》もないうちに、フィデルマは彼らに、両側から万力《まんりき》のような力で腕を摑まれていた。戦士の一人は剣を手にしており、今にも彼女に切りつけようと、それを振りかざしている。フィデルマは怯《ひる》みながら、その一撃を待った。

「やめろ！」という叫びが聞こえた。「間違いだ！」

戦士はためらいつつ、武器をおろした。

森林の中に延びる仄暗《ほのぐら》い小径に、馬に乗った男の姿がぬっと現れた。片手に短弓をゆったりと持ち、もう一方の手には手綱を握っている。彼女を危うく死の淵に突き落とそうとした犯人は、この男であるようだ。

フィデルマが驚きや抗議を口にする間《ま》もなく、二人の男たちは彼女を引きずるようにして、彼のほうへ引っ立て始めた。二人が男の前で立ち止まると、彼は鞍の前へ身を乗り出して、フィデルマの顔をじっくりと検分した。

やがて彼は、「我々、違う奴を追いかけてしまったらしい！」と、苦々しげに怒鳴り声をあげた。

フィデルマは、ぐいと頭を反らして男の吟味の視線を見返した。この見知らぬ人物は、印象的な男だった。赤みがかった長い金髪の上に、きらりと光る宝石がちりばめられた、よく磨き上げられた赤銅《コパー》の頭飾りを頂いている。広い額と鷲の嘴のような鼻を持った、面長な顔だ。鼻の付け根が薄く、鼻梁がほとんど鉤のような曲線を描いているため、いっそう嘴めいて見える。顳顬《こめかみ》の髪は薄いが、後頭部にかけては豊かな金髪となり、赤銅のように輝きながら、肩にふさふさとかかっている。唇は薄くて赤く、フィデルマに何か残忍なものを感じさせた。大きく見張られた目は、ほとんど菫色で、瞳がよく見えない――むろん光線の悪戯だと、わかってはいるのだが。

せいぜい三十歳といったところか。筋骨逞《たくま》しい戦士だ。地位を示す赤銅の頭飾りがなくとも、服装が高位の人物であることを物語っていた。身にまとっているのは、毛皮の縁取りをめぐらせたリネンや絹の衣装だ。腰のベルトに下げている剣の柄《つか》にも高価な金属や貴石で装飾がほどこされている。箙《えびら》は鞍の前輪から吊るされており、弓のほうはまだ手にしているが、これまた見事な細工だ。

彼は、不機嫌な顔で、彼女にまだ穿鑿《せんさく》の目を向けていた。

「こいつ、何者だ?」と彼は、冷ややかな声で、フィデルマを捕らえている男たちに訊ねた。

戦士の一人が荒っぽい笑いをもらして、それに答えた。

「あなたの獲物ですよ、御前」

「こいつも、この辺に建っとる修道院の小娘でしょうな」ともう一人のほうも、それに調子を合わせた。さらに男は、「我々が追っかけとる鹿を、こいつが脅かしたに違いありませんわ、御前」とつけ加えた。フィデルマには意味がわからなかったが、何か奇妙な抑揚で語られたようだ。

フィデルマは、やっと息をととのえることができた。

「私のまわり百ヤード以内に、鹿などいませんでした！」と彼女は、怒りを抑えた激しい声で、反論した。「あなたの部下に、私を放すよう、お命じなさい。さもなくば、常に全てを見そなわす神にかけて、言っておきます、あなた方は罰されましょう」

馬上の男は、驚きに眉を上げた。

だが彼女の腕を捕らえている男たちは、痣《あざ》を残しそうな握り方をさらに強めただけだった。

一人の男は、野卑な笑い声をあげた。

「こいつ、威勢がいいですぜ、御前」と言うと、彼はフィデルマに向きなおり、嫌な臭いのする髭面を彼女の顔に触れんばかりに突きつけながら、「黙れ、小娘！　どなたに口をきいとるのか、わかっとるのか」と、彼女を怒鳴りつけた。

「わかりませんとも！」とフィデルマは、歯をくいしばるようにして、それに答えた。「彼が何者かを告げる礼儀を心得た人間が、誰もいませんのでね。でも、私のほうは、お前たちが話しかけているのが誰なのか、教えておきます……私は、ドーリィー、法廷に立つ弁護士です。また、キャシェルにおわすモアン王国の王コルグーの妹でもあります。その手を放すのに、これで十分のはず。お前たちは、すでに法の前において、襲撃の罪を犯しているのです！」

しばらく、沈黙が続いた。やがて、馬上の男は、二人の戦士に鋭く命令を下した。

「すぐ、手を放せ！　自由にしてさし上げろ！」

主人に従うよく訓練された番犬を思わせるすばやさで、二人は手を放した。フィデルマは、自分の腕と手に血がどっと流れ始めるのを感じた。


その時、冬の森を馬が一頭、突き進んでくる音が聞こえてきて、彼らは皆、そちらを振り向いた。二人目の騎馬の男が、弓を片手に、速歩《トロット》でやって来た。フィデルマは、それが若々しい顔を上気させたオルカーンであることに気づいた。彼は手綱を引き締めて彼らを見下ろしたが、そこにフィデルマを見つけるや、その顔に驚愕の色が広がった。彼はすぐに馬からすべり下り、両手を差し伸べながら進み出てきた。

「フィデルマ修道女殿、お怪我は？」

「この戦士たちのお蔭で、痛い目にあいました、オルカーン」とフィデルマは、赤くなった腕をさすりながら、厳めしい口調でそれに答えた。

初めに現れた男は、戦士たちを振り向くと、腹立たしげな身振りと声で、指示を出した。

「皆に、先に戻っておれ」戦士たちは、主《あるじ》に一言の抗弁もできぬまま、彼らに背を向け、悄然《しょうぜん》と立ち去った。二人が姿を消すと、長身の鞍上の男はフィデルマに向かい、上体を折ってお辞儀をした。

「この思わぬ事態、お詫び申し上げます」

オルカーンは眉をひそめて、フィデルマから男へと視線を移した。それからすぐ、自分が果たすべき礼節を思い出した。

「フィデルマ殿、友のトルカーンをご紹介します。トルカーン、こちらは〝キルデアのフィデルマ〟殿です」

彼の名を聞いて、フィデルマの目許が緊張した。

「オー・フィジェンティ小王国のオーガナーンの子息トルカーン？」

長身の男は、馬上からふたたびお辞儀をした。今度は、わざとらしい丁重さがのぞく挨拶だった。

「私を、ご存じで？」

「あなたについては、知っています」とフィデルマの返事は、そっけなかった。「お国のオー・フィジェンティから、ずいぶん遠くまで、おいでになったものです」

オー・フィジェンティ小王国は、モアン王国の北西部を占める。それがモアン王国内のもっとも不穏な地方であることを、フィデルマは兄から聞かされていた。オーガナーン小王は野心家であり、周辺の部族たちを支配下において自分の権力の基盤を拡大しようと、躍起になっている人物だ。

「あなたのほうも、キルデアからかなり遠方までこられたようですな、フィデルマ修道女殿？」即座にトルカーンは、そう切り返してきた。

「正義を守るために遠く広く旅をすることは、法廷の弁護士としての私に与えられた定めです」とフィデルマは、それに対して生真面目に答えた。「ところで、あなたがモアン王国のこの地方においでになった理由は、なんなのです？」

オルカーンが、急いでそれに口をはさんだ。

「トルカーンは私の父、〝ベアラのガルバン〟の客人ですが、ちょうど今は、私と一緒に、アドナールのもてなしを受けておられるのです」

「それにしても、どうして私に矢を射かける必要がおありだったのです？」

オルカーンは愕然としたようだった。

「修道女殿に……」とオルカーンが言いかけたが、トルカーンは馬上からフィデルマに、からかうように微笑みかけた。

そして、「修道女殿、あなたに矢を放つ気など、私には全くありませんでした」と、彼は抗議した。「本当に、鹿を射ただけです。あるいは私が鹿だと思ったものを。しかし、部下たちの振舞いが礼儀に悖《もと》るものだったことは、認めます。そのために、どうやらあなたは痛い思いをなさったらしい。でも、狙いをはずしたのですから、私の矢で痛い目にあわれたわけではありませんよ。しかし、私は誠意をもって、この件の償いをするつもりです」

トルカーンは、よほど近視であるのか、あるいはいともやすやすと嘘を言ってのける男なのか、どちらかだ。なぜなら、矢が放たれた時、身近に動物など全くいなかったことを、フィデルマは知っている。また経験豊かな狩人が、冬の裸木の森の中で、彼女の動きを鹿と見誤るはずなど、ありえない。しかし、いくら対決しようとも、何の結果も得られないという時もあるのだ。ここのところは、彼の説明に納得したふりをしておこう。彼女は、そっと吐息をついた。

「わかりました、トルカーン。あなたの謝罪を受け入れます。あなたによって死の恐怖に直面させられたという私の被害を法廷に持ち出すことは、やめておきましょう。あれは事故であった、と納得します。しかし、あなたの戦士たちの行為は、決して事故ではありません。彼らは手荒な扱いで私に傷を負わせ、さらには死の恐怖も与えたのですから、それに対し、一人二シエードを科料として払わねばなりません。この処置が『ブレハ・デーン・ヒエクト(1)』に定められている掟に則《のっと》ったものであることは、お調べになれば、おわかりになりましょう」

トルカーンの胸には、さまざまな思いが渦巻いているらしく、彼はしばらくフィデルマを見つめていたが、彼にもっとも強い印象を与えたのは、彼女の冷静な態度だったようだ。彼は心ならずも、それに感嘆したらしい。

「あなたは、部下の戦士の科料を、ご自分でお引き受けになりますか?」とフィデルマは、彼に返答を求めた。

トルカーンは、低い忍び笑いをもらした。

「二人の科料は、私が払います。もっとも、彼らには、あとで必ず私に支払わせてやりますがね」

「結構です。その科料は、修道女たちの活動を援助するための基金として、〝三つの泉の鮭〟女子修道院に寄付することにいたします」

「科料は必ず払うと、お約束します。部下の一人に、明朝、修道院に持参するよう、命じましょう」

「お約束、承りました。さてこれで、失礼させていただいてよろしいでしょうね？」

「目的地は、どちらです、修道女殿？」と、オルカーンが訊ねた。

「アドナールの砦へ行くところです」

「では、私の鞍に、お乗せしましょう」と、トルカーンが申し出た。

しかし、オー・フィジェンティ小王国の公子の鞍に同乗するというのは、気が進まない。

「私は、歩いていくことにします」

トルカーンの口許がこわばった。だが彼は、ただ肩をすくめただけだった。

「いいでしょう。では、修道女殿、後ほど、砦でお目にかかります」

彼は馬首をめぐらせ、馬の脇腹を、まだ手にしていた弓の側面でぴしりと打つと、森の中の小径を普通速歩《キャンター》で去っていった。

オルカーンは、何かもう少しフィデルマと話したいことがあるかのように、わずかに躊躇《ためら》った。だが彼もまた馬上に戻り、別れの挨拶に片手を上げると、自分の客人のあとをすばやく追いかけた。フィデルマは眉をひそめて深く考えこみながら、しばらく彼らの後ろ姿を見つめて立ち尽くしていた。

　フィデルマは、この出会いが何を意味するのか、推測しようとしてみた。もちろん、これが何らかの意味を持つものであるとしての話だが。でも、何か意味があるに違いない。森で彼女を鹿と見間違ったなどと、トルカーンが本気で言っているとは、とうてい信じられない。とりわけ、冬の森ではないか。木々はほとんど落葉しているし下生えも枯れがれで、冬季の森はかなり見通しがよいのに。しかし、これが事故でないとしたら、どうして彼は、部下たちのフィデルマに対する粗暴な態度をすぐに止《と》めようとしなかったのか？　これから引き出せる理にかなった結論は、狙った相手がフィデルマだとは思っていなかった、ということだ――フィデルマが名前と地位を告げるや、彼は部下たちに〝手を放せ〟と命じた。となると、彼が森の小径で出会うことを期待していた人間とは、一体誰だったのだろう？　女性なのか？　聖職者なのか？　少なくとも、フィデルマの性別と職業を見間違える人間はいないはずだ。彼女は、はっきりそれとわかる法衣をまとっているのだから。この地方への客人、オー・フィジェンティ小王国の公子が、なぜ尼僧を殺害したがるのか？

　フィデルマは、突然、寒気を覚えた。

　何者かが、すでに尼僧を殺害しているのだ。犠牲者の首を切断し、遺体を修道院の井戸に吊るした者がいるのだ。頭部を失ったあの死体がキリスト教の尼僧であることは、確かだ。フィデルマの本能的な勘とこれまでに見てきた証拠が、そう告げていた。また、身震いが出た。名前もわからぬあの死体を探索することによって、彼女自身、危うくキリスト教の死後の世界に引き込まれるところだったのだろうか？

前方の小径を普通速歩でやって来る蹄の音を聞きつけて、考えこんでいたフィデルマは、はっと頭を上げた。トルカーンが戻ってきたのだろうか？　フィデルマは立ち止まり、小径の先のほうを窺った。騎者は彼女のほうへと、急速に近づいてくる。フィデルマは身をこわばらせた。騎者の姿が、森の低木の陰から現れた。アドナールであった。

黒髪で美男の族長は、馬が止まるのももどかしげに鞍からひらりと飛び下りると、気遣わしげな視線を向けながら、彼女に声をかけてきた。

「オルカーンから聞きました、彼とトルカーンは森の中であなたに会ったが、あなたは私の砦にやって来ようとしていらしたと。オルカーンは、何か事故があったとも言っていました。そうなのですか？」

アドナールは、心配げに彼女を見つめた。

「危うく事故になりそうだった、というだけです」とフィデルマは、几帳面に彼の言葉に訂正を加えた。

「お怪我は？」

「いいえ。なんともありません。ちょうど、あなたに会いに行くところでした。ここへ来てくださったお蔭で、砦までいく手間が省けましたわ」彼女は振り向いて、倒木を指し示した。「しばらく、そこに坐りましょう」

アドナールは手綱を枯れ木の捩れた枝に引っかけると、フィデルマと一緒に腰をおろした。

「あなた方は、私に、全てを正直に話してはくださらなかったようですね、アドナール?」と、フィデルマは質問を始めた。

族長は驚いて、顔をさっと上げた。

「どういう点で?」と彼は、やや警戒気味に問い返した。

「あなたは、ドレイガン院長がご自分の血を分けた妹であることを、黙っていらした。フェバル修道士も過去にドレイガン院長と結婚していたことを、説明してくれませんでした」

フィデルマは、感じのよい彼の顔の上を面白がっているような表情がかすめようとは、予想していなかった。何かほかのことを追及されるのではと、構えていたのだろうか? 彼は少し安堵した様子で、肩の力を抜いたようだ。

「ああ、そのこと!」と、彼の口調は、その問題をあっさり退けるように軽かった。

「あなたにとって、重大なことではありませんの?」

「『全然』というのが、アドナールの返事だった。「私とドレイガンとの関係は、自慢したいようなものではありませんのでね。幸い、彼女は父親譲りの赤毛、私のほうは、母親似の黒髪です」

「あなたが今口にされた〝ドレイガンとの関係〟は、私にとって重要な情報だとは思われなかったのですか？」

「いいですか、修道女殿、私たちが同じ子宮から生まれたということは、私にとっての不運。おそらく、ドレイガンにとっても、そうでしょうな。フェバルの件は、彼に代わって私が答えることではありません」

「では、あなた自身について、答えていただきましょう。あなたは妹さんを本当に憎んでいらっしゃるのですか？　そのように振舞っておいでですけれど？」

「妹に無関心なだけですよ」

「妹さんが自分の侍者《アコライト》の尼僧と不自然な関係を持っている、と主張なさるほどの無関心ですか？」

「そこのところは、本当の話です」

アドナールは、激することなく、ただ熱心な態度で、そう告げた。フィデルマは前に苛立たしげなアドナールを目にしているので、今のもの静かな彼の姿は、意外だった。彼は倒木に坐り、両手を膝の間に組んで、むっつりと地面を見つめていた。

「もう少し、その話を聞かせてもらえますか？」

「あなたの調査とは、何の関係もない話です」

「でもあなたは、ドレイガンの好ましくない性的傾向がこの事件と関わっている、と主張なさった。そうであるのなら、この問題の真相を知ることなしに、私にどうやって事件が解明できましょう？」

アドナールは、軽く肩をすくめるような仕草をしたものの、気を変えたらしい。

「ドレイガンは、あなたに話しましたか、我々の父親は――その名前を私はつけられているのですが――オカイラ〔小農〕で、自分の土地で農事に勤《いそ》しんではいたものの、それは彼の自尊心を満足させるほど広い土地ではなく、土地以外の財産も大して持っていない平民だった、ということを？　父は、岩がちな山の斜面に所有していた報われることの少ない小さな土地で、一生働き続けました。母は、父と共に働き、収穫期には、わずかな実りを一人で穫り入れていました。その時期、父親のほうは、我々家族の身と心を養うために、この地の族長に雇われることになっていたからです」

彼は、そこで一息ついたが、ふたたび話を続けた。「ドレイガンのほうが年下、私が二歳年上でした。私たちは小さな土地で働く両親の手伝いをしていました。彼らには、私たちに教育を受けさせる時間も金もなかった」

彼の声に苦々しさが聞き取れたが、フィデルマはそれに触れることは控えた。

「少年の頃、私は父の生き方を受け継ぎたくないと思いました。この先の人生を、ただ生きてゆくためだけに、ろくに収穫もあがらない土地にしがみついて過ごしたくはない、と思ったのです。私には野心があった。そこで私は、旅の戦士がこの地にやって来たと聞くたびに、こっそり抜け出しては、戦士が泊まる一族《クラン》の来客棟へ駆けつけました。そして戦士に、軍務について、戦士の規範について、あるいは戦士になるためにはどのような修練が必要かについて、話してほしいとせがんだものです。私は棒で武器を作り、森へ行っては、灌木の茂みを相手に木刀で武芸の練習をするようになりました。また、弓矢も自分で作り、私なりの流儀で、かなりの射手となってゆきました。自分にとって、これが貧困の人生から脱出する唯一の道だ、とわかっていたのです。

やがて私は家を出て、この地方の強力な族長、〝ベアラのガルバン〟を訪れました。ガルバンは、ちょうど自分の領地の国境で、コルコ・ドゥイヴニャ大族長領と戦闘を繰り返していた時期でしたからね。私の射手としての腕前は高く評価され、ほどなく私は百人隊の隊長の地位を与えられました。弱冠十九歳の私を、ガルバンはケン・ファーグナ〔隊長〕に任命してくれたのです。それは、私の人生でもっとも誇らしい日でしたよ。

戦争のお蔭で、私は財産としての家畜を豊かに所有するようになりました。戦乱が終結すると、私はここへ帰ってきて、ボー・アーラ、つまり財産として、土地ではなく家畜を所有する族長、という地位を与えられました。土地は借地ではありましたが、裕福な有力者として認められるだけの家畜財産の所有者となったのです。私は、自分が貧困の生活から逃げ出したことを、恥じてはいません」

「ご立派な人生です。男性であれ女性であれ、困難を克服した生き方は、称賛に値しますわ。

でも、今のお話を伺《うかが》っても、あなたと妹さんの確執の原因や、あなたが〝不自然な関係〟に関して妹さんを非難しておられる理由など、私には、やはり理解できません」

アドナールは、大仰に渋い顔をして見せた。

「ドレイガンは、自分が両親に対していかに孝養を尽くしたか、いかに私が親たちを見捨てたかを、盛んに言い立てています。だが、私より親孝行だったわけではありませんよ。私と同じように、ドレイガンもやはり貧しさから逃げ出そうとしていました。〈選択の年齢〉（女子は十四歳）に近づくと、彼女はかつての異教《ペイガン》の精霊たち――つまり古《いにしえ》の女神たちにさえ、自分を救ってくれと、願ったのです」

フィデルマは、アドナールをしげしげと見つめた。だが彼には、効果を狙って話している気配など、全く見られなかった。ひたすら自分の思い出に浸っているらしかった。

「ドレイガンは、何をしたのです？」

「近くの森に、古の慣行にあくまでも従うと称する老婆が住んでいましてね。私の記憶では、確かスーナッハという名だったと思います[2]。子供たちは皆、この老婆を恐れていましたよ。彼女は、自分はあらゆる芸術と工芸の神ルーの妻であるボイーを崇拝していると、公然と言っていました。ボイーは、〝ベアラの老女〟[3]とも呼ばれる、牝牛の女神です。何しろこの地方は、冥《くら》い異教の時代に、ボイーの領土でしたから。私の砦ドゥーン・ボイー〔ボイーの砦〕も、この女神に由来する名前です」

「今でも、古の慣習や神々を信奉し続ける人たちは、大勢おりますね」と、フィデルマはそれに答えた。キリスト教がアイルランド五王国に布教され始めたのは、わずか二百年前のことである。いまだに〝永遠に生き給う者たち〟への、すなわち古の神々や女神たちへの信仰が根強く残っている土地、いわばまわりの世界から隔絶した地帯が、僻地にはかなり存在しているのだと、フィデルマは改めて気づかされた。

「それに、山々に異教の神々の名を残している土地も、相当ありますからな」と、アドナールも同意した。

「それで、ドレイガンは、その異教徒の老女に影響されたということですか?」と、フィデルマは質《ただ》した。「いつ、〝真《まこと》の信仰〟に立ち戻り、修道女たちの世界に入ったのです?」

アドナールは、意地悪い忍び笑いをもらした。

「彼女が〝真の信仰〟に戻ったと、誰が言いました?」

フィデルマは、驚いて彼を見つめた。

「何を言っておいでなのです?」

「何も言ってはいませんよ。私はただ、道標《みちしるべ》を示してさし上げたまでです。ドレイガンは、小娘の頃から、特にあの老婆に会いに行くようになってからは、よく奇矯な振舞いを見せていました」

「あなたは、ご自分の糾弾《きゅうだん》の根拠と、あなた方二人の確執の原因について、まだ私に何も告げておられません」

「あの老婆が、ドレイガンの頭をおかしくしてしまったのですよ、妙な話や……」

アドナールは言いかけた言葉を呑み、肩をすくめた。

「私がカルバンの軍隊で軍務に服している間に父親も亡くなり、ドレイガンはあの老婆と森の中で暮らし始めました」

「それが彼女への憎しみの原因ですか？」

彼は首を振った。

「いや、違います。真偽のほどはよくわかりませんが、ドレイガンは何か法に触れることをして、〈弁償金〉[4]を支払うよう命じられたらしい。その支払いのために、彼女は情けないほど狭い両親の土地を売り払い、〝三つの泉の鮭〟女子修道院に入ったのです。土地が売り払われたことは、面白くありませんでしたよ。それは、否定しません。私にも、その一部の相続権はあるわけですからね。そこで私は、ドレイガンに、私が相続できるはずの土地の返還を要求する訴えを起こしました。しかしブレホン〔裁判官〕の法廷で、私の訴えは却下されてしまいました」

「なるほど。では、その訴訟が、あなた方の確執の原因なのですね？」

アドナールは、肩をすくめた。

「ドレイガンのやったことには、腹をたてましたよ。でも、私はすでに財産を手に入れていました。そのような土地など、大して必要ではなかった。ただ、筋を通そうと考えただけでした。違うのです、憎悪はドレイガンのほうからでした。おそらく、私が訴えを起こしたことを根にもったのでしょう。それ以来、彼女は私を避けるようになりました。しかし、私がこの地方のボー・アーラ、つまり地方代官になると、絶えず私と交渉をもつ必要が出てきました。そうしたおりに、彼女は常に第三者を使っています。彼女の私への憎悪は、なかなかなものです」

「ドレイガンは、自分の憎しみの理由を、あなたに告げましたか？」

「ええ、私のせいで両親は死んでしまった、と言っています。でも私には、それが本音とは思えませんね。単に、私が彼女を法廷に引き出したからですよ。とにかく、発端がなんであったにせよ、時の経過につれて、憎悪は嵩《こう》じていく一方でした」

「ドレイガンのほうはそれを否定して、あなたのほうが自分を憎んでいるのだ、と言っておりますよ。それで、あなたに、もう一度お訊ねします。あなたも、ドレイガンに憎しみを返すようになったのですか？」フィデルマは、自分が相手にせねばならないのは、妥協の余地なく相反撥しあっている証人たちなのだと思い知らされた。

「初めは、傷つきましたよ。その後、彼女に怒りを感じるようになりました。でも、本当の憎悪を感じたことはなかったと思います。もちろん、ドレイガンに関するいろんな噂も。修道院から聞こえてきました。彼女が若い見習い修道女を好む、といった噂です。そこへ、若い女性の死体が泉から発見されたという話が聞こえてきて、私は最悪の事態を憂慮したわけです」

「なぜでしょう?」

「なぜ?」彼は質問が理解できないかのように問い返した。

「その噂を耳にして、どうしてあなたは、妹が、自分の実の妹が、ある種の好ましくない関係の果てにその娘を殺害したのだ、という結論に飛びついたのです? この二つがすぐさまつながるものであるとは、私には思えないのですが。少なくとも、あなたがこれまでに話してくださったことから判断する限りでは」

アドナールは、この点を考えてみながら、一、二分ほど、困惑の表情を続けた。

「正直言って、論理的な理由を申し上げることは、できませんな。私はただ、恐ろしいことながら、そう考えれば辻褄があう、と感じただけです」

「あなたのアナムハラ〈魂の友《ソール・フレンド》〉のフェバル修道士が、この結論をあなたに吹き込んだのでは?」

フィデルマのこの質問は、鋭く単刀直入であった。

アドナールが、せわしなく目を瞬《しばたた》いた。

フィデルマは、彼の頬がかすかに紅潮したのを、見逃さなかった。この質問は、急所をついたらしい。

「フェバル修道士と知り合って、どのくらいになります?」

「帰郷して、この地のボー・アーラになって以来です」

「彼の素姓を、どの程度ご存じです？」

「〝三つの泉の鮭〟女子修道院は、かつてはコンホスピタエ[5]、つまり修道士と修道女が共住する修道院でした。フェバル修道士は、その中の一人であり、あの修道院においてドレイガンと結婚したのです。高齢の修道院長マルガのもとで、彼は御門詰め修道士を勤めていました。やがて、妹ドレイガンはレクトラー〔修道院執事〕に任命されました。ご存じのように、これは修道院長に次ぐ地位です。私の知る限りでは、フェバルとドレイガンの仲は、突如、終わりを告げたようです。ドレイガンが、老院長の高齢と衰弱をいいことに、〝三つの泉の鮭〟修道院から男性を追い払い、尼僧のみの女子修道院へと変え始めたのです。最後の男性聖職者となったフェバル修道士も、ついには地位から追われ、私のもとへやって来ました。そして私の信仰上の助言者になってくれました。老院長が亡くなり、妹のドレイガンがその地位に就いたわけですが、これは、私には、意外でもなんでもありませんでしたね」

「ドレイガンは冷酷な野心家だと、仄めかしておいでなのですか？」

「まあ、ご自分で判断なさってください」

「あなたのお話によると、フェバル修道士にもまた、ドレイガンに憎しみを抱く立派な理由があるようですね。あなた方兄妹の間に敵意をかきたてたいと願うほどの理由が。死体発見に関して噂を流したいと願うほどの理由が」

「客観的に見て、事実そうなのだと思いますよ」と、アドナールは認めた。「私は、自分の見解をあなたに無理に押しつけようとは思っていません。昨日到着された時、ドレイガンより先にあなたに会って話したいと私が望んだのは、ある種の問題があるからご留意をと、申し上げておきたかったからです。私が示唆させていただいた道をたどってくださるよう、お願いしたかったのです。それをおとりあげになるかどうかは、あなたがお決めになることです。あなたは、法廷に立たれる弁護士でいらっしゃる。〝クエレ・ウェルム〟というラテン語は、あなた方の標榜なさる鬨《とき》の声ではありませんでしたっけ？」

「〝真実を追い求めよ〟は、鬨の声ではありません。私どもの行動原理です」と彼女は、几帳面に彼の言葉を訂正した。「私は、その遂行に努めるつもりです。でも、〝非難〟は、〝真実〟ではありません。〝疑惑〟は、〝事実〟ではありません。私は、フェバル修道士と、さらに話してみる必要があるようです」

アドナールは、櫛梳《くしけず》るように片手を黒い房々とした巻き毛の中に差しこんだ。

「私は砦に戻りますが、一緒においでになりますか？　もっとも、彼は今いないかもしれません。私が出かけてくる時、トルカーンと彼の部下たちを、山の向こう側の巡礼地へ案内しようとしていましたから」

「では、いつ帰ってきます？」

「夕方、かなり遅くなるのは、確かでしょう」

「では、明日、会うことにしましょう。修道院へ来るよう、お伝えください」

アドナールは、当惑の表情を見せた。

「多分、彼は嫌がるでしょうな。ドレイガンが歓迎しますまいから」

「この点に関しては、私の意志がドレイガンのそれに優先します」とフィデルマは、冷たく答えた。「明日、朝食のあと、彼を来客棟へ出頭させてください。待っております」

「彼に、そう伝えましょう」とアドナールは、溜め息をついた。


突然、アドナールが何かを聞きつけて、顔を上げた。一瞬遅れてフィデルマも、霜のおりた地面に響く足音に気づき、振り向いた。森の中の小径に、法衣の頭巾《カウル》を被り、肩から鞄を下げ、うつむきながらやって来る修道女の姿が現れた。彼女はごく間近に来るまで、アドナールとフィデルマに気づかなかった。フィデルマは彼女に声をかけた。

「こんにちは、シスター」

娘は驚いて足を止め、顔を上げた。フィデルマはすぐ、誰であるかに気づいた。若いレールベン修道女だった。

「こんにちは」とレールベンは、呟くように答えた。

アドナールが、微笑みながら立ち上がった。

「今日は、修道院の修道女がたが、よくこの道をやって来られる日のようだ」と彼は、皮肉っぽく話しかけた。「ここを一人で歩きまわるのは、危険ではないかな、シスター？　もう間もなく日が暮れるというのに」

一瞬、レールベンの目が煩わしげにきらっと光ったが、彼女はすぐにその目を伏せた。彼女は、「私は」と言いかけて口ごもり、フィデルマを見やった。「私は、〝オー・フィジェンティのトルカーン〟にお目にかかりに行くところです」そう言いながら、彼女の手は我知らず肩掛け鞄に伸びていた。

それに対してアドナールは、相変わらず笑みを浮かべたまま、首を横に振った。

「それは、生憎《あいにく》だった。ちょうど今、フィデルマ修道女殿にご説明していたところだが、トルカーンは私の砦には、おられぬ。夕方遅くまでは、戻って来られないだろうよ。何か伝言があれば、私がお伝えするが？」

レールベン修道女は、ふたたび躊躇を見せたが、すぐに頷き、鞄から布で包んだ小さな長方形の品を取り出した。

「これを、確かにお手渡しいただけますか？　私どもの図書室のこの書物をお借りになりたいとのことで、私はお届けするように命じられたのです」

「喜んでお渡しするとも、シスター」

フィデルマは手を伸ばすと、アドナールの手に渡る前に、その包みを苦もなく手に入れた。布の包みから出てきたのは、上質皮紙《ヴェラム》の小型本であった。フィデルマは、それをじっと見つめた。

「まあ、これは、福者《ブレッシド》キアラン(6)が創設なさったクロンマクノイスの大修道院に所蔵されている『年代記』の写しではありませんか」そう言って顔を上げたフィデルマの目に、レールベン修道女の心配そうな顔が映った。しかしアドナールのほうは、微笑していた。

彼は、「若いトルカーンがこれほど歴史に関心を持っていたとは、知りませんでした」と、フィデルマに話しかけた。「歴史についても、彼としゃべってみなければ」

アドナールが手を差し伸べてきたが、フィデルマは彼に渡す前に、ヴェラムのページをぱらぱらと繰ってみた。ページの一枚に、何か染《し》みがついていた。赤い泥のような染みだ。アドナールが穏やかに、だがしっかりと、フィデルマから本を取りあげ、布に包んだ。しかし、そうされる前にフィデルマは、それが大王《ハイ・キング》コーマック・マク・アルトについて書かれているページであると、辛うじて見てとっていた。

「ここは、書物を研究するにふさわしい場所ではありませんね。寒すぎますよ」と彼は、おどけた口調で、フィデルマに告げた。それからレールベンに、「心配しないでいいぞ、シスター。必ずトルカーンに届くよう、手配するから」と、受けあった。

フィデルマは立ち上がり、法衣についた落ち葉や埃っぽい朽木の切れ端などを払い落としながら、彼に訊ねた。

「トルカーンを、よくご存じなのですか？　ここはオー・フィジェンティ小王国から、かなり離れた土地ですけれど」

アドナールは、包みを小脇に抱えた。

「ほとんど、知らないのです。彼は、ガルバンの砦を訪れている客人です。今は、狩猟や大昔の遺跡見物のために、オルカーンの案内で私の砦を訪問中、というだけです。我々の土地は、そうした遺跡が残っていることで有名ですから」

「私は、オー・フィジェンティ小王国の人間は、ここコルコ・ロイーグダ大族長領の人々からは歓迎されない、と思っていましたわ」

アドナールは、皮肉な笑い声を低くもらした。

「我々は、確かにいく度《たび》か、戦火を交えましたよ。それは、まぎれもない事実です。でも、〝時〟は、昔の争いや偏見を忘れさせてくれます」

「そうですね」とフィデルマは、一応同意した。「でも、非常にはっきりした事実が、厳存《げんそん》していますよ。オー・フィジェンティ小王国のオーガナーン小王は、コルコ・ロイーグダに対して、いく度も戦争を仕掛けてきましたわ」

「ああ、領地争いですな」と、アドナールは同意した。「もし誰もが自分の領土を守り、よその氏族の領地にまで干渉しなければ、戦争など必要ないのですがねぇ」アドナールは、そこで皮肉な笑いに頬を歪めた。「もっとも、私の若い頃には、ありがたいことに戦争のせいで戦士が必要とされました。そうでなければ、私は現在の地位を手に入れていないでしょう」

フィデルマは首を傾けて、彼を見守った。

「では、対オー・フィジエンティ戦で富を手に入れたあなたが、今はオー・フィジエンティの公子をもてなしている、というわけですね？」

アドナールは頷いた。

「それが、世の習いですよ。昨日の敵は、今日の親友。ですが、先ほど説明しましたように、厳密に言えば、あの若い貴公子は私のではなく、オルカーンの客ですがね」

「そして、昨日の兄妹は、今日の不倶戴天の敵同士《かたき》」とフィデルマは、そっとつけ加えた。

アドナールは、肩をすくめた。

「そうでなければ、どんなにいいか、と思いますよ、修道女殿。でも、そうはいかない。これが現状です」

「よくわかりました、アドナール。率直に話してくださって、感謝します。では明朝、フェバル修道士を待っています」

そう言うと、フィデルマは、レールベン修道女のほうを振り返った。彼女は、立ち去ろうか、それとも会話に加わろうかと心を決めかねているかのように、不安げに立っていた。フィデルマは、若い修道女を、温かな微笑を浮かべながら見守った。レールベンは、十六歳か、せいぜい十七歳。それより上ということは、あるまい。

「おいでなさい、シスター。一緒に修道院へ戻りましょう。道すがら、おしゃべりができるでしょう」

フィデルマは、先ほどやって来た小径を引き返し始めた。一瞬おいて、レールベンもフィデルマに従った。あとに残されたアドナールは、馬の傍らに立ってその鼻面を上の空で撫でながら、二人の姿が木々の間に消え去るのをじっと見守っていた。やがて彼は、小脇に抱えていた包みを手に取り、布を開いて、書物をじっと見つめ始めた。長い間、自分の物思いに閉じこもっているかのようであった。しばらくして、彼は書物を包みなおし、それを鞍に吊るした鞄に押しこんだ。それからすぐに手綱をほどいて馬にまたがり、その脇腹に靴の踵《かかと》で軽く合図をおくると、森の中の小径を砦に向かって速歩で駆け去っていった。

第九章

フィデルマは、暗闇の中から呼びかけてくる緊張した声を聞く前から、すでに目を覚ましていた。小部屋の扉の把っ手が回る音を耳にするや、即座に彼女の神経は危険に備えてはっきりと目覚めていたのだ。扉が開かれた。その中に、人影が見える。まだ、深更だというのに。仄《ほの》かな月明かりが、人影の背後に広がっている。空気は凍てつくばかりに冷えきっていた。急いで身を起こそうとする彼女の息が、室内を満たす蒼白い光の中で、白い霧となった。

「シスター・フィデルマ！」尼僧の服装をした長身の人物の口からもれるその呼びかけは、ほとんど悲鳴であった。

異常な声にもかかわらず、フィデルマにはそれを聞き分けることができた。ドレイガン修道院長だ。

フィデルマはすぐさま寝台から跳ね起き、獣脂蠟燭《タロー》を灯そうと、火打ち石と火口《ほくち》に手を伸ばした。

「院長殿ですね？　何事でしょう？」

「すぐ、一緒にいらして！」ドレイガンの声は、隠しきれぬ動揺にかすれていた。

フィデルマは蠟燭にどうにか火を灯し、院長に視線を向けた。

院長は完全に身じまいをととのえていたが、その顔は蠟燭の黄色い明かりの中でさえ蒼白く、面《おもて》には恐怖が刻みつけられていた。

「何か、起こったのですか？」だが即座にフィデルマは、これが聞くまでもない質問だと気づいた。返事を待つことなく、彼女は寝台からさっと床におり立った。もう、寒さを忘れていた。何か、恐ろしいことが起こったに違いない。

「どうしたのです？」

院長は、震えていた。凍てつくような夜気のせいではない。何らかの恐怖のせいだ。院長は、筋道立てて説明することができないらしい。何かわからぬ激しい衝撃に、打ちのめされているようだ。

フィデルマはマントをまとい、するりと靴に足をさし入れた。

「ご案内ください、院長殿」フィデルマは静かにドレイガンを促《うなが》した。「お供します」

ドレイガンは、ほんの一瞬呆然としていたものの、すぐに振り向いて中庭へと向かった。屋外は、まるで昼を思わせるほど明るかった。またもや、ひとしきり吹雪になっていたらしい。今それが、月光に明るく照り映えているのだ。

フィデルマはちらっと空を見上げると、無意識のうちに天空の月の位置を見定めて、もう深夜をかなりまわっていると判断した。それでも、明け方にはまだ間《ま》がある。夜は、限りない静寂に包まれていた。中庭の凍りかけた雪を踏む二人の革靴の音のみが、深夜の静けさの中に響いた。

彼女は、片手に蠟燭を掲げ、気紛れな風の息吹から炎を守ろうと、もう一方の手で燭台の火を囲いつつ、無言で院長の後ろに従った。だが、冷えきった冬の深夜は静まり返っていて、炎はわずかに揺らぐことさえなかった。

フィデルマは、自分たちが塔へ向かっていることに気づいた。

院長は塔の戸口で立ち止まることなく、そのまま中へ入っていった。扉のすぐ内側の図書室は、暗かった。ドレイガン院長は、足許を照らすフィデルマの蠟燭を待つことさえせず、真っ直ぐに上の階に通じる階段へ向かった。二人は、さらに写書担当の尼僧たちの仕事場である三階へと急いだ。その上の水時計が設置されている四階へとつながるもう一つの階段の昇り口のあたりに、まるで無造作に放り出したかのように、消えた蠟燭と蠟燭立てが転がっていた。その箇所で、ドレイガンが急に立ち止まった。フィデルマは、衝突するのを避けようとして、危うく躓《つまず》くところだった。蠟燭の揺らめく光の中で、院長の顔は死人のように蒼ざめていた。だが院長は、ゆっくりと自制を取り戻したようだ。

「覚悟なさってください、修道女殿。これからご覧になるのは、決して気持ちのいいものではありませんから」

これが、フィデルマに同行を求めて以来、初めて院長が口にした言葉であった。

それ以上言葉を続けることなく、ドレイガンは向きなおり、階段をのぼり始めた。

フィデルマも、口をきくことは控えた。この深更の探訪が何のためのものかがわかるまでは、何も言うべきことはない。

彼女は院長に従って、水時計の部屋へと入っていった。炉の火は赤く穏やかに燃えており、銅の大鍋の湯も、まだ湯気をあげている。火の灯った燭台も二つあるので、フィデルマの蠟燭は、もう用がなさそうだ。

フィデルマは、部屋に踏み入った瞬間に、床に誰かが倒れているのを見てとった。それが女性であり、この修道院の尼僧の法衣をまとっていることは、よく観察するまでもなく、歴然としていた。

ドレイガン院長は、無言のまま脇へ身を寄せ、フィデルマに道を空けた。

フィデルマは蠟燭を腰掛けの上にそっとおいて、そちらへ近づいた。暴力がふるわれる世界に身を置き、非業の死に見舞われた遺体を数多《あまた》見てきたフィデルマではあったが、背筋が悪寒《おかん》に慄《おのの》くのを抑えることができなかった。

頭部が、切断されていた。どこにも、見当たらなかった。

死体は、顔を下にして倒れていた——もし頭部があったならだが。両手を大きく伸ばして倒れている。フィデルマは、即座に気づいた、右手に小型の十字架を握り、左腕にはオガム文字を刻んだアスペンの枝が結びつけられていた。切断された首のまわりには、まだ真っ赤などろりとした血が、おびただしく流れ出している。遺体の胸のあたりの床にも、別の血溜まりがあることに、フィデルマは気づいた。

フィデルマは深く息を吸い、ゆっくりと吐き出した。

「誰なのです？」と彼女は、院長に問いかけた。

「シスター・ショーワです」

フィデルマは、目をすばやく瞬《しばたた》いた。

「どうして、はっきり、そうおっしゃれます？」

院長は皮肉な笑い声を一声浴びせかけるつもりだったのだろうが、それは咽喉《のど》を締めつけられたような呻きにしか、ならなかった。

「ほんの少し前、あなたは、昨夜、顔以外の特徴で死体を見分けることができるはず、と私どもに講義なさいましたよ、修道女殿。これは、シスター・ショーワの法衣です。以前に転んだ時の傷痕が左足についているのも、ご覧になれるはずです。それに、ショーワは、今日、第一カダーの水時計当番でした。こうしたことから、私には、これはショーワだとわかります」

フィデルマは唇を固く結び、屈みこんで死体のスカートの裾を少し上げ、その左足にさっと視線をはしらせた。白い肌に、すでに癒えた傷痕が見えた。傷は、かなり深かったに違いない。

フィデルマは、続いて、死体を左のほうへ倒して、体の前面を覗いてみた。出血の量と衣服の裂け具合から見て、おそらくショーワはまず心臓を刺され、そのあとで頭部を切断されたものであろう。フィデルマは、そっと死体をもとの姿勢に戻した。そのあと、両手へと注意を移した。爪の下にも、指にも、赤褐色の泥の汚れが見られる。でも、そのことに驚きはしなかった。最後に彼女は、手を伸ばして紐をほどき、アスペンの枝を取りあげると、オガム文字で刻まれた言葉を読んだ。

「〝モーリーグゥは目覚めたり〟」

フィデルマは眉をひそめ、枝を手にしたまま立ち上がると、ドレイガンと向かい合った。

院長は、衝撃からまだ完全に立ち直ってはいなかった。目は血走り、顔面は蒼白で、唇もひきつれていた。フィデルマが憐れみさえ覚えるほどの有様であった。

フィデルマは、穏やかに話しかけた。「私どもは、話し合う必要があります。ここで話しますか、それとも、どこかほかの場所へ移りましょうか？」

「まず、皆を起こさねばなりません」と院長は、それに異を唱えた。

「でも、質問が急務です」

「でしたら、ここで、どうぞ」

「そうしましょう」

「まず、初めに申し上げておきます」とドレイガンは、フィデルマが最初の質問を口にする前に、自分から口をきった。「私には、この犯行を行なった邪悪な魔女が誰か、もうわかっています」

フィデルマは、ひどく驚かされたことを、なんとか押し隠した。

「わかっている？」

「シスター・ベラッハです。犯行現場を見ました」

フィデルマも、今度は驚愕を抑えることができなかった。ドレイガンのこの言明に、彼女は数秒もの間、言葉を失った。

長い間《ま》をおいて、フィデルマはやっと口を開いた。「まず、あなたのお話を先に伺《うかが》ったほうがよさそうです」

ドレイガン院長は、突然、腰をおろした。死体から目を逸《そ》らして、自分の正面の窓から、外のどこかを見据えている。窓の彼方には、月光を浴びた入り江の水面《みなも》が細かくさらめいていた。錨を下ろして停泊しているゴール商船の黒々とした影も見える。

「今、申しましたね？　シスター・ショーワが第一カダーの、つまり今日最初の六時間の、水時計当番を受け持っていたと。これは、真夜中から朝のアンジェラスの鐘が鳴るまでを意味します」

フィデルマは、すでにブローナッハ修道女から水時計の仕組みについて説明を受けていたので、質問をはさむことはしなかった。

「私は、気持ちをしずめることができませんでした。いろいろと心配だったのです。もしあなたが示唆なさったことが本当であって、アード・ファーチャからの帰り道で、私どもの二人の修道女たちの身に何かひどいことが起こったのであれば、どうしようなどと。私は熟睡できませんでした。そうやって眠れなかったからこそ、時間の区切りごとに鳴らされるはずの銅鑼《どら》の音を、かなり長いこと聞いていないと気づいたのです」

院長は、先を続ける前に、よく思い出そうとするかのように、ちょっと言葉を切った。

「ずいぶん前に鳴ったきりだと、気がついたのです。いつも、こういうことに非常に几帳面なシスター・ショーワらしくありません。私は寝台から起き上がり、服をまとうと、どういう不都合が起こっているのか見てみなければと、塔までやって来ました」

「蠟燭は、お持ちになりましたか？」と、この時、フィデルマは問いをはさんだ。

院長は、この質問に自信なげに眉をひそめたが、すぐに頷いた。

「ええ、そうでした。私は自分の部屋で蠟燭に火を灯し、それで道を照らしながら、中庭を横切って塔へやって来たのでした。私は中に入り、図書室を通り抜け、水時計が設けられている四階の部屋へ向かおうとしました。三階の部屋を横切りながら、私は何かに促されるかのように、シスター・ショーワの名を呼びました。あまりにも静まり返っていたのです。何か変だと感じました。それで、呼びかけたのです」

「先を」院長のためらいを見て、フィデルマが促した。

「ほんの一瞬後です、黒っぽい人影が飛び出してきて、階段を駆け下りてゆきました。あまりにも突然だったので、私は横に突きとばされ、蠟燭も私の手から振り落とされました。その人間は、私を押しのけ、三階の部屋から飛び出してゆきました」

「それから？」

「ふたたび私はのぼり始めて、この四階へとやって来ました」

「蠟燭なしで？」

「四階には、今と同じように、ランプが二個灯っていましたから。そして、シスター・ショーワの死体を見つけたのです」

「床の上に、頭部のない死体を見たのですね？」

突然、ドレイガンの顔に怒りの色がさっと浮かんだ。

「階段のところで私を突きのけたのは、シスター・ベラッハでした。その点、絶対確かです。ベラッハをご覧になったことがおありなら、ほかの者と見まごうことなどありえないことだと、おわかりのはずです」

フィデルマも、そのことには同意できた。しかし、確認しておきたかった。

「そこが気になるのです。ベラッハは〝階段を駆け下りて〟きた――あなたはそうおっしゃった。でも、私たち二人とも、ベラッハは体に支障があることを知っています。それがベラッハだったと、本当に確かでしたか？　思い出してください。あなたは蠟燭を取り落としていた。ベラッハは、暗闇の中で、あなたの横を通り過ぎたのですよ」

「多分、動揺のあまり、私の今の表現は正確でなかったのでしょう。その人影は、急いで通り過ぎたのです。そうではあっても、私には、どこで出会おうと、人とは異なるベラッハの姿はわかります」

フィデルマも、ベラッハ修道女が簡単にほかの人間と間違われるわけはないことを、無言で認めた。

「彼女があなたの横を駆け去ったあと……?」

「この異常な事態の証人になっていただこうと、私はすぐ、あなたのところへ行ったのです」

フィデルマは、院長にきっぱりと告げた。「では、シスター・ベラッハを探しにいきましょう」

ドレイガン院長は、フィデルマに変事を告げて自分の肩の荷をおろした今、感情の動揺もおさまっていた。彼女は、皮肉な口調で呟いた。

「もう修道院から逃げ出しているかもしれませんよ」

「たとえ逃げ出していても、ベラッハが馬を手に入れることができ、それに乗ることができるのでなければ、そう遠くに行っているはずはありますまい。それでも……」

フィデルマは、言葉をきった。下の階段に、かすかな足音が聞こえたのだ。

ドレイガンが前に進み出て、何か言いだそうとしたが、フィデルマは唇に指を一本立てて、引き下がるように身振りで指示を伝えた。誰かが、水時計の部屋へと、階段をのぼってこようとしている。

フィデルマは、体が硬くこわばるのを感じた。そうした自分が、苛立たしかった。自分は、常に何事にも対応できるようにと、いかなる外界からの刺激にも動じないように鍛錬されてきたのではなかったか。彼女は固くなった筋肉の緊張を、ゆっくりとほぐして院長のほうへ移動し、そこに並んで立った。その位置だと、今階段をのぼってくるのが何者であれ、その人物が部屋へ入ってくる時、それを背後から見てとることができる。修道院の法衣をまとった何者かが、階段をのぼってきた。すぐにフィデルマは、それが若い女性ではないと、気づいた。前へまわって、面と向かうまでもなく、それが誰であるか、フィデルマにはわかった。

「シスター・ブローナッハ！　このような時刻に、ここで何をしようとしているのです？」

ブローナッハは、驚きのあまり卒倒しそうになった。だがそれがフィデルマだと知り、次いで院長にも気づいて、安心したらしい。

「実は、シスター・ベラッハの部屋から、こちらへ来たのです。ベラッハがとても動揺した様子で、ここで殺人が行なわれたと、言うものですから」

「ベラッハに会ったのですか？」と、ドレイガンが訊ねた。「ベラッハに起こされたのですか？」

「いいえ、私はその前から目が覚めていました。もともと、塔に来るつもりでいたのです」と、ブローナッハは説明した。「銅鑼がしばらく聞こえていないと、気がついていたものですから。すでに、最後の銅鑼を聞いてから、何回ものポンガクが過ぎていました。それで、水時計当番はどうしたのかと訝《いぶか》しく思って、見に来ようとしていたのです。でも、自分の部屋から出ようとした時、回廊を大急ぎでやって来る誰かの足音を耳にしました。シスター・ベラッハだと、すぐわかりました。それで様子を見に行くと、ベラッハがひどく取り乱した様子で、自室の寝台に坐っていました。そして私に、シスター・ショーワが死んでいる、と告げたのです。私はベラッハが夢でも見たのではと思いながら、真っ直ぐここへ来たのですけど……」

その時、ブローナッハは、フィデルマの後ろの床に何か塊のようなものがあることに気づいた。彼女の口が、大きく丸く開いた。彼女は、片手で口を覆った。その目が、恐怖に大きく見張られた。

「シスター・ショーワです」とドレイガン院長が、厳粛な面持ちでブローナッハに告げた。

ブローナッハ修道女の顔を見つめていたフィデルマは、束の間、そこに安堵の表情がかすめたと、確かに見てとった。だが、さらに確かめる間もなく、その表情は消えた。きっとランプの炎が表情を歪めて照らしだしたのであろう。

「シスター・ブローナッハ、水時計を設定しなおすことができるか、やってみてください」と、ドレイガンは彼女に命じた。ふたたび彼女は、完全に指揮者の地位を取り戻していた。「何世代もの間、この修道院は、水時計の正確さを誇ってきました。私どもの時間測定の正確さをできるだけ復活させるよう、努めてください」

ブローナッハ修道女は困惑したように見えたが、それでも従順に頭を下げた。

「できるだけのことをいたします、院長様。でも……」と彼女は、怯《おび》えたような視線を、遺体のほうへ投げかけた。

院長は、それに答えた。「私が、修道女たちを何人か、起こしてきます。そしてこの気の毒な私どもの姉妹を、地下貯蔵庫に運ばせましょう。あなたを、そう長いこと、一人きりに残してはおきませんから」

フィデルマも、階段へ向かおうとした。だがその時、ふとあることを思いついて、急いでブローナッハ修道女のところへ戻った。

「前に、教えてくれましたね、時間の小単位のポンガクが経過するたびに、銅鑼が鳴らされ、水時計の担当者はそれを粘土の筆記板に記入すると?」

ブローナッハは、そのとおりと頷いた。

「ええ、時間の経過がわからなくなるのを避けるための私どもの仕組みです」

「シスター・ショーワが最後に記入したのは、いつでしょう?」

これがショーワ殺害の正確な時刻を示してくれることになりそうだと、フィデルマは気づいたのだ。

ブローナッハ修道女は部屋を見まわし、粘土板が石造りの炉のそばに裏返しになって転がっているのを見つけて、拾いあげた。

「それで?」とフィデルマは、粘土の筆記板を調べながら促した。

「一日の二番目のウーアー〔時間〕と、その後にポンガク〔十五分〕が一回、記されています」

「そうですか。そうすると、シスター・ショーワは、今朝の二時十五分から二時三十分の間に殺されたわけですね」と、フィデルマは考えこんだ。

「それが大事なことなのですか？」と苛々と問いかけたのは、ドレイガン院長だった。「この恐ろしいことをやってのけたのが誰かは、すでにわかっていますよ」

だがフィデルマは、逆に問い返した。「今、何時だと思われます？」

「見当もつきませんね」

「私には、わかります」と、ブローナッハのほうがそれに答えた。彼女は窓辺に立ち、かすかに明け初めた空を見上げた。その顔に、満足そうな表情が浮かんだ。「朝の第四時を、かなり過ぎています。第五時に近いのではないかと思います」

「ありがとう、シスター」と、フィデルマは礼を述べたものの、その言葉はやや上の空だった。彼女の頭は、目まぐるしく回転していた。フィデルマは、ふたたび院長に問いかけた。「あなたが死体を発見なさってから、どのくらいになるでしょう？」

院長は、肩をすくめた。

「私には、理解できませんね、一体それが、どんな……」

「どうか、お願いします」とフィデルマは、言い張った。

「二時間足らず、でしょうね。私は、死体を見つけるやすぐ、あなたのところへ行きましたから」

「確かにそうでしょうね。正確に言えば、一時間足らずというより、もう少し短時間かも。私たち二人がここにやって来てからは、まだ三十分足らずです」

「このようなことで手間どっているより、シスター・ベラッハを探しに行くべきだと思いますが」と、またもや院長は言い張った。

「あの可哀そうな娘への質問、朝になってからではいけませんか?」そう口をはさんで院長を驚かせたのは、ブローナッハ修道女だった。「シスター・ベラッハは、死体を発見して、ひどく動揺しておりますので」

それを聞いて、フィデルマはブローナッハ修道女に問いかけた。「シスター・ベラッハは、あなたに、死体を発見したと告げたのですか?」

「はっきり、そうとは。シスター・ショーワが塔で殺されている、と言ったのです。ということは、ベラッハは死体を発見した、ということだと思いますが」

「多分、そうでしょう」と、フィデルマはそれに答えた。「私たち、これからシスター・ベラッハに会いに行くべきでしょう。でもあなたがここにいる間に、もう一つだけ」と彼女は質問をつけ加えて、ドレイガンに重い溜め息をつかせた。「モーリーグゥという名前は、あなたにとって何か意味を持っていますか?」

ブローナッハ修道女は、身震いをした。

「もちろん、この邪悪なものの名前は、よく知られているではありませんか、修道女様？　遙かな大昔、イエスの御言葉がこの国に伝えられる以前には、モーリーグゥは死と戦いの女神とされていました。超自然の力を持つものたちの中でも、モーリーグゥは、あらゆる邪悪なもの、恐ろしいものの象徴です」

「では、あなたは、遙か昔の異教《ペイガン》の習俗についても、知識を持っているのですね？」

ブローナッハ修道女は、口許をすぼめた。

「古《いにしえ》の神々や女神がたについて、あるいは古の慣習について、知らない人がおりましょうか？　私は、この土地で、ここの森の中で、育ちましたが、そこには、いまだに古い信仰をしっかり持ち続けている人々が、大勢おります」

フィデルマが頷くのを見て、ドレイガン院長は明らかにほっとしたようだ。フィデルマは振り向き、ふたたび蠟燭を取りあげると、院長の先に立って階段を下り始めた。二人が一階までやってきた時、急に何かがぶつかっているような虚ろな音が聞こえてきて、フィデルマに足を止めさせた。礼拝堂で耳にしたのと同じ音だ。どこか遠くで木箱がぶつかり合っているような虚ろな音が、塔屋中にこだましました。

フィデルマは部屋の暗い片隅を振り向いた。階段のあたりだ。そこから、一番大きく反響音が聞こえてくる。彼女は蠟燭を前にかざし、用心しながらそちらへ向かった。

「それは、塔から地下の洞穴に通じる、ただ一つの階段です」と、ドレイガンが後ろから声をかけた。

「これまでに、この音がどこから聞こえてくるかを探ろうとした人は、誰もいなかったのですか?」階段の降り口にやって来た時、フィデルマは訊いてみた。

「いませんよ。どうしてそのような必要があるのです?」ドレイガンの声は、怯えたような囁き声だった。「これは、決して私どもの地下貯蔵庫から聞こえてくるのではありません」

フィデルマは、薄暗がりの中を覗きこんだ。

「でも、やはりあそこから聞こえてくるように思えます。あれは修道院の地下洞窟に海水が流れ込む際に生じる音だと、おっしゃっていましたね?」

「ええ、そう言いました」だが、確信のある口調ではなかった。

ドレイガンは、フィデルマが下の洞窟へと石の階段を下り始めたのを見て、「どこへ、おいでです?」と、呼びかけた。

「ちょっと、調べてみたいものですから……」フィデルマは言い終えもせず、そのまま狭い階段を下り続けた。

下の洞窟はがらんとしており、今は何の音も聞こえなかった。失望しながら、彼女は洞窟を見まわした。人が隠れる場所など、どこにもない。片隅に箱が積み上げられているが、それだけだった。溜め息を抑えて、フィデルマは振り返り、引き返そうとした。薄暗い地下洞窟は、歩きにくかった。彼女は、片手で冷たい壁に触りながら歩こうとした。

濡れて粘り気のある手触りだった。蠟燭の明かりで指先を調べてみるまでもなく、それが何を意味するものであるか、彼女にはわかった。血がついているのだ。それも、新しい血が。

「なんなのです、修道女殿?」と、階段の上から、ドレイガンが呼びかけてきた。

フィデルマは説明しようとしたが、気を変えた。

「いえ、別に。なんでもありません」

塔から中庭へ出たところで、二人は心配そうなレールベン修道女に出会った。

「なんだか、変なのです、院長様」という言葉で、彼女は二人を迎えた。「少し足りないあのベラッハが、自分の部屋ですすり泣いています。それに、塔の明かりは灯っているのに、水時計当番は銅鑼を鳴らしていないのです」

ドレイガン院長は、若い尼僧の肩に片手を置いた。

「落ち着くのです、レールベン。シスター・ショーワが殺されました。ベラッハがそれを……」

「それはまだ、確かめられておりません」と、フィデルマがそれをさえぎった。「ベラッハだと決めつける前に、まず、その娘に会いに行き、質問してみなければ」

だが、レールベン修道女は、この情報を耳にするや走り去り、まだ眠っている修道女たちを大声で起こし始めた。二人が中庭の中央近くへやって来た時には、すでにこの知らせは野火のように広がっていた。全員が目を覚まし、何が起こったかを知っていた。ドレイガン院長は、通りかかった見習い修道女に宿舎棟へ行って騒ぎを鎮めるようにと命じたが、その見習い修道女が言いつけに従う前に、すでに中庭には不安げな修道女たちが姿を見せ始めていた。感情の昂《たかぶ》った、あるいは怒りをにじませた囁きが、中庭を満たしていた。ランプや蠟燭が灯され、急いで法衣を着たり肩にマントをはおったりした修道女たちが、恐ろしげに、あるいは憤然としゃべりながら、数人ずつかたまって集まっていた。

どうやらベラッハ修道女は、自室の扉を家具で塞《ふさ》いで、立てこもっているようだ。レールベン修道女が戻ってきて、ベラッハが祈りと古代の呪いが混じったような奇妙な泣き声をあげていると、報告した。

「どうしましょう、院長様？」

「私が行って、話してみましょう」とフィデルマが、きっぱりと二人を制した。

だが院長は、「それは賢明ではありますまい」とフィデルマに忠告した。

「どうしてです？」

「ベラッハが、あのような体にもかかわらず非常に力が強いことは、ご存じのはずです。あなたに襲いかかることぐらい、ベラッハにはいとも簡単です」

フィデルマは、かすかに笑みを浮かべた。

「ベラッハを恐れる必要があるとは、思いませんわ。彼女の個室は、どこです？」

若い修道女はちらっと院長に目をはしらせた上で、宿舎棟の一つを指さした。

「あの棟の一番端の部屋です、修道女様。でも、何か武器をお持ちになったほうがいいのでは？」

　フィデルマは、煩わしそうに首を横に振った。

「ここで待っていらっしゃい。私が呼ぶまでは、入ってこないように」

　フィデルマは、生気を取り戻した早暁の微風から炎を守ろうと蠟燭を片手でかばいつつ、レールベンが指し示した建物へと向かった。細長い木造の建物で、長い廊下に沿って庵室めいた小部屋が十二、三室、片側に並んでいる。どこの修道院の宿舎棟も、大抵このような形式で建てられているようだ。

　フィデルマは宿舎棟に入り、暗い廊下に目をはしらせた。

　一番端の部屋から、ベラッハ修道女のすすり泣きが聞こえていた。

「シスター・ベラッハ！」フィデルマは、今感じている懸念が声にあらわれないようにと注意しながら、中に呼びかけた。「シスター・ベラッハ！　私です、フィデルマです」

　やや間があった。泣き声が止まったようだ。二、三度、鼻をすする音が聞こえた。

「ベラッハ！　シスター・フィデルマです。私のこと、覚えていますね？」

　また、間があった。それから、ベラッハの身を守ろうとするかのような返事が聞こえた。

「もちろんです。私、ばかではありません」

「そのようなこと、思ってもいませんよ」とフィデルマは、宥《なだ》めるような口調で話しかけた。

「あなたと、お話しできないかしら？」

「お一人ですか？」

「一人きりですよ、ベラッハ」

「では、扉の近くまで、いらしてください。私によく見えるように」

蠟燭を高くかざしながら、フィデルマは廊下を進んだ。家具が床をこする音がする。おそらくベラッハが、扉を塞いでいた障害物を移動させているのだろう。フィデルマがすぐそばまでやって来た時、扉がほんのわずか開いた。

「止まって！」とベラッハの声が飛んできた。

フィデルマは、すぐに指示に従った。

扉がさらに少し開いて、ベラッハの頭が現れ、ほかに誰もいないことを確認した。その上で、やっと扉が大きく開いた。

「お入り下さい、修道女様」

フィデルマは、若い尼僧を見つめた。目が真っ赤だ。頰には、涙の跡がある。フィデルマは室内に入り、ベラッハが扉を閉め、その前に机を押しつけて防御を固めている間、じっと佇んで、待った。

「どうして扉を塞いで、閉じこもっているのです？」と、フィデルマは訊ねてみた。「誰を恐れているのです？」

ベラッハは、自分の寝台に体を揺するようにして近寄り、それに腰を下ろすと、太いリンボクの杖を握りしめた。

「シスター・ショーワが殺されたこと、ご存じなのでしょう?」

「だからといって、どうして自室の扉を塞ぐ必要があるのです?」

「なぜなら、ショーワ殺しのことで、私は責められそうだからです。だのに、私には、どうすればいいかわからないのです」

フィデルマは見まわして、小さな椅子を見つけると、まず傍らの小卓に蠟燭を置いてから、腰を下ろした。

「ショーワ殺害の犯人として、どうしてあなたが糾弾されるのです?」

ベラッハ修道女は、蔑《さげす》むようにフィデルマを見つめた。

「ドレイガン院長が死体を発見した時、塔の中で私を目撃したからです。そして、この修道院の人たちのほとんどが、このような体の私を嫌っているからです。あの人たち、私をショーワ殺しの犯人として訴えるにきまっています」

フィデルマは椅子に背をもたせて深く腰掛け、両手を膝の上で組んで、長いこと考えこみながら相手を見つめた。

「吃音《きつおん》は、消えてしまったようですね?」彼女は注意深く観察しつつ、そう告げた。

娘は顔を歪めて、皮肉な表情を見せた。

「なんでも、すばやく見てとられるのですね、フィデルマ修道女様。ほかの人たちと違って。

あの人たちは、自分が見たいものだけを見て、ほかの受けとめ方はできません」

「あなたが口ごもって話しているのは、ほかの人たちがそれをあなたに期待しているからだ、ということのようですね」

ベラッハ修道女が、少し目を見張った。

「とても聡《さと》くていらっしゃいます、修道女様」彼女は先を続ける前に、少し口をつぐんだ。「歪んだ心は、歪んだ肉体に宿る必要がある――これが、愚者の哲学です。私は彼らのために、そのような話し方をしてきたのです。なぜなら、人々は私を愚鈍だと考えているからです。もし私が知性をのぞかせようものなら、みんなは、私は悪霊にとり憑《つ》かれている、と考えることでしょう」

「でも、あなたは、私には率直です。どうしてほかの人たちにも、率直に接しないのです?」

ベラッハの唇が、ふたたび歪んだ。

「私は、あなたになら、正直になれます。あなたは、偏見の帷《とばり》の向こうをご覧になれる方だから。ほかの人たちには、それができません」

「私をおだてておいでですよ」

「お追従は、私の性分ではありません」

「何が起こったのかを、聞かせてもらえますか?」

「今夜のことですか?」

「ええ。ドレイガン院長は、あなたが水時計が設置されている部屋から駆けおりてくるところを見ています。シスター・ショーワは、知ってのとおり、その部屋で頭部を切断された姿で発見されました。あなたは、なにやらひどく急いでいて、院長を脇へ突きとばした。そのため院長は蠟燭を取り落とし、火が消えてしまった」フィデルマは、ベラッハの法衣に目をとめた。「その法衣の前の部分に、黒っぽい染みがついていますね？　シスター・ショーワの血だと思いますが？」

用心深い青い目が、真剣にフィデルマを見つめた。

「私は、シスター・ショーワを殺してはおりません」

「あなたを信じますよ。私を信頼して、何が起こったのか、正確に話してもらいたいのです」

ベラッハ修道女は、ほとんど痛ましいまでの様子で、両手を広げた。

「みんなは、ここで、私のことを薄のろだと考えています。私の体がこのような有様だからというだけで。私は、このように生まれついたのです。背骨に何か支障があったのです。ともかく、医師は母にそう告げたとか。でも、私の胴体も両手も、丈夫です。ただ脚だけが、十分に育たなかったのです」

ベラッハは、そこで口をつぐんだ。だがフィデルマは、娘が先を続けるのを待って、言葉をはさむのを控えた。

「初め、医師は、私は生きられないだろうと言いました。さらに、言いました、生きるべきではないと。母は自分の世界で私を育ててゆくことはできなかったし、父は私と関わりを持つことを一切拒みました。私の誕生後は、母をさえ捨ててしまいました。それで私は、祖母に育てられたのです。でも、私がまだ幼い頃、その祖母まで、殺されてしまいました。私だけが生き残り、三つの時、この修道院に連れてこられたのです。ここで、ブローナッハが私を育ててくれました。私は、生きのびました。これまで、生きてきました。この修道院が、私の記憶に残っている限り、私の家なのです」

その声には、娘の静かな嗚咽《おえつ》が秘められていた。ブローナッハ修道女がいつもこの娘をかばっているように見えたわけが、これでフィデルマにもわかった。

「では、塔で何が起こったのかを、話してもらえますか？」とフィデルマは、穏やかに質問を続けた。

「私は毎晩、まだ修道院中が眠っている夜明け前に起きだして、図書室に出かけます。これが、私にとって、読書に専念できる時間なのです。私は、ここの図書室にある重要な本はほとんど全部、読んでいます」

フィデルマは驚いた。

「図書室で読書するのに、どうして夜明け近くまで待つのです？」

ベラッハは笑った。楽しさのかけらもない笑いだった。

「みんなは、私のことを、考えることもできない、ましてや読むことなど全くできない、薄のろだと思っています。私は独学で、ゲール語の読み方を覚えました。さらにラテン語とギリシャ語も。それに、ヘブライ語も少し」

フィデルマは、考えこみつつ、ベラッハをじっと見つめた。だがベラッハは、自慢しているのではなかった。ただ、事実を述べているのであった。急に、無関係なことが、フィデルマの頭をよぎった。

「この修道院に、『クロンマクノイスの年代記』の写しがあることを知っていますか？」

ベラッハ修道女は、即座に頷いた。

「私どもの写書尼僧によって書き写された写本です」と、彼女は自分のほうから説明を加えた。

「それも、読みましたか？」

「はい(1)。ほかにもたくさんの本を、図書室で読みました」

「先を」と言いながら、フィデルマは失望の溜め息をついた。「夜明け前に起きて、図書室に行くとのことでしたね。あのような場所に一人でいて、怖くないのですか？」

「上の階には、いつだってシスターが誰か一人、水時計の番をしていますから。最近は」とベラッハは、身震いをした。「シスター・ショーワが夜の当番のほとんどを引き受けていました。こうした事件が起こる前は、ここには暴力的な危険など、何もありませんでした」

フィデルマは、眉をひそめた。

「暴力的な危険のことではありません。たとえば、先日、修道女がたがびっくりなさった物音、礼拝堂の下から聞こえてきたあの音は、どうです？　以前にも聞こえたことがあるそうですが」

ベラッハ修道女は、少し考えこんだ。

「以前にも、何回か、聞こえたことがありますが、時たまでした。ドレイガン院長様は、礼拝堂の地下に広がる洞窟に海水が入ってくる音だとおっしゃっておいでですが、それでも時々修道女たちは怯えます。でも私は、怯えたりしません。信仰にしっかりおすがりしている者なら、怯えることはありません」

「立派な態度です、シスター。あれは地下洞窟に流れ込む海水の音だという院長の説明を、あなたも納得しているのですか？」

「あり得ることです。異教時代に生贄《いけにえ》になった人々の安息を得られない亡霊だ、と言っている人々の話よりは、納得できましょう。この修道院の人たち、ここでそのようなことが行なわれていた、と信じているのです」

「でもあなたは、院長の説明を信じてはいないのですね？　ただの地下洞窟の水のせいだとは、信じていないのですね？」

「先日の礼拝堂の時のように、院長の説明が本当らしく思えることもあります。でも時には、ことに深夜図書室で耳にする時には、音はもっとかすかでした。誰かが岩を鶴嘴《つるはし》で割ったり掘ったりしている音のように聞こえました。ですけど、それが何であれ、この世の者がたてている音です。ですから、どうして怯える必要がありましょう？」

たのですね？」

「全く、そのとおりですね。で、あなたは、今日夜の明ける前に、いつもどおり図書室へ行っ

「ええ、夜明けの何時間か前に。私は、できるだけ音をたてないように努めました。水時計当番のシスターを驚かせないように。とりわけ、シスター・ショーワが当番の時には。あの人は、ひどく私を嫌っていましたから」

「今朝、といってもまだ夜更といった時刻に図書室に入っていったのは、もっと正確には、何時頃だったのでしょう？」

「思い出せる限りでは、第二時の銅鑼を聞きました。その後、第一のポンガクが鳴るのも、多分。でも、確かではありません。第三時には、なっていませんでした。それは確かです。その銅鑼を聞いた覚えはありませんから」

「先を」

「私は図書室に入っていき、読みたかった本を見つけて……」

「どの本でした？」

「書名をお知りになりたいのですか？」とベラッハは、眉をひそめた。

「ええ」

「〝イストリアのアエシクス〟の『旅行記』です。私は本を、片隅の小さな机へと持っていきました。いつも、そこに坐ります。そこだと、誰かが不意に入ってきても、隠れる時間があり

ますから。ちょうど私が、わが国の各地の図書館を見学し調査するためにアエシクスがどのようにしてアイルランドへやって来られたかという件《くだり》を読んでいた時でした、時間はかなり経過しているのにと、急に気になったのです。水時計の当番のシスターが鳴らすはずの銅鑼をしばらく耳にしていなかったからです。私は階段の昇り口へ行き、耳を澄ましました。全て、静まりかえっていました。あまりにも、静かでした」

ベラッハは言葉を切り、しばらく頰を無意識にこすっていたが、ふたたび口を開いた。

「なんだか変だ、と感じました。突然、何かを感じるということがありますよね。そこで、のぼっていって調べてみようという気になって……」

「自分がここに来ていることを、人に、とりわけシスター・ショーワに知られたくないと考えていたにもかかわらず？」

「何かまずいことになっているのなら、知らぬ顔を決めこむわけにはいきません」

「本は、どうしました？」

「読みかけのまま、机の上においておきました」

「では、今もそこにあるのですね？　結構です。では、続きを」

「できるだけそっと階段をのぼっていき、水時計のある部屋に入ってゆきました。シスター・ショーワが床に横たわっているように思えました」

「思えた？」とフィデルマは、それに念をおした。

「死体には、頭がなかったのです。でも、すぐに頭がないとわかったわけではありません。ただ、死体が修道女の法衣をまとっていることを、見てとっただけです。だから、気が遠くなっているだけかと思って――きっと十分に食事をとっていないか、何かそうした原因で、失神しているだけかもしれないと考えて、脈をとろうとしました。首のまわりを探ってみると、氷のような冷たさではなく、何か湿っぽい、ひんやりした感じが、伝わってきました。それに、何かねっとりしたものを、指先に感じました。私は、頭に触ってみようと……」

ベラッハ修道女の声が、咽喉につかえた。彼女は、一瞬、身を震わせた。

「イエスの御母マリア、どうかお守りください。即座に、井戸で発見された死体と同じ手口だと、わかりました。恐怖のあまり、大きな声で叫んだような気がします」

「それから、階段を駆け下りたのですね？」と、フィデルマは促した。

「すぐに、ではありません。私が叫んだ時、部屋の後ろのほうで音がしました。早鐘のような胸の鼓動を感じながら、私は振り返って見ました。階段から滑るようにすばやく下へ消えてゆく影が見えました。法衣の頭巾《カウル》を被った頭と肩でした」

フィデルマはさっと身を乗り出した。

「その頭と肩は、男のものでしたか、それとも女？」

ベラッハは、首を振った。

「ああ、わかりません。ごく暗かったたし、その人間の動きもすばやかったのです。それを確かめてみる気を起こすどころではありませんでした。私は、恐怖に凍りついていました。このようなことをやってのけた怪物と一緒に暗がりの中にいるのだということで、私は地獄の恐怖に突き落とされていました。どれほどの間、暗い中で死体の傍らにひざまずいていたことやら。かなりの時間、そうしていたことは確かだと思います」

「ただ、闇の中にうずくまっていたのですか？　動きまわったり叫んだりは、しなかったのですね？」

「恐怖は、私どもの肉体に奇妙な作用を及ぼします。脚の悪い人間を走らせたり、機敏に動ける者の足を金縛りにしてしまったり」

フィデルマはこれに合点しながら、もどかしげな仕草で、さらに先を促した。

「それから、どうしました、ベラッハ？」

「やっと、私は立ち上がりました。血管を流れる血が氷のように冷えきっているのを感じながら。今言いましたように、どのくらい時間がたったのか、わかりません。私は警報を鳴らすために、銅鑼のほうにゆこうとして、ランプに火を灯しました。その時、また物音が聞こえました」

「物音？　どのような音が？」

「扉が、ばたんと閉まる音でした。続いて、階段をのぼってくる足音が聞こえてきました。それが、どんどん近づいてきます。人殺しが戻ってくるのだ、と思いました。私が何もしゃべれないように確かな手を打とうとして、殺人者が戻ってくるのだと、本当にそう思ったのです、シスター」

彼女は言葉をきった。一、二分ほど、息さえつけないようだった。しかしふたたび気をとりなおした。

「そのあと、恐怖は、先ほどのように私をその場に釘付けにする代わりに、力を与えてくれました。私は振り向き、できる限りの速さで階段を下り始めました。その時、人影が一つ、のぼってきたのです。頭巾を被ったあの人間が戻ってこようとしている、と思いました。本当です。だから力いっぱい、その人間に体当たりをして、相手をよろめかせ、なんとか逃げ延びる時間をかせいで……」

「その人物は、灯りを携えていましたか？」

ベラッハは、眉をしかめた。

「灯りを？」

「ランプか蠟燭を？」

娘は、ちょっと考えこんだ。

「思い出せません。蠟燭は灯っていたような気がしますけど。それ、大事なことなのですか？叫び声は、聞こえました。それが院長様だったと気づいたのは、中庭の中ほどまでやって来てからでした」

「そうだとわかったのに、どうして戻っていかなかったのです？」

「私は動転していました。なんといっても、私は、水時計の部屋で頭巾を被った人物を見ているのです。もしかしたら、殺人者は院長その人だったかもしれないのです。どうして私にそれがわかりましょう？」

フィデルマは、それには答えなかった。

「私は、できるだけ急いで、この自分の部屋に帰ってきました。ちょうど部屋に戻った時、ブローナッハが入ってきて、どうして動揺しているのかと訊ねてくれました。何があったかを話しますと、ブローナッハは自分が行って、何が起こったのかを見てくると言って出ていきました。私は、殺人者につけられてきたのではないかと、怯えていました」

「でも、殺人者はあなたをつけては来なかった。あなたは、一人で塔へ赴《おもむ》いたブローナッハの身の安全を気遣うべきだったのでは？」

「私は、動揺していたのです」と、ベラッハは繰り返した。

「では、なぜ扉を塞いで、閉じこもったのです？」

「修道院のみんなが起きだしてくる騒々しい音が聞こえてきたのです。塔に明かりが灯され、やがてどの宿舎棟にも明かりがつきました。私も出ていこうとしました。でもその時、修道女の一人が、多分レールベンだと思いますが、叫ぶのが聞こえました――〝シスター・ショーワが、ベラッハに殺されました！〟と。私は、自分の運命はもう定まった、と思いました。私のような者が正義のもとで裁かれるなんてこと、望めやしません。私は、犯してもいない罪で処罰されるのです」

フィデルマは考えこみながら、ベラッハを見つめた。

「もう一つだけ、訊ねます、ベラッハ。シスター・ショーワの遺体に、何かおかしな点はありませんでしたか？　むろん、頭部を切断されていること以外に、ですが」

ベラッハは、束の間、恐怖から気が逸れた様子で、訝しげにフィデルマを見上げた。

「おかしな点、ですか？」

「多分、井戸に吊るされていた名前のわからない死体に共通するような？」と、フィデルマは相手の記憶を誘い出そうとした。

少しの間、ベラッハ修道女は、慎重に考えこんだ。

「なかったと思います」

「ショーワの左腕に何かが結びつけられていたのに気がつかなかったかと、訊きたかったのですが？」

ベラッハは首を振ったが、その戸惑った様子に嘘はないようだった。

「古い異教の習俗については、何か知っていますか？」

「知らない者がおりましょうか？」と、ベラッハは答えた。「大寺院や大きな町から遠く離れた、こうした辺鄙《へんぴ》な土地では、今なお、自然を身近に感じ、古くから親しんできた生き方を守ろうとする人たちが、大勢いるのです。このあたりのキリスト教徒の肌を引っかいてご覧になれば、その下には異教の血が流れているのだと、すぐおわかりになりますよ」

フィデルマがさらに話を続けようとした時、外で物音がした。音はどんどん大きくなってゆく。建物の外に集まっている人々のざわめきだ。それに耳を澄ましたフィデルマの目が、大きく見張られた。人々は、名前を叫んでいた。「ベラッハ！　ベラッハ！　ベラッハ！」と。

ベラッハが、痛ましい呻き声をあげた。

「ほら？」と、彼女は囁いた。「ほら、私を処罰しようと、みんな、やって来たでしょう？」

「フィデルマ修道女様！」

フィデルマは、ざわめきの中で一際はっきりと響くその声がレールベン修道女のものであると、聞き取ることができた。ゆっくりと、叫び声は静まってきた。

フィデルマは立ち上がり扉へ向かったが、ベラッハ修道女を振り返り、安心させるように微笑んで見せた。

「私を信じるのです」彼女は、そう言って娘を勇気づけると、テーブルを押しやり、扉を開いた。

廊下の遠くの端に、レールベン修道女が立っており、その後ろには、ランプを手にした仲間の見習い修道女たちが控えていた。

「大丈夫ですか、修道女様？」と、レールベンが問いかけた。「何も聞こえてこないので、私たち、心配しておりました」

「この荒々しい騒動は、何事です？　修道女たちを、自室にさがらせなさい」

「修道院の者たちが、殺人犯の女を引きとりに来ているのです。シスター・ショーワを殺した者には、罰を与えねばなりません。ベラッハを引き渡してもらいます。ここの修道女たちは、あの女には、死こそふさわしい罰だと、決めたのです」

第十章

若い修道女たちは、まるで何かにとり憑《つ》かれたかのように廊下の先のほうに群がって、ベラッハの名前を呼ばわっていた。その興奮状態は、ほとんど常軌を逸していた。フィデルマは、ドレイガン院長が尼僧たちの恐怖をしずめるために指一本動かしていないことに気づいて、怒りを覚えた。どうやらレールベンが、理性を失った女たちのこの狂乱状態を煽《あお》り立てているらしい。今や小さな暴徒の群れと化した集団の先頭に立っているのも、彼女だ。院長は、依然として姿を見せようとしていない。

「修道女たちが〝決めた〟？」フィデルマの危険をはらんだ声が、氷のように冷たく響いた。

レールベンは、それに対して昂然と言い放った。「事態は、はっきりしています。私どもの女子修道院は、これまでずっと、この魔女に隠れ家を与えてやってきました。ところがこの魔女は、それに殺人と偶像崇拝で応えたのです。罰が与えられるべきです。もう、あなたの役目は終わったのです」

レールベンの後ろに集まっている修道女たちから、同感のざわめきが起こった。フィデルマは、大部分の尼僧たちは単に怯《おび》えているだけだ、恐怖にかられて、このような興奮状態におちいっているだけだ、と見てとった。その手に負えない狂騒を、レールベンがベラッハへと向けさせているのだ。尼僧たちはほとんど自制を失っており、今にも大きな波のように押し寄せてきそうだ。フィデルマは毅然《きぜん》と廊下に立ち、片手を上げた。

「神の御名にかけて、訊きます。あなた方は、自分たちが何をしようとしているのかわかっているのですか?」彼女たちの喚きを圧して、フィデルマの声が響きわたった。「私は、あなた方の国王と司教の求めによって、事件の調査にやって来た法廷弁護士です。それなのに、あなた方は、司法を自分たちの手に握って、恐ろしい罪を犯そうというのですか?」

「これは、私たちの権利です」と、レールベン修道女が反駁《はんばく》した。

「どうしてそうなるのか、聞きましょう」と、フィデルマは彼女に返答を求めた。どのような対話であれ、盲目的な暴走よりはましだと判断したのだ。「あなた方の権利とは、なんです?あなた方は、この修道院に何の地位も持たぬ、ただの見習い修道女にすぎません。ドレイガン院長は、どこです?　おそらく、その権利とやらを、院長が説明してくれるのでしょうね?」

レールベン修道女の目が、怒りにきらめいた。

「ドレイガン院長様はご自分の部屋に籠《こも》られて、祈りを捧げておいでです。そして、この恐ろしい動揺から回復されるまでの間、レクトラー〔修道院執事〕の地位に、私を任命されたのです。今では、私が修道院の責任者です。殺人犯を、我々に渡していただきます」

フィデルマは、この若い娘の傲慢さに、唖然とさせられた。

「あなたは、まだ若い。この地位の責任を負うには、あまりにも若すぎます、レールベン。あなたが今口にした要求は、アイルランド五王国の法律に悖《もと》ります。さあ、頭を冷やして、修道女がたに解散するよう、指示なさい」

驚いたことに、レールベンは引き下がろうとはしなかった。

「アイルランド五王国におけるキリスト教の最高使徒でいらっしゃるアーマーの大司教オルトーン[1]は、わが国のキリスト教徒も、ローマの聖ペテロの教会（ローマ・カソリック教会）の法に従うべきだと、宣言なさったではありませんか？　それで私たちは、ローマの教会法によって道を誤れる修道女を裁き、彼女を有罪としたのです」

フィデルマは、ほとんど耳を疑って、「どのような法で？」と問いかけた。何者かが、修道院の執事だと称しているこの若い見習い修道女を操って、この国の法律に反することを行なわせていることは、明らかだ。今フィデルマは、昼の空は黒く夜空は白いと言い張る人間を相手に、議論せねばならない羽目になっているようだ。どこに、論理的な接点を求めてゆけばよいだろう？

「聖書に述べられた聖なる御言葉、という法律です！」レールベンは、フィデルマの権威にも、たじろごうとはしなかった。『出エジプト記』に述べられています、〝魔術を使ふ女を生かしておくべからず〟（第二二章一八節）と」

「院長に教えこまれたのですね、レールベン？」と、フィデルマは挑発してみた。

「聖書の言葉を疑うのですか?」と、見習い修道女は頑固に言い張った。

フィデルマは、「主は仰せになりましたよ。『マタイ伝』に書かれています。〝汝ら、人を審《さば》くな、審かれざらん為なり。己《おの》が審く審判《さばき》にて、己《おのれ》も審かれ、己がはかる量《はかり》にて、己も量らるべし〟(第七章一〜二節)」と聖書の引用をレールベンに投げ返しておいて、レールベンの後ろについてきたものの今は急に静まりかえってしまった尼僧たちに向きなおった。「修道女がた、皆さんは、惑わされているのです。気持ちをしずめなさい。そして自室に戻るのです。ベラッハは、罪を犯してはおりません」

尼僧たちの間に、ざわめきが起こった。レールベン修道女は、自分の権威を挽回しようとした。その顔は、怒りで紅潮した。自分の知識でもって、仲間から揺るぎない尊敬と忠誠をかち得たものと思っていたのだ。

だが彼女は、「オルトーンが宣言なさったことを、否定なさるのですか?」と、なおもフィデルマに詰め寄った。

「もちろんです、もしそれが真理とこの国の法律とに悖るものであれば」

「ドレイガンが、ここの院長です! ドレイガンの言葉が、ここの法律です!」と若い尼僧は、それに逆らった。

「それは、違います」とフィデルマは、鋭く否定した。彼女は、この事態を速やかに鎮静させねばならないと、見てとっていた。不穏な状況が長引けば、それだけ対処しにくくなるだろう。

どうやら、フィデルマの疑惑は当たっていたようだ。ベラッハに対する恐れを煽り立てるためにレールベンを唆《そそのか》しているのは、やはりドレイガンだったのだ。この危険な現状を解消する唯一の方法は、フィデルマ自身の権威を振りかざして見せるほか、なさそうだ。フィデルマは、ふたたび、はっきりと繰り返した。「私は、究極的には、あなた方の大王《ハイ・キング》ご自身によって任命された人間です。直接的には、この国の王と大司教の求めに応えて、ここに来ています。それとも、そのほうがあなた方にわかりやすいのでしたら、この修道院を管轄しているロス・アラハーの大修道院長の権威の下に、と言い換えましょうか？　もしあなた方が、いかなる形であれベラッハに危害を加えれば、あなた方もあなた方と共にその行為に加わった者も全員、〈同族殺害〉[2]の罪に問われることになりましょう」

　尼僧たちの間に、衝撃の囁きがはしった。彼女たちも、〈同族殺害〉、あるいは〈肉親殺害〉がアイルランド五王国において、あらゆる犯罪の中でもっとも重大な罪とされている、というだけの法律知識は持っていた。五王国の王の上に君臨する大王《ハイ・キング》からさえ、その〈名誉の代価〉[3]を奪うほどの罪である。一国の王からその地位と職権を取りあげてしまうほどの罪状だ。キリストの磔刑は、アイルランド人から見れば、究極の〈同族殺害〉となるのである。ユダヤ人はキリストの母方の同族なのであるから。記憶もおぼろな遥かなる過去より書き継がれてきたあらゆる法典や叡智の書は、いずれも〈同族殺害〉のおぞましい本質を強調してきた。なぜならば、この犯罪は、血縁関係を基盤とした古代アイルランドの社会構成のもっとも肝要な中核を揺るがすものだからである。

「あなたは、よくも……」と、レールベン修道女は、自信なげに言いかけた。「よくもまあ、私たちをその罪で非難するなどということができるものです！」しかし彼女は、この議論で、すでに劣勢になっていた。

「修道女がた」とフィデルマは、おぼつかなげにレールベンの後ろにかたまっている尼僧たちに、直接話しかけ始めた。彼女らの注意をひきつけることができた今、経験不足であるのにやたらと傲慢な見習い修道女レールベンに訴えかける必要はない。「修道女がた、私はシスター・ベラッハを調べました。その結果、彼女がショーワ殺害に関して完全に潔白である、と確信しました。ベラッハは、一瞬遅れて入ってこられたドレイガン院長と同様に、死体を見つけただけです。彼女は、院長と同様、この犯行について、完全に無実です。恐怖にかられて理性的な判断を見失ってはなりませぬ。人は、自分が恐れている相手を、攻撃の対象にしがちなものです。それぞれ自室にさがり、このことは一時的な惑乱であったと、忘れ去ることです」

修道女たちは、薄明の中で、おそらく恥ずかしくなったのだろう、互いに顔を見合わせて、何人かはすぐに引き返し始めた。

レールベン修道女が唇をきつく引き結んで、一歩前へ踏み出してきた。だがフィデルマは、自分の主導権を緩めてはならぬと、すばやく決断した。彼女は、ちょうどその時入ってきて、気遣わしげな表情を浮かべて皆の後ろに立ったブローナッハ修道女の姿に気づいた。

すぐにフィデルマは、「シスター・ブローナッハ、私が院長のところへ行って話をしている間、シスター・レールベンを自室に連れていき、見張っていてください」と、彼女に指示を与えた。だが、彼女のためらいを見てとって、「これは、私が公的立場から下す命令です」とつけ加えた。その上で、フィデルマは意識してレールベンに背を向け、ベラッハの部屋に引き返した。だが一歩中へ入るや、その場に立ち止まって、目を閉じた。胸が激しく脈打っていた。本当に事態を収拾できたのであろうか？　レールベンは、ふたたび賛同者を集めて、ベラッハを捕らえようと試みるのではあるまいか？　廊下には、まだ尼僧たちのざわめきと小走り足の足音が聞こえている。やがて、あたりは静寂に戻った。

フィデルマは、目を開いた。

ベラッハは、抑えようもない慄《おのの》きに身を震わせながら、寝台に腰掛けていた。

フィデルマは、すばやく廊下を覗いてみた。人影はなかった。彼女は、長く深い吐息をついた。

「もう大丈夫」と言いながら、フィデルマは振り向き、寝台のベラッハの横に腰を下ろした。

「みんな、立ち去りました」

「あの人たち、どうしてあのように酷《むご》くなれるのでしょう？」と、娘は身を震わせた。「あの人たち、私を引きずり出して、殺そうとしました」

フィデルマは、宥《なだ》めるように片手を彼女の腕にそっと置いた。

「本当にひどい人たちではないのですよ。皆、単に怯えていただけです。激情や恐怖は、しばしば人間の判断力を弱めてしまうものです。とりわけ、レールベンのような若すぎる人間の判断を」

ベラッハは、ややあって、口を開いた。

「シスター・レールベンは、初めからずっと、私を嫌っていました。もう、ここには留まれません。お聞きになったでしょう？　院長様はシスター・ショーワが亡くなった今、レールベンをここの執事になさったのです」

「賢明さを欠く、実に愚かしい選任です」とフィデルマは、それに答えた。「私は、この件を院長と話し合おうと考えています。レールベンは、修道院執事という職には、若すぎます。もう少し待つのです、ベラッハ。やがて修道女たちも、我にかえって、後悔することでしょう」

「もしみんなが私をそれほど怖がっているのなら、その恐怖は決して薄れやしません。それどころか、憎しみに変わっていきます。私は、ここで、もはや安全ではありません」

「あの人たちに、機会を与えておやりなさい。少なくとも、私がドレイガン院長と話すのをお待ちなさい」

ベラッハから、返事はなかった。フィデルマは、この沈黙を、ベラッハが自分の提言を聞き入れたものと受けとめることにした。

フィデルマは立ち上がり扉へ向かったが、そこでちらっと振り返り、「しばらく一人きりでも、大丈夫ですね？」と訊ねた。

ベラッハは、暗い顔のまま、ラテン語でそれに答えた。

「デオ・ファウェンテ（神のご加護のもとで）」


フィデルマはベラッハの小部屋を出ると、厳しい表情を面《おもて》に浮かべて、院長室へと向かった。この出来事を思い返すと、改めて頭にかっと血がのぼる。院長の振舞いに、彼女は激しい怒りを覚えていた。よくもまあ院長は、これほどの権力を、レールベンのような若い娘に与えたものだ。ほかの尼僧たちを煽動し、殺人に等しい暴挙へと仲間を駆り立てたのは、レールベンだ。だが、どうやって院長は、この若い見習い尼僧にこのような煽動者の役割を演じるよう説きつけることができたのか？　院長は、どのような憎悪をベラッハに抱いているのか？　いたるところに憎悪の帷《とばり》が目につく。フィデルマの胸に、激しい怒りが荒々しく滾《たぎ》りたった。だがこの時、胸に別の思いが入ってきた。激情に身を委ねるのは、簡単だ。しかし、パブリリウス・シーラス[4]は、〝常に怒りを避けよ〟と論じていたのではなかったか――〝怒りは人を盲目にし、愚かしくする〟と。恩師のブレホン、〝ダラのモラン〟の言葉も、フィデルマの耳朶《じだ》に甦った――〝白熱の怒りを抱く者は、やがて氷の如く冷たい後悔を味わうことになるぞ。冷静に構えるほうがよいのじゃ〟と。

その心構えができた時、すでにフィデルマはドレイガン院長の部屋の前にやって来ていた。

フィデルマは扉を叩くことなく、いきなり戸を開くと、つかつかと部屋へ入っていった。

ドレイガン院長は、唇を引き結び、背筋をきりっと伸ばした固い姿勢で椅子にかけていた。レールベン修道女も、暖炉の傍らに立っていた。おそらく、ブローナッハ修道女をうまく振りきって、ここへやって来たに違いない。彼女は、フィデルマが姿を現し決然とした足取りで部屋の中へと進んでくるのを、嫌悪の表情をあらわにして睨みつけていた。

「ドレイガン院長殿、二人だけでお会いしましょう」

「私は……」とレールベン修道女が、口をはさもうとした。

「あなたは、出てゆきなさい」とフィデルマは、ぴしりと命じた。

ドレイガン院長は、見習い修道女へおぼつかなげな視線をちらっと向けたものの、すぐ彼女に、出ていくようにと片手を振って合図をした。

若い娘は血がにじむほど下唇を固く結び、頭を反らし肩を怒らせて退室していった。

フィデルマが口を開く前から、ドレイガンは激しい怒りに顔を歪ませていた。すぐに彼女は、フィデルマに噛みついてきた。

「私が地位に就けた者に向かって、私自身が指図を与えると、あなたはそれを邪魔立てなさる。これで二度目です。シスター・レールベンは、シスター・ショーワの代わりに執事の役目を勤めるよう、私が任命した人間です」

フィデルマは、彼女の激昂にかすかな笑みを見せながら椅子に坐り、それに答えた。

「怒りは、人の卑しい心根をさらけ出させてしまいます」

ドレイガン院長は、顔をしかめた。

「お気に入りの哲学者たちの言葉の引用を私にお聞かせになるのも、これまた二度目です」

「シスター・ベラッハの取調べの結果について私が報告するのを待ちもせずに、あなたはレールベンに尼僧たちの恐怖を煽り立てることをお許しになった」とフィデルマは、院長の反撃を無視した。「このように仲間の修道女を殺人行為へと煽り立てることによって、レールベンは何を得られると、考えられたのです？　あなたは修道院長として、こうした行為について責任がおありです。それなのに、ご自分は罰されずにすむと思っておられたのですか？」

ドレイガン院長は、きつい眼差しでフィデルマの目を見返した。

「レールベンとその仲間の修道女たちがベラッハに死の判決を下したことは、知っています。彼女たちは、神の定められた掟に従ったのです。私も、彼女たちの判決を支持するつもりです。私は、ベラッハこそシスター・ショーワ殺害の犯人であると信じておりますから。死体につけられたあの異教《ペイガン》の印は、邪悪を物語っています。『申命記』に述べられておりますよ、⑸邪悪なることを行なう者は、神に対する恐るべき罪を犯す罪人であり、逐い払われねばならないと。シスター・レールベンは、アーマーの大司教オルトーンの教えに従って行動したのです。私は、レールベンの振舞いを認めています。私が従う権威は、オルトーン大司教の権威ですから」

アリストテレスは、〝怒りをあらわにしても構わぬ。ただし、心せよ、その怒りは、向けるべき相手に、しかるべき限度と適切なるやり方で、表明されねばならぬ〟と述べている。賢明な言葉だ。それに倣《なら》うなら、フィデルマが怒りを向けるべき真の相手は、ドレイガン院長だ。若いレールベンは、彼女の傀儡《かいらい》にすぎない。レールベンに、どう行動すべきかを指示したのは、明らかにドレイガンである。しかし今、ドレイガンに怒りを炸裂させても、何にもなるまい。ただ、煉瓦の壁にぶつかるだけだろう。

「まず、はっきりさせておきましょう、現時点で、ベラッハをシスター・ショーワ殺害の犯人だと断ずる証拠など、あなたやシスター・ブローナッハを犯人だと考えるのと同じ程度、根拠のないものです。あなたは、修道女たちが気の毒なベラッハの体の障害について秘かな恐れを抱いていることを利用して、レールベンを暴力的な行動へと、煽動された。でもこれは、信仰に生きる者のとるべき態度ではありません。そこで、あなたにお願いします、私の調査が終了するまで、ベラッハに何一つ危害は加えられないと、保証してください」

ドレイガン院長は、口許をすぼめた。

「私は誓いませんよ(6)。誓いをたてるなど、聖書の教えに悖る行為ですから」

フィデルマは、苦笑を面に浮かべた。

「あなたが聖書のどの言葉に言及しておいでかは、知っておりますよ、院長殿。『マタイ伝』第五章です。でもイエスは、〝聖なるものにかけて誓うな〟と仰せになると同時に、〝ただ、然《イエ》り《ス》、あるいは否《ノー》と答えるように〟（7）と、お勧めになっておられます。ですから私も、あなたに、ベラッハの安全の保障を求める私に対して、〝イエス〟とお答えになるよう、お勧めします。その反対は、〝ノー〟という答えです。でも、そうなりますと、私はこの問題をロス・アラハーの大修道院のブロック大修道院長へ持ち出します。シスター・ベラッハの警護は、私が手配することにいたします」

ドレイガン院長は、腹立たしげに鼻を鳴らした。

「では、〝イエス〟の返事をさし上げますよ。でも私のほうも、この件を、ブロック院長ではなく、〝アーマーのオルトーン〟に訴え出ることにします」

フィデルマの目許がきつくなった。

「あなたは、この国にありながら、ローマ教会の法律のほうに従うおつもりだと、理解してよいのですね？」

「私は、ローマ教会派のカソリック教徒です」

「これで、我々の立場がはっきりしました」とフィデルマは、ものやわらかな口調で答えた。

フィデルマは、現在、アイルランド五王国のキリスト教教会とローマ教会との間の軋轢《あつれき》（8）が次第に顕著になりつつあることを、十分に承知していた。また、信仰上のみならず、世俗の法律に関しても、両者の主張の対立は、今や激化しつつあるのだ。アイルランド五王国において、大王《ハイ・キング》オラヴ・フォーラの命により、ブレホン〔裁判官〕のもろもろの律法は集大成され、統一した法制度へととのえられたが、さらにその千二百年も前から、アイルランドでは、この伝統的法制度は深く社会に浸透していたのである。そこへ新しい信仰（キリスト教）が入ってきて、それに伴ってさまざまな文化や思想も渡来した。だがそれに際して、ローマからやって来た新しい信仰の布教者たちは、自分たちがキリスト教へと改宗させた諸国において、その地の法制度を蔑視し、自分たちの教会法を押しつけてきたのであった。この教会法というのは、司教や修道院長からなる会議の決定に基づくもので、本来は、教会や聖職者たち、あるいは諸聖式に関する定めのはずであったのに、今やこれは、この王国の世俗の法律にまで介入しつつあるのであった。

現に、いくつかの修道院や教会は、ローマの教会法こそ従来の民法より上位にくる法律である、と主張し始めていた。それどころか、刑法の分野にまで、その勢力を伸ばそうとしていた。だが、これらは、まだごく稀な事例だった。ところが今〝アーマーのオルトーン〟大司教は、ローマへのより緊密な一体化を望み、アイルランドにおけるローマ教会法の立法化を支持している。しかし、このオルトーンという人物そのものが、現在、論議の的となっていた。なぜなら、六年前にアーマー大司教の地位をコメネーから引き継いで以来、彼は、アイルランド五王国のキリスト教教会はローマ教会に倣って中央集権化されるべきであるとの自説を、おりにふれては表明しているからだ。

「私は、オルトーン大司教の教えを信じ、〝我々はブレホン法によって律されるべきではない〟

という、オルトーンが明らかになさった証拠によって、彼の主張を支持しているのです」

「〝証拠〟ですと？」

院長は、机の上の小型写本を、フィデルマのほうへ押して寄こした。

フィデルマは、それを一瞥して、「ああ、『司教パトリック、アウクシリウス、ならびにイセルニウスからの、全ての司祭、助祭、あらゆる聖職者がたへの挨拶』ですか……」彼女は写本《マニユス・クリプト》を机に戻して、ドレイガンに告げた。

「オルトーンがこの文書を流布していることは、よく知れわたっています。オルトーンが、これを〝二百年前にアイルランド五王国を新しい信仰へと改宗させるにあたって指導的役割を果たされた方々の会議録である〟と称していることも、承知しています。これは、真偽のほどの定かならぬ会議であるにもかかわらず、オルトーンは、この宗教公会議で三十五箇条の法令が定められ、これが教会法の基になったのだ、と主張しています。また、この第一条には、〝アイルランドの世俗の法廷に訴えを持ち込む聖職者は、一人残らず破門さるべし〟と、明記されていることも知っています」

ドレイガン院長は、驚きの目でフィデルマを見つめた。

「この文書に、よく通じておいでのようですね、フィデルマ修道女殿」と、院長は慎重に言葉を選んだ。

フィデルマは、肩をすくめた。

「この文書の信憑性《しんぴょう》に疑念をはさむほどには、通じています。もし二百年前にわが国においてこのような法令が作られたのでしたら、我々はそのことをよく知っているはずではありませんか？」

ドレイガンは、苛立たしげに身を乗り出した。

「言うまでもなく、我々の教会を指導しようとしているローマの権威を頑《かたく》なに拒否しようとする人々によって、隠蔽《いんぺい》されてきたのです」

「でも、その原本を目にした人間など、一人もおりません。我々が目にしているのは、オルトーンの命令で作られた写《コピー》しだけです」

「オルトーン大司教を疑うと言われるのですか？」

「私には、そうする権利があります。この書物は、たとえローマの法には適《かな》っているにせよ、アイルランドの民法や刑法に反するものですから」

「まさに、そのとおり」と、ドレイガンはしたり顔で同意した。「だからこそ私どもは、宗門に属するものは皆、真《まこと》の道を求めるために、伝統の民法や刑法を拒否してローマの教会法に従うべきだと、主張しているのです。司教パトリック（聖パトリック）がお定めになった掟は、述べています、〝宗門の人間は誰一人、世俗の裁判官による旧来の法律の裁きを求めてはならぬ。これに背くものは、破門さるべし〟と」

フィデルマは、これを面白がった。

「では、その主張そのものが、不可解ということになりますね。なぜなら、聖パトリックが、わが国の法廷におけるあらゆる法的手続きに関してご自分の代理者を務めさせるために、専任のブレホン、〝バッリャ・スラインのアーク〟をお用いになっていたことは、はっきりと記録に残っておりますから」

ドレイガン院長は、これに愕然とさせられた。

「私は、そのようなこと……」

「もっと不可解のことがありますわ」とフィデルマは、この優位な瞬間をとらえて、さらに追い討ちをかけた。「聖パトリックは、わが国の法律を支持すると、明確に文書で述べておいでなのですよ。今あなたが持ち出されたこの本は、あなた方親ローマ教会派の手になる捏造《ねつぞう》文書にほかなりません。なぜなら、大王《ハイ・キング》リアリー(9)は、ブレホン法を新しいラテン文字によって書き写すに先立って、それらをよく研究し再検討させておこうとお考えになり、高名なる九人の賢者がたを会議にお召しになりましたが(10)、聖パトリックご自身も、お仲間のベニグヌス司教、キャラナッハ司教と共に、それに連なっていらしたのですから。これは、主のご生誕後四三八年のことでした。聖パトリックとそのお仲間の司教がたが、こうしてアイルランド旧来の民法、刑法に助言を与え、それに公的な支持を与えておきながら、その一方で、それに相反する一連の規則を制定し、〝宗門の人間は誰一人、旧来の世俗の法律に頼ってはならぬ、これに背くものは破門である〟と命じることなど、ありえません。もちろん、あなたも、これはお認めになるでしょう、ドレイガン？」

このあと、二人の間に沈黙が続いた。なんとか論理的な反論をしぼり出そうと懸命に努めるドレイガンの顔は、怒りに歪んでいた。フィデルマは、彼女の赤く染まった顔に向かって、穏やかに微笑しながら身を乗り出して、机上のオルトーンの写本を人差し指で軽く叩いた。

「この捏造文書の中に、一つ、賢明な忠告をお読みになれますよ――〝怒りを抱いているよりは、議論をたたかわせるほうがよい〟と」

ドレイガンは、怒りを胸に、沈黙を守ったまま坐っていた。フィデルマは、攻撃を緩めなかった。

「一つ、私が興味を覚えている点があります。もしあなたがご自分で主張なさっていらしたことを、本当に信じておいでなのでしたら、そもそも、どうしてブロック大修道院長に、〝この件を調査するためにブレホンを派遣してほしい〟、とお求めになったのです？　あなたは世俗の法律、〈ブレホン法〉を尊敬するどころか、否定しておいでなのに？」

「私たちは、今なお世俗の法律に縛られていますのでね」院長の声はとげとげしかった。「アドナールは、この地の代官として、この修道院に対する司法権を主張しています。兄の権力を抑え、修道院内で生じたこの事件へのあの男の介入を防ぐためであれば、私は悪魔の権威さえ認めますとも」

フィデルマは、嘆かわしげに、口許の緊張を緩めた。

「では、〈ブレホン法〉を、都合のよい時にのみ、受け入れておいでなのですね。修道女たちにとって、よいお手本とは言えますまい」

ドレイガンは、気力を取り戻そうと、やや間《ま》をおいた。

「私は、あなたに説得されはしませんよ。私は今も、この書物は本物だと宣言しておいでのオルトーンのお言葉を信じておりますのでね」

フィデルマは頷いた。

「それは、あなたのご自由です、院長殿。しかし、それでしたら、私はもう一点、あなたに指摘しておかなければなりますまい。先ほど、レールベンが私に引き合いに出して見せたローマの教会法は、あなた方の行為を正当化してくれるものではありませんよ」

「そのどこが、です？」

「あなたが告発されるように、もしベラッハがあの犯行を犯したとしても、レールベンはローマ教会法がその権限を自分に与えてくれている、と主張しておりましたが、レールベンにはベラッハを捕らえ処刑する権威はありません。彼女は、あのように若い。ですから、こうした事柄について、あなたが指示していらしたことは、明白です。彼女は、『出エジプト記』の第二二章一八節を引用しておりましたが」

ドレイガンは、すばやく頷いた。

「聖書をよくご存じだこと。いかにも、そのとおり。それが、引用された法律です。〝魔術を使ふ女を生かしておくべからず〟です。したがって、邪教の術を行なう魔女であると証明された時には、ベラッハに死を与えて構わない、ということになります」

「ですが、もしあなたがオルトーンの宣言を支持し、〝この国で聖パトリックが初めて開催した宗教公会議で定められた法律だ〟と称されているこの文書に裁きの正当性を求めるおつもりなら、この書物を手に取り、第一六条を、私に読んで聞かせていただきましょう」

若いフィデルマの静かな目を見返す院長の目に浮かんでいた確信の色が、揺らいだ。だが、一瞬のためらいのあと、彼女は手を伸ばして書物を取りあげ、読み始めた。

「その箇条を、声に出して読んでいただけますか?」と、フィデルマは迫った。

「なんと記されているか、ご存じのはずです」と院長は、煩《うるさ》そうに異を唱えた。

フィデルマは手を伸ばし、書物を院長からそっと取りあげると、静かな、それでいてはっきりと響く声で、読み上げた。

「〝この世に妖術を行なう女、すなわち魔女が存在すると信じ、人を魔女として糾弾《きゆうだん》するがごときキリスト教信徒は、破門に処さるべし。彼らは、己が罪深き糾弾を自ら《みずか》撤回し、それにふさわしき贖罪を峻厳に果たし終えるまで、ふたたび教会に受け入れられることなし〟」

フィデルマはゆっくりと書物を閉じて机に戻し、椅子に背をもたせて深く坐りなおすと、考えこむように院長を見つめた。

「あなたは、まだオルトーンの布告に従うおつもりですか? そうであれば、この条項は、あなたが従わねばならない教会法であると、認めなければならないはずです」

ドレイガンから、答えは返ってこなかった。彼女は、見るからに混乱していた。

「処罰は、明白です」フィデルマの声は、静かだった。しかしそこには、軽侮の響きが聞き取れた。「破門か、それとも糾弾を撤回し厳格な贖罪を行なうか、のいずれかです」

ドレイガン院長は、息を呑んだ。

「あなたは、蛇のように狡猾です」ドレイガンは、低く呟いた。「あなたは、この法令を否定しておられる。それなのに、これでもって、私を罠に捕らえておしまいになった」

「そうではありませんわ」とフィデルマは、院長の無礼な言葉遣いを気にもとめず、フテン語で「〝真実の言葉は、明快である〟」と引用して、それに答えた。

「それでも、今私に押しつけようとしておいでの法令を、あなた自身は信じてもいらっしゃらない」と院長は、頑なに繰り返した。

「しかし、あなたは、これを信じると言い張っておいでです。それでしたら、論理的に考えて、この法令に従わねばならないはずです。〝ベラッハに死を〟という犯罪が、危うく犯されそうになりました。その時、その犯行を正当化してくれる根拠として、この法律を私に突きつけたのは、あなたのほうでした」

塔の上の鐘が鳴り始めた。

レールベン修道女が高慢な態度で入ってきて、フィデルマに嘲るような視線を投げかけると、ドレイガンに告げた。

「朝禱の鐘が鳴っていることを、お知らせしたほうがいいかと思いまして。院長様が執り行なわれるミサに参列しようと、修道女たちが集まり始めています」

「私にも、耳はあります、レールベン。この部屋の扉が閉まっている時は、戸を叩いてから入りなさい」院長の苛ついた感情的な声に、若い見習い修道女は呆然としたようだ。このような反応を示されるとは、思ってもいなかったのだ。彼女は真っ赤になって何か言おうとしたが、院長の険しい目に射すくめられて、慌てて引き下がっていった。

「オルトーンの説を退ける気になられましたか？」と、フィデルマはさらに問い詰めた。「おそらく、ご自分のアナムハラ〈魂の友《ソール・フレンド》〉に相談なさりたいことでしょうね？」

ドレイガン院長は、腹立たしげに、さっと立ち上がった。

「私のアナムハラは、シスター・ショーワでした」と彼女は、短く答えた。そのあと、さらに議論を続けるかに見えた。しかし顎をぐっとこわばらせると、彼女はフィデルマに答えた。

「いいでしょう、ベラッハに対する糾弾は、撤回します」

それをさらりと受けとめながら、フィデルマも立ち上がった。

「それは、結構。これは、修道女たち全員の前で、はっきりお告げにならねばなりません。糾弾も、全員の前でなさったのですから。皆の前で、糾弾を取り消し、謝罪し、贖罪を行なっていただかねばなりません」

ドレイガン院長の顔が、醜く歪んだ。

「もう、言ったはずです、それだけのことをすると」

「結構です。では、今が、そうなさるのにちょうどいい機会でしょう。朝禱のミサのために、全員集まっているようですから。私は、シスター・ベラッハに付き添って、礼拝堂へ参ります。ベラッハは、部屋を出て一人で礼拝堂へやって来ることに躊躇すると思いますので。自分の身に暴力がふるわれようとしたのですから……」フィデルマは、静かにつけ加えた、「暴力が――キリスト教徒の聖域において」

そう告げると、フィデルマは院長室をあとにした。

廊下に出ると、フィデルマはちょっと立ち止まり、深く吐息をついた。彼女は、アドナールに同情を覚え始めていた。彼の妹は、実に奇妙な女性だ。この件は、ブロック大修道院長に報告しないわけにはいかないだろう。ドレイガンは、たとえほかのことでは無罪であろうと、知識にも経験にも欠ける若い尼僧たちを〈同族殺害〉という犯罪へと煽動した点に関しては、有罪なのだから。許しがたい大罪だ。全く、ドレイガンの性格には、何か捩《ねじ》れたものが感じられる。

弔鐘が鳴っている。修道女たちが礼拝堂へ急いでいた。ベラッハ修道女の個室では、体の不自由な修道女がブローナッハ修道女に慰められているところだった。フィデルマは、院長と彼女の間でどういう遣り取りがあったかを、二人に簡単に説明した。

杖と心優しいブローナッハ修道女に助けられつつ苦労して進むベラッハ修道女を伴って、フィデルマが礼拝堂にやって来た時、すでにほかの修道女たちは集まっていた。修道院長は祭壇の後ろ、装飾がほどこされた黄金の十字架間近に立っており、修道女たちからなる会衆を先導する詠唱者は、聖歌をラテン語で歌い始めていた。

ベアラの地の祝福されし僧院よ
揺るがぬ信仰の上に建てられ、
救済の希望に彩られて
主の慈愛により全きものとなりし僧院よ

ドレイガン院長は、今日詠唱されるラテン語聖歌として、意図してこの箇所を選んだのだろうかと、フィデルマは訝《いぶか》った。語句は明快である。

修道女たちは、この聖歌を、疑うことなく、一途な確信をもって歌っていた。だが、フィデルマがベラッハを導いて入っていくと、歌声の調和は乱れ、やがて歌はおぼつかなく消えていった。修道女たちは、面を上げた。怯えたような緊張が、身廊《ネーヴ》を満たす会衆の間に、さっと広がった。

フィデルマは、ベラッハの腕に添えた手にそっと力をこめて、彼女を勇気づけようとした。

聖歌が完全にとぎれ、ざわめきが静まると、ドレイガン院長は荘重な態度で祭壇の後ろから出てきて、その正面に立った。

「わが子たちよ、私はあなた方の許しを乞おうと、今ここに出てきました。私は恐ろしい過ちを犯しました。さらに私は、若く経験の浅いある者を使って、悪しきことを行なわせてしまったのです」

院長がこう語り始めるや、静寂が堂内を満たした。尼僧たちの誰かの口からもれた凍りつき軋《きし》むような息づかいさえ、聞こえるほどの静けさだった。

「それのみならず、私は、この修道院のある修道女に、酷い危害を加えようとさえしたのです」

会衆の修道女たちは、その意味を理解し始め、恥ずかしげな視線をベラッハとフィデルマへはしらせた。ベラッハは、杖に寄りかかり、目を伏せて立っていた。ブローナッハ修道女のほうは、自分が謝罪を受けているかのように頭をしっかりと上げて、その傍らに立っている。フィデルマも、やはり首筋を毅然と伸ばし、院長の目に視線を据えて、立っていた。

院長は、続けた。「この修道院に、変事が出来《しゅったい》しておりました。それが原因で、修道院は不安に押し包まれました――不安と恐怖に、です。そして今朝、知ってのとおり、私どものレクトラー〔修道院執事〕のシスター・ショーワが、残忍にも殺害されました。私は、偏見でもって、この修道院に所属するある人を、犯人と断じました。そう思い込んで、その人物を罰したいとの性急な激情にかられ、私は主の御教えを忘れてしまいました。主は、『ヨハネ伝』で、〝汝らのうち、罪なき者、まづ石を擲《なげう》て〟（第八章七節）と仰せになっておられますのに。私は罪ある身でありながら、石を擲ったのです。自分が犯した悪しき行ないについて、私は心より、あなた方の許しを乞います。この日より一年間、私は毎日、贖罪の行《ぎょう》を行なうつもりです」

院長は、ここでレールベン修道女を振り向いた。若い見習い修道女は頭を傲然と上げ、挑むように立っていた。彼女をちらっと見やったフィデルマは、若い娘の面に浮かぶ抑えつけられた怒りの深さに気づき、不安を覚えた。ほどなく、レールベン修道女相手に、厄介な事態を迎えることになりそうだ。

「さらにまた、私は、私どもの若い姉妹であるシスター・レールベンに過《あやま》てる助言を与え、彼女をわが修道院の新しい執事に任命した上で、私の助言に従って行動を起こすようにと求めたのでした。この件に関して、私が全責任をとります。レールベンは、私が過ちを犯していると判断するだけの経験を積んでおりません。罪は全て、私にあるのです。私は、彼女のためにも、ここに許しを乞います」

会衆の修道女たちの驚きの視線の中、レールベン修道女は荒々しく音をたてて席を立ち、拗ねた子供のような態度で礼拝堂から出ていってしまった。

ドレイガンは、その後ろ姿を、どこか悲しげな眼差しで見つめていた。沈黙が続く中、やがて院長の目はベラッハ修道女へと向けられた。

「シスター・ベラッハ、主の御前で、そして修道院の全員の前で私は謝罪します。シスター・ショーワや私どもの井戸で発見された見知らぬ娘に降りかかった恐ろしい死は、私どもの中に、恐怖と嫌悪の感情をかきたてました。そのせいで、私は過ちを犯し、あなたに向かって〝魔女〟と口走ってしまい、あなたに危害を加えるよう、修道女たちを唆してしまったのです。罪は、私にあります。そしてあなたに、私は許しを求めております」

全員の視線は、今、ベラッハ修道女に集まっていた。

彼女は、足を引きずるようにして、一歩前へ進み出た。彼女が心を決めかねるかのように躊躇を見せている間、礼拝堂は緊張した静寂に包まれていた。感情をなんとか抑えようとしている院長の顔が引きつれるのに、フィデルマは気づいた。ベラッハは、院長の謝罪を拒否するのであろうかと、フィデルマは訝った。やがてベラッハが、口を開いた。

「院長様、あなたは今、福音書『ヨハネ伝』を引用なさいました。ヨハネは、〝もし罪なしと言はば、是《これ》みづから欺けるにて真理《まこと》われらの中《うち》になし〟（『ヨハネの第一の書』、すなわち『ヨハネの手紙一』第一章八節）とも、言っておられます。自らの罪を認め、それを告白することは、魂の救済への第一歩です。私は、あなたの罪を許します……でも、あなたをその罪から浄めることは、私にはできません。それがおできになるのは、ただ〝永遠なる神〟のみです」

ドレイガン院長は、まるで頬に平手打ちを受けたかのように、呆然としている。このような形の言葉が返ってくるとは、全く思ってもいなかったのであろう。修道女たちの間に、ふたたび驚きのざわめきが起こった。ベラッハ修道女の話し方から、今や吃音《きつおん》は消えていた。それどころか、冷静で明瞭な、歯切れのよい口調で話している。彼女たちは、今、それに気づいたのだ。

ベラッハは、杖を支柱にくるりと振り向き、礼拝堂から退出しようと、よろよろと体を揺らしながら、ゆっくりと通路を進んで戸口へと向かい始めた。

彼女が出ていったあと、重い扉が閉まる音が静寂の中に響いた。

「まことに、そのとおりです。私どもを罪科から解き放ってくださるのは、神のみです。私どもは、ただ相手を許すことができるだけです」

一同の目が、声の主に向けられた。一歩前へ進み出てきたのは、ブローナッハ修道女であった。だが、その言葉に、怨恨の響きはなかった。

修道女たちがどう応答すべきかと戸惑って立ち尽くしているのを見てとり、フィデルマは「アーメン（かくあるべし）！」と、高らかに唱えた。

これに賛意をあらわす呟きが、ゆっくりと堂内に広がった。ドレイガン院長は、これを修道女たち全員の判定と受けとめて、静かに頭を垂れた。そして、祭壇の後ろの定めの位置へと引き返した。

詠唱者が立ち上がり、ラテン語で聖歌を歌い始めた。

ユダヤ族（パレスチナ古王国の民）のマリア、
力強き神の御母は、
病める地上の民のために、
時宜にかなひし癒しの手を伸べ給へり。

フィデルマは祭壇へ向かって軽く拝跪《はいき》し胸に十字を切ると、急いで戸口へ向かい、礼拝堂をあとにして、ベラッハ修道女を追った。

〝病める地上の民のために、時宜にかないし癒しの手を……〟？ フィデルマは皮肉な表情を浮かべて、口許をすぼめた。この修道院に充満している病《やまい》には、何の癒しの手もないように思える。この病について、フィデルマはまだ何一つ明確につかんではいない。わかったのは、この核心には憎悪が潜んでいる、ということだけだ。ここには、彼女が理解できないでいる何かが、隠れているようだ。決して、単純な事件ではない。誰が、誰を、なぜ、殺害したのか、といった簡単な謎ではないのだ。

二人の女が、殺されている。それぞれ、心臓を刺され、頭部を切断され、右手には磔刑像十字架《クルシフィックス》を、左手にはオガム文字を刻んだアスペンの枝を結びつけられて。二人の女たちは、どういう関係なのか？ おそらく、それがわかれば、動機が判明するであろう。だが、今のところ、さまざまな聴き取り調査の結果を総合してみても、まだ犯人の特定はおろか、動機を示唆してくれそうな有力な手掛かりでさえ、何一つ浮かび上がってきていない。

これまでにわかったのは、この〝三つの泉の鮭〟女子修道院は、非常に強い個性を持つ一人の女性によって支配されており、彼女の態度には、かなり問題があるようだ、ということだけである。

朝禱は、讃歌《ロード》（特に早暁の祈禱における讃歌）へと、すなわち教会の日課における朝の最初の時刻が始まることを告げる讃美の歌へと移っていた。修道女たちの声が、奇妙に激しい昂《たかぶ》りへとたかまってきた。

その口に、神を誉《ほむ》る歌あり。その手に両刃《もろは》の剣あり。
こは、もろもろの国に仇《あた》を返し、もろもろの民をつみなひ（罪を与え）、
彼らの王たちを鏈《くさり》にて、彼らの貴人を黒鉄《くろかね》の械《かせ》にて、縛《いまし》め、
録《しる》したる審判《さばき》を、彼らに行なふべきためなり。かかる誉れは、
そのもろもろの聖徒にあり。ヱホバを誉め称《たた》へよ

（『詩篇』第一四九篇六～九節）

フィデルマは、軽く身を震わせた。

これらの言葉は、フィデルマにはうかがい知れぬ、何か新しい意味を帯びているのであろうか？

朝禱の讃美歌では、常に『詩篇』第一四九篇から第一五〇篇までが歌われることになっている。毎日、朝の最初の時間に、一篇の長い詩篇として、歌われる。

今歌われている讃歌も、言葉は聖書の『詩篇』に記されている言葉と、全く同じだ。それなのに、なぜフィデルマは、そこに漠然とした脅威を感じているのだろう？

彼女は感じとっていた、何者かが彼女を嘲弄しているのだ。だが、何に関して愚弄されているのだろう？

訳　註

歴史的背景

1　『アノーラ・ウラー（アルスター年代記）』＝クロハーの大助祭長カハル・マク・マグヌス（一四九八年頃没）によって着手され、多くの筆録者によって十七世紀まで書き続けられた年代記。中世アイルランド、特にアルスターのオー・ニール王家に関する信頼できる資料とされている。

2　『アノーラ・レアクター・エーラン（アイルランド王国年代記）』＝ミハール・オー・クレアリーを始めとする四人の学者によって編纂されたもので、一六一六年までの出来事を記したアイルランド年代記。多くの古文書が失われているので、これは、きわめて貴重なアイルランド史に関する資料とされている。英語への翻訳は、十九世紀半ばに、ジョン・オドノヴァンによって、『四人の学者による年代記』という書名で刊行されている。

第一章

1　〝三つの泉の鮭〟＝〈泉〉も〈鮭〉も、アイルランドの風土に深く根ざしたもの。神話や伝説に、よく登場する。〈聖なる泉〉伝説は、アイルランド各地に数多く残っているし、〈叡智の鮭〉も、これまたよく知られている伝承。後述の訳註（第十六章訳註1）を参照。〝三つの泉の鮭〟は、本文中でその意味が何回か言及されているが、いかにもアイルランド的なイメージと言える。ただし、前作の『幼き子らよ、我がもとへ』の主舞台となるロス・アラハー大修道院が実在のものであり、現在も遺構をわずかながら留めているのに対して、〝三つの泉の鮭〟という名前の女子修道院は存在しない。しかし、この修道院が建っているとされる場所は、西コーク州の海岸の町、現在のキャッスルタウンベア近辺で、このあたりは著者にとって幼い頃の懐かしい思い出の土地だとのことである。

2　福者《ブレッシド》＝ローマ教皇庁によって、死後にその聖性を公認された人物への尊称。のちに聖者《セイント》に公認されることが多い。しかし〝聖なる人〟という意味で、もっと広義に用いられることもよくある。たとえば、聖《セイント》パトリックも、よくブレッシド・パトリックという呼ばれ方をしている。尊者《ヴェネラブル》も、教皇庁が公認する尊称。福者に列せられる前段階になる。

3　ディアソール＝御門詰め修道士・修道女。現代アイルランド語のドルソール〔門番〕であるが、当時の修道院においては、単なる門番ではなく、さまざまな庶務的な任務を果たす重要な役職であったようだ（既刊の『蜘蛛の巣』、『幼き子らよ、我がもとへ』にも、よく登場）。

4 アイルランド五王国＝当時のアイルランドは、モアン（マンスター）、ラーハン（レンスター）、ウラー（アルスター）、コナハトの四王国と、大王《ハイ・キング》が政《まつりごと》を行なう都タラの所在地である大王領ミースの五王国に分かれていた。〝アイルランド五王国〟、あるいは〝エール（アイルランドの古名の一つ）五王国〟は、アイルランド全土を指す時によく使われる表現。またマンスター、レンスター、アルスター、コナハトの四王国は、大王を宗主に仰ぎ、大王に従属するが、大王位に選出されるのも、主としてこの四王国の王であった。

5 モアン＝現在のマンスター地方。五王国中、最大の王国で、首都はキャシェル。町の後方に聳《そび》える巨大な岩山〝キャシェルの岩〟の頂上に建つキャシェル城は、モアン王の王城でもあり大司教の教会でもあって、古代からアイルランドの歴史と深く関わってきた。現在も、この巨大な廃墟は、町の上方に威容を見せている。このシリーズの主人公、修道女フィデルマは、モアンの新王コルグーの妹で先王カハルの姪。数代前の王ファルバ・フランの娘として、このキャシェル城で生まれ育った、と設定されている。

6 アイルランド語（ゲール語）＝古代ケルト民族のうち、アイルランドやスコットランドに渡来してきた種族が、ゲール人、後のアイルランド人である。彼らの言語のアイルランド語は、十二世紀半ば以来、七百年続いた英国による支配の歴史の中で使用を禁じられ、アイルランドの日常語は英語となってしまったが、日常生活の中でアイルランド語を使っている地方も、まだわずかながら残っている。著者は、表記を〈アイルランド〉で統一しているが、〈ゲール〉には古い過去の雰囲気や詩的情緒が漂うようで、訳文では、時にはゲール、ゲール人、ゲール語という表現も用いている。

7　高十字架《ハイ・クロス》＝ケルティック・ハイ・クロス。ケルト十字架。長い縦軸と短い横軸を十文字形に交叉させたローマ形十字架と異なって、アイルランド（ケルト）十字架は、交叉部分に円環を重ね合わせた形の、丈の高い十字架。アイルランドに多くみられる。前面には、よく聖書の中の場面やケルト模様が彫りこまれているが、側面や背面にまで、彫刻をほどこしたものも多い。現在も、モナスターボイスやムーンを始め、各地に残っている。

8　ドゥルイド＝古代ケルト社会における、一種の〝智者〟。語源は、〝全《まった》き智〟を意味する語とも言われる。超自然の神秘に通じている者とされ、宗教儀式を執り行なうが、それのみでなく、預言者、詩人、裁判官、医師、占い師、政《まつりごと》の助言者、教師等を兼ねる。後世、妖術師的イメージも加わるが、本来は〝叡智の人〟。

9　〈エールの子ら〉＝アイルランドの民。〝エール〟は、アイルランドの古名の一つ。今日も、〝エール〟や〝ゲール〟という表現は、詩的な表現として、用いられている。

10　女神エール（エリュー）＝アイルランドの古名に、バンバ、フォーラ、エリューなどがあるが、いずれもデ・ダナーン神族の三人の女神の名前に由来している。伝説では、ミレシアンたちがアイルランドに渡来した時、最初にこの島の土を踏んだアマーギンは、自分の前に立ち現れたこの三人の女神バンバ、フォーラ、エリューに、「この国土にはあなたたちの名がつけられよう」と約束したという。

11　オガム＝オガム文字。石や木に刻まれた古代アイルランドの文字。三〜四世紀に発達したと考えられている。オガムという名称は、アイルランド神話の中の雄弁と文芸の神オグマに由来するとされる。

　一本の長い縦線の左側や右側に、あるいは横線の上部や下部に、直角に短い線が一〜五本刻まれる。あるいは、長い線をまたぐ形で、短い直角の線（あるいは点）や斜線が、それぞれ一〜五本、刻まれる。この二十種の形象が、オガム文字の基本形となる。この文字でもって王や英雄の名などを刻んだ石柱・石碑は、今日《こんにち》も各地に残っている。石柱、石碑の場合は、石材の角が基線として利用された。古文書には、かなり長い詩や物語もオガム文字で記されていた、との言及があるという。しかし、キリスト教とともにラテン文化が伝わり、ラテン語アルファベットが導入されると、オガム文字はそれにとってかわられた。

第二章

1　ロス・アラハー＝〝巡礼の岬〟の意。コークの西部の町。現在のロスカーベリィー。六世紀に聖ファハトナによって設立された大修道院があった。付属の神学院も有名であった。しかし現在は、わずかに僧院の石壁などが残るのみ。《修道女フィデルマ・シリーズ》の中の『幼き子らよ、我がもとへ』で舞台となっている修道院。

2　ドーリィー＝古代アイルランド社会では、女性も、多くの面でほぼ男性と同等の地位や権利を認められていた。女性であろうと、男性と共に最高学府で学ぶことができ、高位の公的地位に就くことさえできた。古代・中世のアイルランド文芸にも、このような女性が高い地位に就いていることをうかがわせる描写が、よく出てくる。最高の教育を受け、ドーリィー〔法廷弁護士〕。時には、裁判官としても活躍することができた〕であるのみならず、アンルー〔上位弁護士・裁判官〕という、その中でもごく高い公的資格も持ち、国内外を舞台に縦横に活躍するこの《修道女フィデルマ・シリーズ》の主人公、尼僧フィデルマは、むろん作者が創造した女性ではあるが、決して空想的なスーパー・ウーマンといった荒唐無稽な存在ではなく、十分な根拠の上に描かれたヒロインなのである。

3　ロスは、この乗客が……＝前述『幼き子らよ、我がもとへ』において、フィデルマがスケリッグ・ヴィハル島へ調査に出かけたおりに、その危険な船旅の船長を務めたのが、このロスである。

4　〝書籍収納用の革鞄〟＝当時のアイルランドでは、上質皮紙《ヴェラム》の書籍は、本棚に並べるのではなく、一冊あるいは数冊ずつ革製の専用鞄におさめて壁の木釘に吊り下げる、という収蔵法を、よくとっていた。旅に携帯する際にも、この鞄に入れて持ち歩いた。『幼き子らよ、我がもとへ』の中に、詳しい描写が何箇所か出てくる。

5　一年半近く……＝フィデルマがローマでエイダルフと別れたのは、六六四年の晩夏。本書『蛇、もっとも禍《まが》し』の物語が描かれているのは、六六六年一月。したがって、ほぼ一年五ヶ月が経過していることになる。

6　エイダルフ修道士＝〝サックスムンド・ハムのエイダルフ〟修道士。現在海外で刊行されている《修道女フィデルマ・シリーズ》のほとんどの作品に登場する若いサクソン人。アイルランド教会派のフィデルマとは異なって、ローマ教会派に属する修道士ではあるが、常にフィデルマのよき助手、優れた協力者として行動し、彼女とともに謎を解明してゆく。このシリーズの中のワトソン役。

7　エイターンが殺害された時＝《修道女フィデルマ・シリーズ》の第一巻 *Absolution by Murder* に描かれている、ウィトビア（ウイットビー）宗教公会議における殺人事件。

8　ウィガルドが殺害された時＝《修道女フィデルマ・シリーズ》の第二巻 *Shroud for the Archbishop* で描かれている、ローマにおける殺人事件。この事件を解決したあと、エイダルフは教皇庁の指示でローマにとどまり、フィデルマは故国アイルランドへ帰ったのであった。

第三章

1　〝ダルソスのテオドーレ〟＝〝ダルソスのテオドルス〟。六〇二年頃〜六九〇年。タルソス生まれのギリシャ人。教皇の命で、六六九年にイギリスに渡り、カンタベリーの初代大司教となったため、〝カンタベリーのテオドーレ〟とも呼ばれる。イギリスにおける信仰の確立と統一に努め、ローマ教会派とアイルランド教会派の融和をはかるなど、精力的に活躍した。彼のもとには、アングル人、サクソン人、アイルランド人、ブリトン人等、各国から大勢の修道士や神父たちが集まり、カンタベリーは学問の中心地となっていった。

2　ダロウ＝アイルランド中央部の古い町。五五六年頃、聖コルムキルによって設立された、有名な修道院。この修道院にあった装飾写本『ダロウの書』は、アイルランドの貴重な古文書で、現在はダブリンのトリニティ大学が所蔵。

3　トゥアム・ブラッカーン＝トゥアム・ブレッカン。アイルランド北西部のゴルウェイ地方の町。六世紀に聖ヤルラーによって設立されたこの修道院は、神学、医学の学問所としても名高かった。

4　コルムキル＝しばしば〝アイオナのコルムキル〟、あるいは〝アイオナのコルンバ〟と呼ばれる。五二一年頃～五九七年頃。アイルランドの聖人、修道院長。王家の血を引く貴族の出。デリー、ダロウ、ケルズなどアイルランド各地に修道院を設立した（三十七箇所ともいわれる）が、五六三年、十二人の弟子と共にスコットランドへ布教に出かけた（一説には、修道院内の諍いの責任をとっての出国とも）。彼はスコットランド王の許可を得て、その西岸の島アイオナに修道院を建て、三十四年間、院長を務めた。さらにスコットランドや北イングランドの各地で修道院の設立や後進の育成などに専念し、あるいは諸王国間の軋轢を仲裁するなど、旺盛な活躍ぶりを見せ、その生涯のほとんどをスコットランドでおくったが、とりわけアイオナの修道院は、アイルランド教会派のキリスト教とその教育や文化にとって重要な中心地となっていった。数々の伝説に包まれたカリスマ的な聖職者であり、詩人でもある。

5　ローマの宗規＝ローマ派教会の規則。アイルランドには、五世紀半ば（四三二年？）に聖パトリックによってキリスト教が伝えられたとされている。アイルランドはその後速やかにキリスト教国となり、聖コルムキルや聖フルサを始めとする多くの聖職者たちが現れた。彼らは、まだ異教の地であったブリトンやスコットランド等の王国にも赴き、熱心な布教活動を行なった。しかし、改革を進めつつあったローマ教皇のもとなるローマ派のキリスト教との間には、復活祭の定め方、儀式の細部、信仰生活の在り方、神学上の解釈等さまざまな点で相違点が生じており、ローマ教会派とアイルランド（ケルト）教会派の対立を生んでいた。フィデルマの物語の時代（七世紀中期）には、アイルランドにおいても次第にローマ教会派が広がりつつあったが、九〜十一世紀になると、アイルランドのキリスト教もついにローマ教会派に同化していった。このシリーズの第一作 ***Absolution by Murder*** では、この信仰上の重大な問題が物語の背景に描かれているし、その他のフィデルマ作品の中でも、しばしば言及されている。

6　ブロック院長＝『幼き子らよ、我がもとへ』に登場する、ロス・アフハー大修道院の院長。

7　ブレホン＝ブレホン（古語でブレハヴ）は、古代アイルランドの裁判官で、〈ブレホン法典〉に従って裁きを行なった。きわめて高度の専門学識を持ち、社会的に高く敬われた地位で、ブレホンの長《おさ》ともなると、大司教や小国の王と同等の地位にある者とみなされた。〈ブレホン法〉は、数世紀にわたる実践の中で複雑化し洗練されてきたが、五世紀には成文化されたと考えられている。しかし固定したものではなく、三年に一度、大王（第五章の訳註15参照）の王都タラにおける〈大祭典〉で検討され、必要があれば改正された。〈ブレホン法〉は、ヨーロッパの法律の中でもきわめて重要な文献とされ、十二世紀半ばに始まった英国による統治下にあっても、十七世紀までは存続していた。しかし、十八世紀に、最終的に消滅した。

8　〝タラのモラン〟＝フィデルマの恩師であり、最高位のオラヴの資格を持つブレホンとして、シリーズの中でしばしば言及される。

9　デルカッド〈瞑想〉＝古代アイルランドの瞑想法。『幼き子らよ、我がもとへ』の中で、「フィデルマは、〈デルカッド〉の行《ぎょう》によって、憂慮を心から払いのけようとした。おぼろにかすむ遙かな昔より、アイルランドのいく世代もの神秘家《ミスティック》たちは、外の世界から入りこむ無用な雑念やたち騒ぐ心をしずめつつ、アイルランド語で〝心の静謐《せいひつ》〟を意味するシーハーンの境地を求めて、この瞑想法をきわめてきたのであった」と、述べられている。

10　オーク＝樫《カシ》、柏《カシワ》などのブナ科の植物の総称。

11　ストローベリー・ツリー＝食用になる実を結ぶ低木。

12　キャシェルの王＝キャシェルはモアン（マンスター）王国の首都。モアン国王は、しばしば〝キャシェルの王〟と呼ばれる。

13　キルデア＝アイルランドの現在の首都ダブリンの南に位置する、ラーハン王国内の地方。聖ブリジッドによって建てられたとされる女子修道院で有名。フィデルマは、この女子修道院に修道女として所属しているため、正式には、〝キルデアのフィデルマ〟と呼ばれる。

14　ラーハン王国＝現レンスター地方。モアン王国と絶えず対立関係にある強大王国。この当時の首都は、ファルナ（現在のファーンズ）。ラーハン国王は、〝ファルナの王〟とも呼ばれる。

15　アンジェラス＝聖母マリアへの祈り。「アンジェラス・ドミニ（主の御使い）」で始まり、〈御告げの祈り〉と呼ばれている。朝、昼、夕の三回、毎日捧げられる。この修道院では、アンジェラスの祈りや葬礼の折にほかの教会や修道院と同様に鐘楼の鐘が鳴らされるが、その他に水時計による時刻を知らせる〝刻の鐘〟として、十五分毎に銅鑼も鳴らされる。詳しくは、本文一七五〜一七八ページ参照。

第四章

1 〈選択の年齢〉＝成人として認められ、自ら判断する権利を与えられる年齢。男子は十七歳、女子は十四歳。

2 『アキルの書』＝優れた〈ブレホン法〉の法典。主として、人体、名誉、財産等に被害を与えた不法行為に関する法律を収録。

3 アスペン＝ポプラ等、ヤナギ科ハコヤナギ属の落葉樹。葉柄が細く長いため、微風にも葉がそよぐので、よく〝アスペンのように震える〟という言い方をされる樹。

4 モーリーグゥ＝モーリーグ、あるいはモーリーガン等。死の女神。戦いと殺戮《さつりく》の神とも。

5 フェー＝〈死の物差し〉。九世紀、あるいは十世紀に書かれた古書『コーマックの語彙《グロッサ》集《リー》』にも言及されている、という。

第五章

1　クィーン〔哀悼歌〕＝キーン。アイルランドの古い葬送儀式に由来する哀悼歌。語源は、アイルランド語の〝泣く〟を意味する単語。死者への讃辞と哀悼、残されたものの悲しみ等を即興的に歌うもので、キリスト教が広まってからは、これは異教《ペイガン》時代の悪習である、死後の生こそ大事なのだから現世の死をあまりにも大仰に嘆くべきではない、などの理由で禁止された。しかし僻地には根深く存続し続け、十九世紀末までは、わずかに残っていたが、二十世紀初頭には、それも消滅した。アイルランドの劇作家J・M・シングの散文『アラン島』の中に、〝キーン〟について述べられた感銘深い一節がある（一八九八年の夏、アラン三島の一つ、イニシュマーンでのシングの体験）。

2　ユウェナリス＝ユヴェナル、ユウェナル。六〇年頃～一三六年頃。ローマの風刺詩人。

3　コルコ・ロイーグダ＝モアン王国の南西部。現在のコーク州バントリー湾に近い一帯に広がる小王国（大族長領）。『幼き子らよ、我がもとへ』で描かれる事件に関わりの深い土地。

4　〈聖ヨハネの剃髪〉＝この時代、カソリックの男子聖職者は剃髪をしていたが、ローマ教会の剃髪は頭頂部のみを丸く剃る形式（〈ペテロの剃髪〉）であった。しかしアイルランド（ケルト）教会では、それとは異なる形をとっていた。著者は《修道女ノイデルマ・シリーズ》の中でよくこの点に言及しているが、たとえば、シリーズの中の *Shroud for Archbishop* の中でも、「前頭部の髪を、左右の耳を結ぶ線まで剃り上げ、残りの髪は長く伸ばし……」と、説明している。

5 黒く染められている瞼《まぶた》＝アイルランドの聖職者は、漿果《ベリー》の果汁で、黒く、あるいは青く、目の縁を染めていたらしい。古代エジプト人のような形で目のまわりにアイ・ラインを入れたのであろうと想像している学者もいるが、古代ケルト学者である本書の著者は、瞼を染めたのであろうと考えているとのこと。異教のドゥルイドたちの慣習だったと思われる。男性聖職者のみで、尼僧には見られなかった風習のようだ。ケルト圏でも、アイルランドでのみ行なわれていたらしい、とのことである。

6 アナムハラ＝〈魂の友《ソール・フレンド》〉。〝心の友〟と表現されるような親しい友人関係の中でも、さらに深い友情、信頼、敬意で結ばれた、精神的支えともなる唯一の友人。ほかの《修道女フィデルマ・シリーズ》の中でも、よく言及されたり登場したりしている。聖職者間のみでなく、一般社会の人々も、〈魂の友〉を持っていた。

7 尊者《ヴェネラブル》ダカーン殺害事件＝『幼きものよ、我がもとへ』の物語の発端となった事件。

8 ミール＝ミール・イーシュパン、ミレシウス、ミーリャ。伝説によれば、古代のエジプトやスペインの王に仕えた一族の長。彼の息子たちが率いるミレシアンたち（ミールに従う者たち）は、アイルランドに侵寇し、ダナーン神族と戦って勝利者となった。彼らミールの息子たちが、人間としての最初のアイルランド島の支配者であり、アイルランド人の先祖である、と伝説は伝える。

9　アマーギン＝アヴァルヒン。ミールの子（あるいは、弟、甥とも）。戦士、詩人、アイルランドの最古のドゥルイドとも称される。『侵寇の書』の中に、彼の詩とされるものが三篇載っており、アイルランドの最古の詩とされているが、その中で一番有名なのが、アイルランドへの呼びかけの詩（呪文）。ミレシアンたちが上陸しようとすると、アイルランドの先住の神々ダナーン神族は激浪と濃霧と強風でそれを妨《さまた》げようとした。しかし、アマーギンが船首に立ってこの詩を唱えるや、嵐は鎮まり、ミレシアンたちは無事アイルランドの地に足を踏み入れることができた、と伝説は伝える。

10　ダナーン＝トゥア・デ・ダナーン（女神ダナより出でし者たち。ダナーン神族）。先住の神々フォーボルグやフォーモリイを駆逐して、アイルランドに君臨したとされる古代の神々。やがて渡来した人間一族（ミレシアン）に破れ、地下（あるいは西海の果ての島や海底など）、すなわち〈見えざるアイルランド〉へ王国を移したとされる。

11　バンバ、フォーラ、エリュー＝いずれもアイルランドの古名であり、ダナーン神族の三人の女神の名前でもある（第一章訳註11参照）。

12　死の神ドン＝アイルランド南西部の島〈ドンの館《やかた》〉に住むという死の神。死者は、〈彼方なる国〉へ旅立つ前に、この館に集まると伝えられる。また、海上の嵐や難破に関わる神ともいわれる。

13　〈ムイル・ブレハ〈海の法律〉〉＝〈海に関する定め〉。すでに古文書自体は消失しているが、二点の古文献（『差し押さえの四段階』と『コーマックの語彙集《グロッサリー》』）の中で言及されているとのこと。主として海や河口において、水中に流出、沈下した船荷に関する法律。しかし、「裁判官は、海難や深海に関して、深く通暁していなければならない」とも記されていたらしいので、海に関するさまざまな掟を広く取りあげていたのであろう。

14　シェード＝あるいは、セート。価値を計る単位の一つ。一シェードは、若い牝牛一頭分。二シェードは、若い牝牛二頭分で、乳牛なら一頭分。物品額の評価、弁償の額などに関して、当時用いられた主な単位は、シェードとカマルであった。牧畜を基盤とする古代アイルランド社会では、価値評価の単位には、実際的には、主として乳牛が用いられていた。カマルは、乳牛三頭分の価《あたい》に相当した。これには、研究者によって、若干相違があるようだ。貨幣も、次第に流通しつつあったが、大体、金貨一枚は乳牛一頭（三シェード）、銀貨一枚は一スクラパルで、乳牛の価の二十四分の一とされた。

15　大王＝〝全アイルランドの王〟、あるいは〝アイルランド五王国の王〟とも呼ばれる。紀元前からあった呼称であるが、次第に強力な勢力を持つようになったのは、二世紀の〝百戦の王コン〟、その子である三世紀のアルト・マク・コンやアルトの子のコーマック・マク・アルトの頃といわれる（実質的な大王の権力を把握したのは、十一世紀初めの英雄王ブライアン・ボルーとされる）。大王は、大王領ミースにある王都タラで、政治、軍事、法律等の会議や、文学、音楽、競技などの祭典でもあった〈タラの祭典（タラの大集会）〉を主催した。

しかし、アイルランドのこの大王制度は、一一七五年、英王ヘンリー二世に屈したリアリー（ロリー）・オコナーをもって、終焉を迎えた。

16　〈フリー・ファリグ〉、つまり〈海における拾得物〉に関する法典＝*A Guide to Early Irish Law* の著者F・ケリーは、原則として「海岸での発見物は、その価値の五分の四、沖合いでの発見物は、その価値の三十分の二十九が、発見者に与えられた」としている。

17　〈黄色疫病《イエロー・プレイグ》〉＝黄熱病《イエロー・フィバー》。きわめて悪性の流行病で、病の後半、よく肌や白目が黄色くなる黄疸症状を伴うため、アイルランドでは〝黄色のぶり返し〟と称された。五四二年、エジプトで発生し、商船によってヨーロッパへ伝播して猛威をふるい、アイルランドでは、五四八〜五四九年、五五一〜五五六年に、大流行にみまわれた。さらに六六四年から六六八年にかけても大流行となり、全人口の三分の一が死亡したとみられる。『幼き子らよ、我がもとへ』の時代背景は、この猖獗期《しょうけつき》である六六五年に設定されている（『ブレホン』に掲載されたトレメイン氏の「黄色疫病」その他より）。

18　福者フィンバル＝五六〇年頃〜六一〇年頃。アイルランドの司教、福者、聖者。コーク（現在、アイルランド第二の都市）に修道院を創設した。その後彼は近くの湖畔で隠遁生活を始めたが、そこへも大勢の学生が集まってきて、やがて有名な修道院、学問所へと成長していった。聖職者として、また教育者として、高名。

第六章

1　〝スリーヴ・マルガのロンガラッド〟＝〝シュリーヴ・マーギイのロンガローン〟。六世紀の高名な学者。彼が亡くなった夜、聖コルムキルの修道院で全ての書物が棚や木釘から落ち、その大音響に、修道院内にいたコルムキルたちは声を呑んだ、との伝説もある。

2　〈詩人の大集会〉＝大王が大王都タラで三年に一度開催する〈タラの祭典〉とは別の催し。本書で言及されている〈詩人の大集会〉は、五九六年頃、コナハトで開かれた集会で、ダローン・フォーガルが詩人の長として、これを主導した。

3　〝コナハトのダローン・フォーガル〟＝五四〇年頃〜五九六年頃。コナハトの人で、詩人の長。この頃、詩人（バルド。公的な地位を認められていた詩人フィリヤとはまた別の資格の詩人階級）たちは、風刺詩の影響力をたのんで、あまりにも横暴となり、社会的に顰蹙をかっていた。この大集会でも、地元の詩人であり詩人の長でもあったダローンが、主催者であるコナハト王〝もてなし厚きグアイリー〟に過大な要求を突きつけ、その結果、諸王たちの怒りをかい、ついに殺害された、といわれる。

どうして、風刺詩がそれほど影響力を持ち、詩人がそれほど横暴になり得たのか？これには、太古からアイルランド人が言葉や詩に対してきわめて強い神秘感を抱き、敬意と畏怖の念を持って詩人を遇してきたことに、遠因があるのではなかろうか。ゲールの最古の文芸は、ミレシアンたちが人間として初めてアイルランドに上陸しようとした時、彼らの詩人アマーギンが詠んだとされる詩である。先住の神々は、人間の侵入を、激浪と強風をもって妨げようとした。しかしアマーギンの詩の力でミレシアン達は無事上陸を果たし（第五章の訳註9参照）、今日のアイルランド人の祖となったと伝説は伝えているが、この詩は、いわば森羅万象の大いなる力に詠いかける呪文であった。ゲールの民は、詩／言葉に恐るべき神秘と威力を感じていたようだ。それを自在に操り超自然の存在と交信する超能力を持った〝叡智の人〟が、詩人だったのである。

時代が下って、詩人の神秘性が次第に薄れてきても、詩／言葉そのものへの畏怖は、根強くアイルランド人の心の奥に潜み続けたようだ。しがない詩人バルドも、アイルランドの〝歓待〟の精神と慣行を頼りに盛んに諸国を遍歴したようだが、その対応が悪いと、詩人はすぐさま非難や悪口を風刺詩に仕立てて、行く先ざきで詠《うた》い歩いた。その標的とされた〈もてなし〉の主《あるじ》にとっては、はなはだ迷惑で不面目であるから、詩人の接待には神経を使わざるをえない。しかし、その底には、言霊《ことだま》の神秘なる力に対する古くからの畏怖の念もあったのではなかろうか。こういう風潮の中で、バルドはますます横暴になっていき、人々も、上は王家の人々や大修道院の聖職者たち、下は慎ましい農民にいたるまで、彼らを疫病神と見るようにさえなってきたようだ。

D・ハイドは *A Literary History of Ireland* の中で、当時のバルドの増長ぶりの一例を挙げている。本書で触れられている〈詩人の大集会〉やダローン・フォーガル殺害の背景として興味ある描写であるので、要訳して、ここで紹介してみる。

「バルドたちは、徒党を組み、九本の真鍮の鎖で銀の壺を吊り下げた長い棒を担いで各地を練り歩き、狙いをつけた犠牲者の家に堂々と押しかけては、ハープの伴奏つきで九人のバルドが一人ずつ、その家の主が金銀の寄進をその壺に投じるまで、延々と主を称《たた》える詩を詠み続けた。人々は、この壺を〈強欲の壺〉と称した。それでも寄進や寄宿強要を拒む主は、痛烈な風刺詩の犠牲者とされるのであった」

アイルランド諸王までも、彼らの傲慢無礼に立腹し、彼らの存在は諸王国にとってあまりにも重荷になってきていると不満を抱くようになっていた。七世紀末にも、時の大王が〈ドゥラム・キャットの大集会〉を主催して、一年にもわたって、この詩人問題を論じている。

4　〝もてなし厚きグアイリー〟＝コナハト王。在位六五五年頃〜六六三年頃。七世紀には、彼の勢力はマンスター西部にまで及んでいた。

5　『ティガサク・リー〔王の教訓集〕』＝コーマック・マク・アルト王が王子の質問に答えて王者としての叡智を授けるという形で、この時代の道徳を説き、さまざまな情報や教えを与える、という内容。アイルランド古代文学の中の、優れた散文。

6　コーマック・マク・アルト＝〝アルトの息子コーマック〟。タラの丘に大王宮を築き、法律を制定して善政をしいた、英邁《えいまい》なる大王。彼によって、異教時代のアイルランドには、平和と繁栄がもたらされた。在位二五四年〜二七七年。フィン、オシーン、キールチャ等の英雄からなる戦士団フィアナを抱えていた。またダナーン神族の神々、とりわけ海神マナナーンと親しかったとされ、数々の異境の冒険を体験したと語られている。史実と伝説の間で活躍する英雄王。フィンの許婚でありながら、フィアナの勇士ディアルムイッドと駆け落ちをしてフィンの激しい追跡を受けた悲恋物語のヒロイン、グラーニャは、彼の娘であったとされる。

第七章

1　四大王国＝〝大王ならびに四大王国の王〟、あるいは〝大王領ミースと四人王国〟という表現も、使われる（第一章訳註4参照）。

2　クラン〔氏族〕＝クランは英語になっている単語だが、語源はアイルランド語で、〝子供〟、〝子孫〟の意味。祖先を同じくする親族集団。

3　オカイラ〔小農〕＝古代アイルランドの社会構成は、〈自由民〉と〈非自由民〉とに大別された。〈自由民〉は原則的には土地所有者（ボー・アーラのような例外もあり）であり、所有地の大小によって、さらに細かい階級に分かれていたが、その中で小農はもっとも貧しい土地所有農民。しかし、最低七カマル（一カマルは、一三・八五ヘクタール）の土地を所有していることが、その資格であった。

4　リンボク＝ブラック・ソーン。きわめて硬い木質なので、よく杖として用いられ、旅人や放浪者にとっては必需品なのである。また、正規の武器の所持を禁じられている農民たちにとっては、重宝な武器でもあった。アイルランドでは、ごく身近な木。

5　アード・ファーチャ＝現在のケリー州アードファート。聖ブレノーン（聖ブレンダン）の創設した修道院があった。

6　福者ブレノーン＝聖ブレンダン、聖ブレノーン。〝航海者ブレンダン〟、〝クロンフォートのブレンダン〟。四八四年頃〜五七七年頃。六世紀に、主としてアイルランド西部で活躍した聖職者。ゴルウェイ州クロンフォートを始め、各地に修道院を設立。〈約束の地〉を求めて、弟子僧たちと航海を続けたとされる。この幻想的な島巡りの物語は、中世文芸に『聖ブレンダン航海記』を生み、各国語に訳されて愛読された。また、アメリカ大陸を発見したのは、コロンブスではなく、このブレンダンであったとの伝承もある。

7　ムラクー＝聖ムラクー。聖ムラダッハ。六世紀（?）のアイルランドの司教、聖人。キララ（メイヨー州）の初代司教であり、スライゴー州沿岸のイニシュマーリィ（〝ムラクーの島〟の意）に修道院を設立。これは八〇七年にヴァイキングによって破壊されたが、現在もさまざまな遺跡が残っている。

8　〝アード・マハの祝福されしパトリック〟＝聖パトリック。三九九年頃〜四六一年頃。アイルランドに初めてキリスト教を伝えたとされるアイルランドの守護聖人。ブリトン人で、少年時代に海賊に捕らえられて六年間アイルランドで奴隷となっていた。やがて脱出してブリトンへ帰り、自由を得た上で、四三五年（四三二年、四六二年とも）にアイルランドに戻り、アード・マハを拠点としてキリスト教を伝え、多くのアイルランド人を入信させた。アード・マハは、現在のアーマー。アーマーは、聖パトリックがアイルランド最初の礼拝堂を建立して以来、この国のキリスト教信仰の中心であり、最高権威の座となってきた。『アード・マハの祝福されしパトリック』は、聖ムラクーによる彼の伝記の書名でもある。

第八章

1 『ブレハ・デーン・ヒェクト』＝『デーン・ヒェクトの法』。不法な傷害に対する科料や、医師に払われるべき料金等に関する法律。デーン・ヒェクトは、神話の中の医術の神。

2 芸術と工芸の神ルー＝アイルランド神話の中で、もっとも重要な神の一人。〝輝く顔のルー〟ともいわれるので、おそらく太陽神であろうと考えられている。彼と人間の娘デクトラの間に生まれたのが、英雄クーフリン。

3 〝ベアラの老女〟＝八世紀末か九世紀初めに書かれた『ベアラの老女』は、この〝ベアラの老女〟に関わる詩だと考えられている。七つの青春を生きたというごく高齢の神秘的な女性の、悲痛な老いの嘆きを詠ったもので、アイルランド古代文学の中でもっとも秀でた詩の一つ。ベアラ（バーラ）は、アイルランド西南部ケリー州の、ケンメア河口とバントリー湾の間の半島一帯の地方。

4 〈弁償金〉＝〈ブレホン法〉の際立った特色の一つは、古代の各国の刑法の多くが犯罪に対して〝懲罰〟をもって臨むのに対し、〝償い〟をもって解決を求めようとする精神に貫かれている点であろう。各人には、地位、財産、血統などを考慮して社会が評価した〝価値〟、あるいはそれを踏まえて法が定めた〝価値〟が決まっていて、殺人という重大な犯罪さえも、被害者のこの〈名誉の代価《オナー・プライス》〉を弁償することによって、つまりは〈血の代償金《ブラッド・マネー》〔エリック〕〉を支払うことによって、解決されてゆく。この精神や慣行は、神話や英雄譚の中にもしばしば登場している——たとえば、アイルランドの三大哀歌《エレジー》の一つといわれる『トゥーランの子らの運命』も、有力な神ルーの父を殺害したために、ルーから苛酷な弁償を求められたトゥーランの息子たちがたどる悲劇を物語る。

5　コンホスピタエ＝男女共住修道院。修道士と修道女が同じ施設の中で、共に修道生活や勉学に励む修道院。彼らは結婚することも多く、修道院の中で信仰に生きながら子供を育てていた。

6　福者キアラン＝五一六年頃～五四九年頃。〝クロンマクノイスのキアラン〟。初めクロナードの聖フィーナンの修道院に入り、のちにアイルランド中部のオファリー州クロンマクノイスに修道院を設立。クロンマクノイスの修道院は、アイルランド第一の修道院となったが、一五五二年に終焉を迎えた。今も、壮大な遺構や見事なケルト十字架が、往時を物語っている。

第九章

1　はい＝下巻の一七九～一八二ページで、ベラッハはこの本について熱心に語っている。

第十章

1　アーマーの大司教オルトーン＝アーマーは、女神マハの城砦であったとされ、多くの神話や古代文芸の舞台となってきたアルスター地方南部の古都。四四四年（諸説あり）、聖パトリックによって大聖堂がマハの丘（アード・マハ、アーマー）に建立され、ここがアイルランドのキリスト教の最高権威の座とされた。また、その付属神学院もアイルランドの学問の重要な拠点となっていった。
《修道女フィデルマ・シリーズ》は、オルトーンがここの大司教であった時代の物語で、作品中でしばしば言及される。

2　〈同族殺害〉＝血縁関係を基盤とした初期アイルランド社会で、血縁者の殺害は社会組織の根底を揺るがすものとして、厳しく処断された。原則として殺人罪も、ほかの犯罪同様、加害者に被害者の遺族へ〈弁償〉（第八章訳註4参照）させることによって決着がつけられたが、〈同族殺害（血族殺害）〉には、これが認められなかった。また、〈同族殺害〉の場合、被害者の肉親が殺人者に報復することも、許されなかった。加害者も血縁のものであるから、報復者は自分も〈同族殺害者〉となるからである。厳密な意味の血族のみでなく、固い結束を持つ組織や民族も、ここに描かれるように、〈同族〉として考えられることもあるようだ。

3　〈名誉の代価〉＝地位、身分、血統、資力などに応じて、慎重に定められる各個人の価値。被害を与えた場合、あるいは被害をこうむった場合、この〈名誉の代価〉に応じて損害を弁償したり、弁償を求めたりする（第八章訳註4参照）。

4　パブリリウス・シーラス＝紀元前一世紀頃に、ローマ演劇の世界で活躍し、人気を博したマイム作者、マイム俳優。また、広く読まれていたストア哲学的な大部の格言集の著者でもある。

5　『申命記』に……＝第一八章一〇～一二節。〝汝らのうちに……卜筮《うらなひ》する者、邪法を行ふ者、禁厭《まじなひ》する者、魔術を使ふ者、法印を結ぶ者、憑鬼《くちよせ》する者、かんなぎの業《わざ》をなす者、死人に詢《と》ふことをする者、あるべからず。凡《すべ》てこれらのことをなす者は、ヱホバこれを憎み給ふ。汝の神ヱホバが彼らを汝の前より逐《おひ》はらひ給ひしも、これらの憎むべき事のありしによりてなり〟。

6　私は誓いませんよ＝『マタイ伝』第五章三四～三六節。〝されど我は汝らに告ぐ、一切誓ふな。天を指して誓ふな、神の御座《みくら》なればなり。地を指して誓ふな、神の足台なればなり。エルサレムを指して誓ふな、大君《おほきみ》の都なればなり……〟。

7 〝ただ、然り《イエス》、あるいは否《ノー》と答えるように〟＝『マタイ伝』第五章三七節。〝ただ然り然り、否、否と言へ。これに過ぐるは、悪より出づるなり〟。

8 ローマ教会との間の軋轢《あつれき》＝〈ローマの規則〉の項を参照（第三章訳註5参照）。

9 大王《ハイ・キング》リアリー＝リアリー・マク・ニールは、五世紀半ばの大王（四六三年没）。英雄的な王〝九人の人質とりしニール〟の子。〈九人会議〉を招集し、主催した。

10 高名なる九人の賢者がたを会議にお招しになり＝アイルランド古代の律法を再検討し集大成するために、大王リアリーによって招集された〈九人会議〉。九人の賢者たちは三年にわたって討議検討し、その結果、大律法書『シャンハス・モール』が完成した。九人の賢者とは、この会議を主導した大王リアリー、モアン（マンスター）王コルク（モアンのオーガナハト王朝の先祖。このシリーズの主人公フィデルマは、このオーガナハト王家の王女と設定されている）、ウラー（アルスター）王ダイルの三王と、三人のブレホンの長、それに聖パトリックたち三人の聖職者の九人。

検印
廃止

訳者紹介　早稲田大学大学院博士課程修了。英米演劇，アイルランド文学専攻。翻訳家。主な訳書に，パリサー『五輪の薔薇』，トレメイン『蜘蛛の巣』『幼き子らよ、我がもとへ』『アイルランド幻想』，共訳に『J・M・シング選集』Ⅰ・Ⅱなど。

蛇、もっとも禍《まが》し　上

2009年11月13日　初版

著　者　ピーター・トレメイン

訳　者　甲《か》　斐《い》　萬《ま》　里《り》　江《え》

発行所　(株)　東京創元社
代表者　長谷川晋一

162-0814/東京都新宿区新小川町1-5
電　話　03・3268・8231-営業部
　　　　03・3268・8204-編集部
URL　http://www.tsogen.co.jp
振　替　00160-9-1565
工友会印刷・本間製本

乱丁・落丁本は，ご面倒ですが小社までご送付ください。送料小社負担にてお取替えいたします。

©甲斐萬里江　2009　Printed in Japan

ISBN978-4-488-21812-6　C0197

Minette Walters

ミネット・ウォルターズ（英　一九四九—　）

幼少期から頭抜けた読書家であったウォルターズは、雑誌編集者を経て小説家となる。一九九二年にミステリ第一作『氷の家』を発表。いきなりCWA最優秀新人賞を獲得する。続いて第二作『女彫刻家』でMWA最優秀長編賞を、第三作『鉄の枷』でCWAゴールド・ダガーを受賞。現在に至るまで、名実ともに現代を代表する〈ミステリの新女王〉として活躍中。

氷の家

ミネット・ウォルターズ
成川裕子訳

〈本格〉

十年前に当主が失踪した邸で、胴体を食い荒らされた無惨な死骸が発見された。はたして彼は何者なのか？　迷走する推理と精妙な人物造形が伝統的な探偵小説に新たな命を与え、織りこまれた洞察の数々が清冽な感動を呼ぶ。現代の古典と呼ぶにふさわしい、まさに斬新な物語。ミステリ界に新女王の誕生を告げる、CWA最優秀新人賞受賞作！

18701-9

女彫刻家

ミネット・ウォルターズ
成川裕子訳

〈本格〉

母と妹を切り刻み、それをまた人間の形に並べて、台所に血まみれの抽象画を描いた女。彼女には当初から謎がつきまとった。凶悪な犯行にもかかわらず、精神鑑定の結果は正常。しかも罪を認めて一切の弁護を拒んでいる。わだかまる違和感は、いま疑惑の花を咲かせた……本当に彼女が犯人なのか？　MWA最優秀長編賞に輝く戦慄の第二弾！

18702-6

鉄の枷

ミネット・ウォルターズ
成川裕子訳

〈本格〉

資産家の老婦人は血で濁った浴槽の中で死んでいた。睡眠薬を服用したうえで手首を切るというのは、よくある自殺の手段である。だが、現場の異様な光景がその解釈に疑問を投げかけていた。野菊や刺草で飾られた禍々しい中世の拘束具が、死者の頭に被せられていたのである。これは一体何を意味するのか？　CWAゴールドダガー賞受賞作。

18703-3

昏《くら》い部屋

ミネット・ウォルターズ
成川裕子訳

〈本格〉

見知らぬ病室で目覚めたジェイン。謎の自動車事故から奇跡的に生還したものの、彼女は事故前後十日分の記憶を失っていた。傷ついた心身を癒やす間もなく、元婚約者と親友がその空白の期間に惨殺されたこと、自分が容疑者であることを、相次いで知らされる。誰を、何を信用すればいいのか。二転三転する疑惑が心を揺さぶる鮮烈な第四長編。

18704-0

囁く谺
ミネット・ウォルターズ
成川裕子訳
〈本格〉

ロンドンの裕福な住宅街の一角で、浮浪者の餓死死体が見つかった。取材に訪れたマイケルは、家の女性から奇妙な話を聞かされる。男はみずから餓死を選んだに違いないというのだ。だが、それよりも不可解なことは、彼女が死んだ男に強い関心を抱いていることだった。彼女を突き動かすものとは何なのか？　ミステリの女王が贈る傑作長編。

18705-7

蛇の形
ミネット・ウォルターズ
成川裕子訳
〈本格〉

ある雨の晩、ミセス・ラニラは隣人が死にかけているのに出くわしてしまう。警察の結論は交通事故死。だが、彼女には、死に際の表情が「なぜ私が殺されなければならないのか」と訴えていたように思えてならなかった。そして二十年後、ミセス・ラニラは殺人の証拠を求め、執念の捜査を開始する。人の心の闇を余す所なく描き出す傑作長編。

18706-4

病める狐 上下
ミネット・ウォルターズ
成川裕子訳
〈サスペンス〉

ドーセットにある寒村、シェンステッドを不穏な空気が覆う。何者かによる動物の虐殺、村の老婦人の不審死に関してささやかれる噂、そして村の一角を占拠した移動生活者の一団。それらの背後には、謎の男フォックスの影があった。高まり続けた緊張はクリスマスの翌日、頂点に達し……。二度目のCWA最優秀長編賞を受賞した、圧巻の傑作。

18707-1/18708-8

死者を起こせ
フレッド・ヴァルガス
藤田真利子訳
〈本格〉

ボロ館に住む三人の失業中の若き歴史学者たち。中世専門のマルク、先史時代専門のマティアス、第一次大戦専門のリュシアン。隣家の元オペラ歌手は、突然庭に出現したブナの木に怯えていた。これは脅迫ではないか？　夫はとりあわず、三人が頼まれて木の下を掘るが何も出ない……そして彼女が失踪した。ミステリ批評家賞受賞の傑作長編。

23602-1

青チョークの男
フレッド・ヴァルガス
田中千春訳
〈本格〉

夜毎パリの路上にチョークで描かれる円。中にはガラクタの数々が置かれている。しかし、ある朝そこには喉を切られた女性の死体が。そして、事件は続いた。警察署長アダムスベルグが事件に挑む。CWAインターナショナル・ダガー受賞作『死者を起こせ』で読者を魅了したフランス・ミステリ界の女王ヴァルガスのもう一つのシリーズ開幕！

23603-8

論理は右手に
フレッド・ヴァルガス
藤田真利子訳
〈本格〉

パリの街で犬の糞から出た人骨に疑念を抱いた元内務省調査員ケルヴェレールは、独自の捜査を開始した。若い歴史学者マルク＝通称聖マルコを助手に、彼はブルターニュの村の犬を探り当てる。骨は最近、海辺で事故死した老女のものなのか？　変人ケルヴェレールが、聖マルコ、聖マタイとともに老女の死の真相に迫る。〈三聖人シリーズ〉第二弾。

23604-5

サラ・ウォーターズ
中村有希訳
半身《はんしん》
〈サスペンス〉

一八七四年の秋、監獄を訪れたわたしは、ある不思議な女囚と出逢った。ただならぬ静寂をまとったその娘は……霊媒。戸惑うわたしの前に、やがて、秘めやかに謎が零れ落ちてくる。魔術的な筆さばきの物語が到達するのは、青天の霹靂のごとき結末。サマセット・モーム賞に輝いた本書は、魔物のように妖しい魅力に富んだ、ミステリの絶品！

25402-5

サラ・ウォーターズ
中村有希訳
荊《いばら》の城　上下
〈サスペンス〉

十九世紀半ばのロンドン。十七歳になる孤児スウに、顔見知りの詐欺師が新たな儲け話を持ちかけてくる。さる令嬢をたぶらかして結婚し、彼女の財産を奪い取ろうというのだ。スウの役割は、令嬢の新しい侍女。スウはためらいながらも、その話にのることにするのだが……。CWAのヒストリカル・ダガーを受賞した、ウォーターズ待望の第二弾。

25403-2/25404-9

サラ・ウォーターズ
中村有希訳
夜《や》愁《しゅう》　上下
〈サスペンス〉

一九四七年、ロンドン。第二次世界大戦の爪痕が残る街で毎日を生きるケイ、ジュリアとその同居人のヘレン、ヴィヴとダンカンの姉弟たち。そんな彼女たちが積み重ねてきた歳月を、夜は容赦なく引きはがす。過去へとさかのぼる人々の想いと、すれ違い交錯するいくつもの運命。無情なる時が支配する、夜と戦争の物語。ブッカー賞最終候補作。

25405-6/25406-3

エレイン・ヴィエッツ
中村有希訳
死ぬまでお買物
〈ユーモア〉

やむをえない事情から、すべてをなげうち陽光まぶしい南フロリダへやってきたヘレン・ホーソーン。ようやく手に入れた仕事は、高級ブティックの雇われ店員だった。店長もお得意様も、周囲は皆整形美女だらけのこの店には、どうやら危険な秘密があるようで……？　ふりかかる事件にワケありヒロインが体当たりで挑む、痛快シリーズの登場。

15006-8

エレイン・ヴィエッツ
中村有希訳
死体にもカバーを
〈ユーモア〉

ワケあって世をはばかる身のヘレンは、ただいま〈ページ・ターナーズ〉書店で新米書店員として奮闘中。困ったお客や最低オーナーに振り回される毎日だ。ところが、そのオーナーが殺されてしまい、しかも容疑者として逮捕されたのは意外な人物で……？　南フロリダで働く崖っぷちヒロインの、仕事と推理と恋の行方は？　お待ちかね第二弾。

15007-5

ローラ・ウィルソン
日暮雅通訳
千の嘘
〈サスペンス〉

母の遺品を整理していたエイミーは、モーリーン・シャンドという女性が書いた日記を見つける。彼女と母の関係を調べていくうち、モーリーンの姉シーラが、実の父親を殺していたことが明らかになった。シャンド家で過去に何があったのか？　エイミーは姉妹の母、そしてシーラ本人と接触を図るが……。期待の俊英が贈る哀しみのサスペンス。

28504-3

隅の老人の事件簿
バロネス・オルツィ
深町眞理子 訳
〈本格〉

隅の老人の活躍！ フェンチャーチ街の謎、地下鉄の怪事件、ミス・エリオット事件、ダートムア・テラスの悲劇、ペブマーシュ殺し、リッスン・グローヴの謎、トレマーン事件、商船〈アルテミス〉号の危難、コリーニ伯爵の失踪、エアシャムの惨劇、《バーンズデール荘園》の悲劇、リージェント・パークの殺人、隅の老人最後の事件、を収録。

17701-0

クリスマスに少女は還る
キャロル・オコンネル
務台夏子 訳
〈サスペンス〉

クリスマスも近いある日、二人の少女が失踪した。刑事ルージュの悪夢が蘇る。十五年前に殺された双子の妹。だが、犯人は今も刑務所の中だ。まさか？ 一方、監禁された少女たちは奇妙な地下室に潜んで、脱出の機会をうかがっていた……。一読するや衝撃と感動が走り、再読しては巧緻なプロットに思わず唸る。新鋭が放つ超絶の問題作！

19505-2

氷の天使
キャロル・オコンネル
務台夏子 訳
マロリー・シリーズ1
〈警察小説〉

キャシー・マロリー。NY市警巡査部長。ハッカーとして発揮される天才的な頭脳、鮮烈な美貌、そして、癒しきれない心の傷の持ち主。老婦人連続殺人事件の捜査中、父親代わりの刑事マーコヴィッツが殺され、彼女は独自の捜査方法で犯人を追いはじめる。ミステリ史上もっともクールなヒロインの活躍を描くマロリー・シリーズ、第一弾！

19506-9

アマンダの影
キャロル・オコンネル
務台夏子 訳
マロリー・シリーズ2
〈警察小説〉

マロリーが殺された？ しかし、検視局に駆けつけた刑事ライカーが見たのは、彼女のブレザーを着た別人だった。被害者の名はアマンダ。彼女の部屋に残されていたのは、未完の小説原稿と空っぽのベビーベッド、そして猫一匹。彼女を死に追いこんだ「嘘つき」とは誰なのか？ 上流階級の虚飾の下に澱む策謀と欲望をマロリーが容赦なく暴く！

19507-6

死のオブジェ
キャロル・オコンネル
務台夏子 訳
マロリー・シリーズ3
〈警察小説〉

画廊で殺されたアーティスト。若き芸術家とダンサーの死体をオブジェのように展示した、十二年前の猟奇殺人との関連を示唆する手紙。伏魔殿のごときアート業界に踏みこんだマロリーに、警察上層部の執拗な捜査妨害が。マーコヴィッツの捜査メモを手掛かりに事件を再捜査する彼女が見出した、過去に秘められたあまりにも哀しい真実とは？

19508-3

天使の帰郷
キャロル・オコンネル
務台夏子 訳
マロリー・シリーズ4
〈警察小説〉

これは確かにマロリーだ！ 彼女の故郷で墓地に立つ天使像の顔を見て驚くチャールズ。一方のマロリーは、カルト教団教祖の殺害容疑で勾留された。ひそかに帰郷した彼女の目的は？ いま、石に鎖された天使が翼を広げる――過去の殺人を断罪するために。確執もつれ合う南部に展開する鮮烈無比なヒロインの活躍を描く！ シリーズ第四弾。

19509-0

John Dickson Carr
（Carter Dickson）

ディクスン・カー（カーター・ディクスン）（米 一九〇六―一九七七）

〈不可能犯罪の作家〉といわれるカーは、密室トリックを得意とし、怪奇趣味に彩られた独自の世界を築いている。本名では**フェル博士**、ディクスン名義では**ヘンリ・メリヴェール卿**（H・M）が活躍する。作風は**『赤後家の殺人』**等初期の密室ものから、**『皇帝のかぎ煙草入れ』**など中期の心理トリックもの、そして**『死の館の謎』**等晩年の歴史ものへと変遷した。

ディクスン・カー
宇野利泰 訳
カー短編全集1

不可能犯罪捜査課

〈本格〉

発端の怪奇性、中段のサスペンス、解決の意外な合理性、この本格推理小説に不可欠の三条件を見事に結合して、独創的なトリックを発明するカーの第一短編集。奇妙な事件を専門に処理するロンドン警視庁D三課の課長マーチ大佐の活躍を描いた作品を中心に、「新透明人間」「空中の足跡」「ホット・マネー」「めくら頭巾」等、全十編を収録する。

11801-3

ディクスン・カー
宇野利泰 訳
カー短編全集2

妖魔の森の家

〈本格〉

長編に劣らず短編においてもカーは数々の名作を書いているが、中でも「妖魔の森の家」一編は、彼の全作品を通じての白眉ともいうべき傑作である。発端の謎と意外な解決の合理性がみごとなバランスを示し、加うるに怪奇趣味の適切ないろどり、けだしポオ以降の短編推理小説史上のベスト・テンにはいる名品であろう。ほかに中短編四編を収録。

11802-0

ディクスン・カー
宇野利泰 訳
カー短編全集3

パリから来た紳士

〈本格〉

カー短編の精髄を集めたコレクション、本巻にはフェル博士、H・M、マーチ大佐といった名探偵が一堂に会する。内容も、隠し場所トリック、不可能犯罪、怪奇趣味、ユーモア、歴史興味、エスピオナージュなど多彩をきわめ、カーの全貌を知るうえに必読の一巻である。殊に「パリから来た紳士」は著者の数ある短編の中でも最高傑作といえよう。

11803-7

ディクスン・カー
宇野利泰 訳
カー短編全集4

幽霊射手

〈本格〉

カーの死後の調査と研究に依って発掘された、若かりし日の作品群や、ラジオ・ドラマを集大成した待望の短編コレクション。処女短編「死者を飲むかのように……」を筆頭に、アンリ・バンコランの活躍する推理譚と、名作「B13号船室」をはじめとする傑作脚本を収録した。不可能興味と怪奇趣味の横溢するディクスン・カーの世界！　志村敏子 画

11820-4

ディクスン・カー
宇野・永井 訳
カー短編全集5
黒い塔の恐怖
〈本格〉
今は亡き〈不可能犯罪の巨匠〉ディクスン・カーの、長編小説以外の精華を集大成した一大コレクション。ことに、傑作怪奇譚をはじめ、ラジオ・ドラマ、ホームズもののパロディ、推理小説論等、多方面にわたるカーの偉大な業績を集め、巻末に詳細な書誌を付した本巻はカーの足跡をたどる上で逸することのできない一冊となろう。志村敏子 画
11821-1

ディクスン・カー
大村・高見・深町 訳
カー短編全集6
ヴァンパイアの塔
〈本格〉

全員が互いに手を取り合っている降霊会の最中、縛られたままの心霊研究家が殺される。密室状況下で死んでいた男は自殺かと思われたが、死体の周囲に凶器が見あたらない「暗黒の一瞬」等々、カーの本領が発揮された不可能興味の横溢するラジオ・ドラマ集。クリスマス・ストーリー「刑事の休日」を併載。松田道弘の「新カー問答」を収める。

11825-9

ディクスン・カー
田中西二郎 訳
帽子収集狂事件
〈本格〉

夜霧たちこめるロンドン塔逆賊門の階段で、シルクハットをかぶった男の死体が発見され、いっぽうロンドン市内には帽子収集狂が跳梁して、帽子盗難の被害が続出する。終始、帽子の謎につきまとわれたこの事件は、不可能興味において極端をねらう作家カーが、密室以上のトリックを考案して全世界の読者をうならせた、代表的な傑作である。

11804-4

ディクスン・カー
井上一夫 訳
盲目の理髪師
〈本格〉

大西洋航路の豪華船の中で二つの大きな盗難事件が発生し、さらに奇怪な殺人事件が持ち上がる。なくなった宝石が持ち主の手にもどったり、死体が消えたり、すれちがいと酔っぱらいのドンチャン騒ぎのうちに、無気味なサスペンスと不可能犯罪のトリックが織りこまれている。カーの作品中でも、もっともファースの味の濃厚な本格編である！

11828-0

ディクスン・カー
宇野利泰 訳
アラビアンナイトの殺人
〈本格〉

ある夏の夜のこと、ロンドンの博物館をパトロール中の警官は怪人物を発見する。だが、その人物は忽然と消滅してしまった。しかも、博物館の中では殺人事件が発生していた。ユーモアと怪奇を一体にしたカーの独特な持ち味が、アラベスク模様のように絢爛と展開する代表的巨編。フェル博士がみごとな安楽椅子探偵ぶりを発揮する異色作である。

11806-8

ディクスン・カー
中村能三 訳
曲った蝶番《ちょうつがい》
〈本格〉

ケント州の由緒ある家柄のファーンリ家に、突然、一人の男が現われ、相続争いが始まった。真偽の鑑別がつかないままに、現在の当主が殺され、指紋帳も紛失してしまった。さしもの名探偵フェル博士も悲鳴をあげるほどの不可能犯罪の秘密は？　全編をおおう謎に加えて自動人形や悪魔礼拝など、魔術趣味の横溢する本格愛好家への恰好の贈物。

11807-5

死者はよみがえる

ディクスン・カー
橋本福夫訳

〈本格〉

友人と賭をし、南アフリカからの無銭旅行に出た新進作家のケントは、何とかロンドンには着いたものの、一文なしになっていた。約束の日が明日にせまっているというのに、彼は空腹を我慢できず、やむなくホテルに飛び込み、客にみせかけて無銭飲食をきめこんだが……。ホテルを舞台にした殺人事件で、フェル博士の究明した意外な真相は？

11808-2

緑のカプセルの謎

ディクスン・カー
宇野利泰訳

〈本格〉

村の菓子屋で毒入りチョコレートが売られ、子供たちに犠牲者が出るという珍事が持ち上った。ところが、犯罪研究を道楽とする荘園の主人が毒殺事件のトリックを発見したと称してその公開実験中に、当の本人が緑のカプセルを飲んで毒殺されてしまった。カプセルを飲ませたのは誰か？　フェル博士の毒殺講義をふくむカー中期を代表する傑作。

11809-9

連続殺人事件

ディクスン・カー
井上一夫訳

〈本格〉

妖気ただようスコットランドの古城で起きた謎の変死！　妖怪伝説か、保険金目当ての自殺か、それとも殺人か？　密室の謎に興味をそそられて乗りこんだフェル博士の目前で、またもや発生する密室の死。怪奇と笑いのどたばた騒ぎのうちにフェル博士の解いた謎は、意外なトリックと意外な動機、さらに事件そのものも意外なものであった！

11810-5

皇帝のかぎ煙草入れ

ディクスン・カー
井上一夫訳

〈本格〉

向かいの家で、婚約者の父親が殺されるのを寝室の窓から目撃した女性。だが、彼女の部屋には前夫が忍びこんでいたので、容疑者にされた彼女は身の証を立てることができなかった。物理的には完全な状況証拠がそろってしまっているのだ。「このトリックには、さすがのわたしも脱帽する」とアガサ・クリスティを驚嘆せしめた不朽の本格編。

11811-2

髑《どく》髏《ろ》城《じょう》

ディクスン・カー
宇野利泰訳

〈本格〉

ライン河畔にそびえる古城、髑髏城。その城主であった稀代の魔術師、メイルジャアが謎の死を遂げてから十数年。今また現在の城主が火だるまになって城壁から転落するという事件が起きた。この謎に挑むのは、ベルリン警察のフォン・アルンハイム男爵とその宿命のライヴァル、アンリ・バンコラン。独仏二大探偵が真相を巡ってしのぎを削る。

11812-9

死の館の謎

ディクスン・カー
宇野利泰訳

〈本格〉

一九二七年のニュー・オーリンズ。過去に奇々怪々な事件の起きたことによって〈死の館〉という異名をもつ〈デリース館〉に、またも発生した不可思議な事件!!　作者カーの若かりし日を彷彿とさせる歴史小説作家ジェフ・コールドウェルの目を通して描かれる、ジャズとT型フォード全盛の古き良き時代。一九七一年度発表の歴史推理巨編！

11813-6

夜歩く

ディクスン・カー
井上一夫訳

〈本格〉

刑事たちが見張るクラブの中で、新婚初夜の公爵が無惨な首なし死体となって発見された。しかも、現場からは犯人の姿が忽然と消えていた！　夜歩く人狼がパリの街中に出現したかの如きこの怪事件に挑戦するは、パリ警視庁を一手に握る名探偵アンリ・バンコラン。本格派の巨匠ディクスン・カーが自信満々、この一作をさげて登場した処女作。

11814-3

絞首台の謎

ディクスン・カー
井上一夫訳

〈本格〉

夜霧のロンドンを、喉を切られた黒人運転手の死体がハンドルを握る自動車が滑る！　十七世紀イギリスの絞首刑吏〈ジャック・ケッチ〉と幻の町〈ルイネーション街〉が現代のロンドンによみがえった。魔術と怪談と残虐恐怖を、ガラス絵のような色彩で描いたカーの初期代表作。『夜歩く』につづくバンコランの快刀乱麻を断つが如き名推理！

11815-0

魔女の隠れ家

ディクスン・カー
高見浩訳

〈本格〉

チャターハム牢獄の長官をつとめるスタバース家の者は、代々、首の骨を折って死ぬという伝説があった。これを裏づけるかのように、今しも相続をおえた嗣子マルティンが謎の死をとげた。〈魔女の隠れ家〉と呼ばれる絞首台に無気味に漂う苦悩と疑惑と死の影。カー一流の怪奇趣味が横溢する中に、フェル博士の明晰な頭脳がひらめく……！

11816-7

テニスコートの謎

ディクスン・カー
厚木淳訳

〈本格〉

ブレンダは愕然とした。雨上がりのテニスコートには被害者と発見者である自分自身の足跡しか残ってはいなかったのだ。犯人にされることを恐れた彼女は、友人と共にこの事実を隠し通して切り抜けようとするのだが……。主人公達と犯人と警察の三つ巴の混乱の中、第二の不可能犯罪が発生。フェル博士はこの難局をいかにして解決するのか？

11819-8

亡霊たちの真昼

ディクスン・カー
池央耿訳

〈本格〉

一九一二年の十月。作家のジム・ブレイクはハーパー社の依頼でニュー・オーリンズへと向かった。下院議員候補で、同姓のクレイ・ブレイクを取材するためだった。だが、南へ向かう列車の中から、ジムのまわりには不可解なことが連続して起こる。そして、自殺としか思えない情況の下で、殺人事件が発生する。巨匠・カー最晩年の歴史推理。

11823-5

赤後家の殺人

カーター・ディクスン
宇野利泰訳

〈本格〉

その部屋で眠れば必ず毒死するという、血を吸う後家ギロチンの間で、またもや新しい犠牲者が出た。フランス革命当時の首斬人一家の財宝をねらうくわだてに、ヘンリ・メリヴェル卿独特の推理が縦横にはたらく。カーター・ディクスンの本領が十二分に発揮される本格編である。数あるカーの作品中でもベスト・テン級の名作といわれる代表作。

11901-0

爬虫類館の殺人
カーター・ディクスン
中村能三訳
〈本格〉

第二次大戦下のロンドン、熱帯産の爬虫類、大蛇、毒蛇、蜘蛛などを集めた爬虫類館に、不可思議な密室殺人が発生する。厚いゴム引きの紙で目張りした大部屋の中に死体があり、そのかたわらにはボルネオ産の大蛇が運命をともにしていた。そして殺人手段にはキング・コブラが一役買っている。幾重にも蛇のからんだ密室と、H・Mのくみ合せ。

11902-7

白い僧院の殺人
カーター・ディクスン
厚木淳訳
〈本格〉

ロンドン近郊の由緒ある建物〈白い僧院〉――その別館でハリウッドの人気女優が殺された。建物の周囲三十メートルに及ぶ地面は、折から降った雪で白く覆われ、足跡は死体の発見者のものだけ。犯人はいかにしてこの建物から脱け出したのか? 江戸川乱歩が激賞した、《密室の王者》の名に恥じない不可能犯罪の真髄を示す待望の本格巨編!

11903-4

孔雀の羽根
カーター・ディクスン
厚木淳訳
〈本格〉

二年前と同じ予告状を受け、警察はその空家を厳重に監視していた。銃声を聞いて踏み込んだ刑事が見たものは、若い男の死体、孔雀模様のテーブル掛けと十客のティーカップ。なにもかもが二年前の事件とよく似ていた。そのうえ、現場に出入りした者は被害者以外にはいないのだ。この怪事件をH・Mは三十二の手掛りを指摘して推理する!

11904-1

仮面荘の怪事件
カーター・ディクスン
厚木淳訳
〈本格〉

ロンドン郊外の広壮な邸宅、〈仮面荘〉。ある夜、不審な物音に屋敷の者たちが駆けつけると、名画の前に覆面をした男が瀕死の状態で倒れていた。その正体はなんと、屋敷の現当主スタナップ氏その人だったのだ! なぜ自分の屋敷に泥棒に入る必要があったのか? そして、彼を刺したのはいったい誰か? 謎が謎を呼ぶ、カー中期の本格推理。

11905-8

青銅ランプの呪
カーター・ディクスン
後藤安彦訳
〈本格〉

女流探険家がエジプトの遺跡から発掘した青銅ランプ。持ち主が消失するという言い伝えどおりに、イギリスへ帰国したばかりの考古学者の娘が忽然と姿を消す。さらに!? 本書は、カーがエラリー・クイーンと一晩語り明かしたあげく、推理小説の発端は人間消失の謎にまさるものなしとの結論から書かれた作品で、中期で最も光彩を放つ大作!

11906-5

エドマンド・ゴドフリー卿殺害事件
ディクスン・カー
岡照雄訳
〈歴史ミステリ〉

十七世紀ロンドン。治安判事エドマンド・ゴドフリー卿が不可解な失踪を遂げ、五日後に無惨な遺体となって発見された。虚実綯い交ぜの密告、反国王派の策動も相俟って、一判事の死は社稷を揺るがす大事件へと発展し……。不可能犯罪の巨匠カーが英国史上最大のミステリに挑戦、自ら探偵となって真相の究明に当たる、歴史ミステリの名作。

11826-6

仮面劇場の殺人

ディクスン・カー
田口俊樹 訳

〈本格〉

かつて、舞台で俳優が急死するなど不幸の続いた仮面劇場。そこでいま、新たに結成された劇団が初公演を控えていた。演目は因縁の『ロミオとジュリエット』。過去との符合に得体の知れぬ不安が漂う初公演前夜、悲劇は起きた。何者かの放った石弓の矢が、観劇中だった往年の名女優の体を貫いたのだ。フェル博士がアメリカで遭遇した難事件。

11827-3

殺人交叉点

フレッド・カサック
平岡敦 訳

〈本格〉

十年前に起きた二重殺人は、単純な事件だったと誰もが信じていました。殺人犯となったボブを熱愛していたルユール夫人でさえ、何も疑わなかったのです。しかし、真犯人は、私なのです。時効寸前に明らかになる驚愕の真相。七二年の本改稿版でフランス・ミステリ批評家賞を受賞した表題作に、ブラックで奇妙な味わいの「連鎖反応」を併録。

20513-3

E・S・ガードナーへの手紙

スーザン・カンデル
青木純子 訳

〈本格〉

元ミス・コン優勝者でヴィンテージファッション・マニアのシシーはミステリ作家専門の伝記ライター。E・S・ガードナー伝執筆中の彼女は、資料中に〈要追跡調査〉というガードナー自身のメモが添えられた、冤罪を訴える男の手紙を見つけた。過去の事件を探り始めた彼女は殺人事件に巻き込まれる。ミステリ・マニア必読のシリーズ開幕！

29404-5

幽霊が多すぎる

ポール・ギャリコ
山田蘭 訳

〈本格〉

パラダイン男爵邸に幽霊出現！　部屋を荒らすポルターガイスト。うろつく謎の尼僧。外から鍵をかけた部屋で毎夜ひとりでに曲を奏でるハープ。さらに客人の身に危害が？　騒動を鎮めるために駆けつけた、心やさしき名探偵ヒーロー氏の活躍ぶりやいかに？　ユーモアとトリックを満載して物語るギャリコ唯一の長編本格ミステリ、ついに登場！

19402-4

マチルダ

ボクシング・カンガルーの冒険

ポール・ギャリコ
山田蘭 訳

〈ユーモア〉

チャンスに恵まれない芸能エージェント、ビミー。彼のもとに転がりこんできた天才ボクシング・カンガルー、マチルダは、ひょんなことから世界チャンピオンをKOしてしまった！　たちまち新聞社からマフィアまでを巻きこんでの大騒動が勃発！　一頭のカンガルーに夢を賭ける男たちの奇想天外な冒険と、その意外な顛末を痛快に描く傑作。

19403-1

われらが英雄スクラッフィ

ポール・ギャリコ
山田蘭 訳

〈ユーモア〉

この地からサルがいなくなったら、イギリス人もいなくなる——古くから奇妙な言い伝えのある英領ジブラルタルで、サルたちを保護する青年士官ティムと部下ラブジョイ。だが、敵国ドイツの策謀か、大事件が勃発し、サルたちは激減。英国軍の命運を担うのは、今や群いちばんの暴れもののスクラッフィ一匹だけ？　ギャリコ幻の傑作、本邦初訳！

19404-8

捕虜収容所の死
マイケル・ギルバート
石田善彦訳
〈本格〉

第二次世界大戦下、イタリアの第一二七捕虜収容所でひそかに進展する脱走計画。ところが、不可解な状況のもと捕虜が落命、紆余曲折をへて、英国陸軍大尉による時ならぬ殺害犯捜しが始まる。連合軍の進攻が迫るなか、はたして脱走は成功するのか？　英国ミステリ界の雄が二重三重の趣向を鏤めて贈る、スリル横溢のユニークな謎解き小説！

23802-5

ジェーンに起きたこと
カトリーヌ・キュッセ
長谷川沙織訳
〈サスペンス〉

私のすべてが覗かれている！　大学教師ジェーンに届いた小包の中身は作者不詳の原稿「ジェーンに起きたこと」だった。読み始めたジェーンは凍りつく。彼女の十年間の出来事が書き込まれていたのだ。恋、別れ、悩み、野心、結婚、会ったこともない男性とのひそかなメール交換……作者は誰か？「エル」読者賞受賞の傑作心理サスペンス。

17302-9

古時計の秘密
ナンシー・ドルー・ミステリ1
キャロリン・キーン
渡辺庸子訳

金持ちの老人の遺産を親戚一家がむりやり独り占めし、これまで老人に援助の手を差し伸べてもらっていた人々が困っているらしい。みんなに遺産がいきわたるようにすべく、ナンシーは遺言書捜しに奔走する。正義感が強く好奇心旺盛なナンシーが、大人顔負けの活躍で事件を解決する。世界中の人々に愛されてきたシリーズの、記念すべき第一作！

25003-4

幽霊屋敷の謎
ナンシー・ドルー・ミステリ2
キャロリン・キーン
渡辺庸子訳

友人の依頼で、幽霊屋敷の調査に乗り出すことになったナンシー。屋敷では、奇妙な現象が続けて起きているうえ、盗難まであったという。さっそく現地で調査を始めるが、〝幽霊〟の正体はいっこうにつかめない。一方、鉄橋建設のために鉄道会社側の弁護士を務める父の身に魔の手が迫る……。少女探偵ナンシーが活躍する、シリーズ第二弾。

25004-1

バンガローの事件
ナンシー・ドルー・ミステリ3
キャロリン・キーン
渡辺庸子訳

ボート遊び中に嵐に遭遇、危ういところを天涯孤独の少女ローラに助けられたナンシー。さっそく仲良くなったふたりだが、ローラは後見人との初めての面会に不安をつのらせていた。どうやら後見人夫妻はあまり愉快な人たちではないらしい。その頃ナンシーの父ドルー弁護士は、銀行の有価証券横領事件を追っていた。少女探偵シリーズ第三弾。

25005-8

ジューン・トムスン
押田由起訳

ホームズとワトスン
友情の研究

〈伝記〉

偉大なる名探偵シャーロック・ホームズと、彼を助け、その活躍譚をまとめたジョン・H・ワトスン博士。世にその名を知らぬもののない二人であるが、彼らについてわかっていることは驚くほど少ない。ワトスン博士の書き残した事件簿と、当時の歴史資料を手がかりとして、二人の生涯を鮮やかに描き出す。ファン必読の〝ノンフィクション〟。

27205-0

ジェレミー・ドロンフィールド
越前敏弥訳

飛蝗《ばった》の農場

〈サスペンス〉

ヨークシャーの荒れ野で農場を営むキャロルのもとに、奇妙な男が転がりこんでくる。不運な経緯から彼女は男に怪我を負わせ、回復までの宿を提供することにしたのだが、意識を取り戻した男は、過去の記憶がまるでないと言う。幻惑的な冒頭から忘れがたい結末まで、圧倒的な筆力で紡がれていく悪夢と戦慄の謎物語。驚嘆のデビュー長編！

23506-2

ジェレミー・ドロンフィールド
越前敏弥訳

サルバドールの復活 上下

〈サスペンス〉

大学時代、ひとつ屋根の下で暮らした四人の女性。そのうちのひとり、リディアの葬儀が、卒業後離ればなれになった彼女たちを再会させる。今は亡き天才ギタリストのサルバドールと、大恋愛の末に結ばれたリディアの身に何が起きたのか？ 威厳に満ちたサルバドールの母に招かれ、壮麗な居城へと足を踏み入れた女たちが遭遇する怪異と謎。

23507-9/23508-6

ピーター・トレメイン
甲斐萬里江訳

蜘蛛の巣 上下

〈本格〉

アラグリンの族長が殺された。現場には血まみれの刃物を握りしめた若者。犯人は彼に間違いないはずだったが、都から派遣された裁判官フィデルマは、納得できないものを感じていた。古代の雰囲気を色濃くたたえる七世紀のアイルランドを舞台に、マンスター王の妹で、裁判官・弁護士でもある美貌の修道女フィデルマが事件の糸を解きほぐす。

21807-2/21808-9

ピーター・トレメイン
甲斐萬里江訳

幼き子らよ、我がもとへ 上下

〈本格〉

疫病が国土に蔓延するなか、王の後継者である兄に呼ばれ、故郷に戻ったフィデルマは、驚くべき事件を耳にする。モアン王国内の修道院で、隣国の尊者ダカーンが殺されたというのだ。早速フィデルマは、殺人現場の修道院に調査に向かうが、途中、村が襲撃される現場に行きあい……。美貌の修道女フィデルマが、もつれた事件の謎を解き明かす！

21809-6/21810-2

ポール・ドハティー
古賀弥生訳

毒杯の囀《さえず》り

〈本格〉

一三七七年、ロンドン。老王エドワード三世の崩御と、まだ幼いリチャード二世の即位により、政情に不穏な気配が漂うさなか、裕福な貿易商が自邸で毒殺され、執事が縊死するという事件が起こる。これらの怪死に挑むは、酒好きのクランストン検死官と、書記のアセルスタン修道士。中世英国を舞台にした傑作謎解きシリーズ、ここに開幕！

21902-4

東京創元社のミステリ専門誌

ミステリーズ!

mysteries

《隔月刊／偶数月12日刊行》
A5判並製(書籍扱い)

国内ミステリの精鋭、人気作品、
厳選した海外翻訳ミステリ…etc.
随時、話題作・注目作を掲載。
書評、評論、エッセイ、コミックなども充実!

定期購読のお申込み随時受け付けております。詳しくは小社までお問い合わせくださるか、東京創元社ホームページのミステリーズ！のコーナー（http://www.tsogen.co.jp/mysteries/）をご覧ください。